新무협 판타지 소설

[금강 金剛 作]

대풍운연의

大風雲演義

5

대풍운연의 5

금강 新무협 판타지 소설

초판 1쇄 찍은 날 § 2002년 2월 1일
초판 1쇄 펴낸 날 § 2002년 2월 10일

지은이 § 금강
펴낸이 § 서경석

편집장 § 문혜영
편집 § 장상수 · 박영주 · 김희정 · 권민정
마케팅 § 정필 · 강양원 · 김규진

펴낸곳 § 도서출판 청어람
등록번호 § 제1081-1-89호
등록일자 § 1999. 5. 31
어람번호 § 제2-0053호

주소 § 경기도 부천시 원미구 심곡1동 350-1 남성B/D 3F (우) 420-011
전화 § 032-656-4452 팩스 § 032-656-4453
E-mail § eoram99@chollian.net

ⓒ 금강, 2001

값 7,500원

ISBN 89-5505-228-6 (SET)
ISBN 89-5505-294-4 04810

新무협 판타지 소설

[금강 金剛 作]

대풍운의

大風雲演義

비약(秘約)이 드러나다 □ 5

도서출판 청어람

목차

겁난도래(劫難到來)

—참혹한 도살
조운(朝雲)은 죽음의 너울에 허덕이다

겁난도래(劫難到來)

어둠 속에서 불빛이 보였다.

그들의 앞에 장원(莊園) 한 채가 나타났다.

야산(野山)에 위치하지만 마차가 드나들 수 있는 길까지 닦아둔 걸 보면 필시 고관대작의 별서(別墅)이거나, 토호(土豪)의 거처일 터.

한효월과 같이 온 요광성주는 그곳으로 들어섰다.

잠시 주위를 둘러본 그녀는 망설임없이 후원 담을 넘었고 그런 그들을 맞은 것은 삼엄한 검광으로 무장한 경비였다. 하나 그녀가 신분을 밝히자 그녀는 공손하게 즉각 대청으로 안내되었다.

화려한 대청은 매우 넓었다.

거기에는 이미 장명등(長明燈) 아래 십여 명의 사람들이 모여 있었다.

요광성주가 안내되었지만 그녀를 쳐다보는 사람은 별로 없었다.

몇 사람이 그녀를 아는 척했을 따름이다. 그중 몇은 한효월도 익히 아는 제천칠성들이었다. 그 가운데에는 제천칠성의 우두머리인 천추성주도 있었다.

"무사했구나?"

그녀를 보자 천추성주가 입을 열었다.

"몸은 빠져나왔어요."

그녀가 그를 향해 고개를 끄덕여 보였다.

사람들의 시선이 그녀를 향해 쏠렸다.

보통의 회합이라면 사형제가 만나게 되면 안부를 묻고 기타 여러 가지 일로 떠들썩할 터였다. 그러나 제천교에서는 그런 일이 없는 듯했다. 그녀가 들어서는 것을 한번 바라보았을 뿐, 거기 모인 사람들은 이내 자세를 바로하고 침묵을 지킬 따름이다.

그리고 그것이 당연한 듯 요광성주는 한쪽 자리에 앉았다.

한효월은 묵묵히 그녀의 뒤를 따라 그녀의 뒤에 가 섰다.

대청 중앙에는 좌우로 열 개씩의 의자가 마련되어 있었다. 열서너 명이나 되는 사람들은 모두 그 의자에 묵묵히 자리한 채였다. 그들의 뒤에는 한효월처럼 호위로 보이는 사람들이 한둘 정도 병풍처럼 서 있음이 눈에 들어왔다.

그 대청의 중앙에는 빈 태사의 하나가 놓여 있는데 아마도 모인 사람들은 그 의자의 주인을 기다리는 듯 보였다.

그때, 약간의 소란이 이는 듯하더니 한 사람이 안으로 들어섰다.

한눈에 누군지 알 수 있었다.

바로 북벌후였다.

그는 매우 낭패를 당한 듯 천으로 손 한쪽을 묶어 목에다 걸고 있는데 피가 배어 나온 상태였다. 옷을 갈아입은 것처럼 보였으나 평소의 그 유유자적하던 태도는 이미 약에 쓸래도 찾아보기 힘들 지경이었다.

"어떻게 그런 봉변을 당하셨소?"

천추성주가 자리에 앉는 그를 보며 물었다.

그의 물음에 북벌후의 얼굴이 일그러졌다.

이미 모습을 드러낸 바 있었던 서정후는 물론이고 여러 사람들이 있는 자리에서의 그런 물음은 이미 위로 차원이라고 보기 힘들었다.

하지만 반발할 자리가 아니었다.

"죄만(罪萬)하오. 놈들이 간계를 써서……."

그의 말은 끝맺지 못했다.

딩딩~!

어디선가 기이한 풍악이 울리는 것 같더니 어느새 흑의무사들이 바람처럼 나타나 대청 중앙의 태사의를 호위하듯 늘어섰다.

일순 긴장감이 대청 안을 누른다.

"교주님 납시오~!"

긴 외침이 여운을 담고 대청을 뒤흔들었다.

"교주라고?"

한효월은 자신도 모르게 말을 받다가 급히 입을 다물었다. 그로서는 있기 힘든 실수였지만 실제로 일이 너무 뜻밖이었던 것이다. 방 안에 있는 사람들의 얼굴에도 모두 괴이한 빛과 놀람의 빛이 격하게 뒤섞여 있었다.

순간, 방 안의 장명등에 켜졌던 불빛이 일제히 꺼져 버렸다.

다른 것보다 불빛이 사라지자 대청 안은 더욱 괴기(怪奇)하기 이를 데 없었다.

순간적으로 침묵이 찾아들었다.

그때였다.

"북벌후는 앞으로 나서거라."

차가운 음성이 어둠 속에서 울려 퍼졌다.

그 말을 듣자 북벌후는 안색이 창백해졌다.

하지만 그는 신형을 일으켰고, 천천히 걸음을 떼어 대청의 중앙으로 나아갔다.

"변명할 말이 있는가?"

다시 그 음성이 들려왔다.

한효월은 그 음성이 들려온 곳을 찾다가 문득 탁탁! 부싯돌 치는 소리와 함께 강렬한 빛 한줄기가 대청 중앙에서 일어남을 보고는 안색이 돌변했다.

대체 언제 나타난 것일까?

한 사람이 비어 있던 태사의에 언제인지부터 모르게 깊숙이 파묻혀 있었던 것이다.

그는 복면을 쓰지 않았다.

하지만 작은 눈에 서린 정광은 칼날과 같았고, 날카롭게 곤두선 매부리코는 성정이 독함을 짐작케 하는 듯하다. 백발과 흑포는 괴이한 조화를 이루고 있는데 그의 좌우에는 흑의인 둘이 제각기 손에 촛불 하나씩을 들고 서 있었다.

그가 나타나자 대청 안에는 거의 숨소리조차 들리지 않을 정도였다. 그러나 그것도 일순, 대청에 모인 사람들이 일제히 일어서면서 소리쳤다.

"교주님의 존가(尊駕)를 맞이합니다!"

대청 안에는 모두 4, 50명의 사람들이 있었다.

그들은 일제히 일어나 허리를 굽힌 다음, 그 자세로 그 자리에 한쪽 무릎을 꿇었다.

누구도 감히 몸을 일으키는 사람은 없었다.

태사의 앞에 우뚝 선 두 흑의인의 손에 들린 음침한 촛불 두 가닥의 밝음은 대청 안을 더욱 기괴한 분위기로 누르는 듯했다.

'교주가 나타나다니……'

한효월은 그들과 함께 무릎을 꿇은 채로 놀라 생각을 굴리고 있었다.

그가 지금까지 들은 바로는 제천교의 교세는 가공하리만큼 거대했다. 그 전체를 지배하는 제천교주는 어쩌면 사람이 아닌 삼두육비(三頭六臂)의 괴물이나 신과도 같은 존재였다. 누구도 그의 정체를 알지 못하고 제천교의 모든 것은 직접적인 관계자 외에는 수뇌부라 할지라도 다 알지 못한다고 하였다.

그러한 제천교의 교주라는 것은 어쩌면 저 구름 속의 다른 세계에 존재하는 그런 머나먼 존재일 수밖에 없었다.

어떻게 그를 향해 다가갈 수 있을까?

어떻게 해야 그를 찾아낼 수가 있을까 하는 것이 고민이었다.

그런데 그런 그가 이렇게 불쑥, 그의 앞에 나타나다니.

한효월은 긴장된 신색을 감춘 채 은밀히 태사의에 있는 교주를 살펴보았다.

누구도 감히 얼굴을 들 수 없어서 그가 그러한 행동을 하는 것을 알아보지 못했다. 게다가 요광성주의 뒤에 있는 그의 앞으로는 대청 기둥이 반쯤 그를 가리고 있어 안성맞춤이라 할 수 있었다.

그의 얼굴은 냉혹해 보이는 것 외에는 별다른 특징을 찾기 힘들었다. 어둠 속이라 더 더욱 그러했는지는 모르겠으되, 대청을 덮은 어둠을 뚫고서 음산한 한광이 그의 눈에서 일고 있는 듯하였다.

그는 조용히 나타났지만 그 기도는 대청을 압도하고 남음이 있었다.

"북벌후, 대죄(待罪)하고 있습니다."

침중한 음성과 함께 북벌후가 무릎을 꿇은 자세로 한 걸음 앞으로 나섰다.

"이 시각 부로 후의 권한을 박탈한다. 집령사자들은 그를 형옥(刑獄)으로 압송하라."

복면의 흑의인 두 사람이 북벌후에게 다가섰다.

"불가하오!"

그들이 다가섬을 보자 북벌후가 반쯤 일어서면서 소리쳤다.

"불가? 감히 항명을 하겠다는 것인가?"

교주의 눈에서 음산한 빛이 불꽃처럼 일었다.

"항명이 아니외다! 비록 우리 오방후의 지위가 교주의 아래이긴 하나, 교외의 각 방(各方)을 책임지고 있으므로 아무리 교주이시라곤 하지만 마음대로 처결할 수는 없는 게 교중의 법입니다! 그러므로 삼교주(三教主)께서는……."

순간,

철커덩!

북벌후의 앞으로 금광이 번쩍이는 물건이 떨어졌다.

그것을 본 북벌후의 안색이 돌변했다.

어둠 속에서 금광이 번뜩이는 그 물건은 둥근 테와 같은 것 두 개가 역시 금광이 번뜩이는 사슬로 연결된 것이었다. 얼핏 볼 때는 일종의 수갑처럼 보였다.

"제천권고(齊天權錮)다. 더 할 말이 있나?"

"……."

북벌후는 창백한 얼굴이 되어 입을 다물었다.

그의 태도로 보아 저 금빛의 수갑에는 무상(無上)의 권위가 있는 것을 알 수 있었다.

그는 감히 움직이지도 못하고 금빛 수갑, 제천권고를 찬 채로 흑의인 두 사람에게 제압당해 끌려 나갔다.

그가 끌려 나가자 대청 안은 더욱 조용해졌다.

"당분간, 천추가 북벌후의 자리를 대신한다."

"명심 봉행하겠습니다."

천추성주가 머리를 숙였다.

"이 자리에 칠성이 몇 있는가?"

"모두 셋입니다."

천추성주가 답했다.

"그들과 함께 지금 출동하라."

천추성주가 놀란 듯 고개를 들었다.

"지금…… 입니까?"

"시간을 다투는 일이다. 그들이 다른 곳으로 옮기기 전에 쳐야 한다. 그곳으로는 이미 강령루(降靈樓)의 사람들이 갔으니 최선을 다하라."

"강령루의 고수들까지 말입니까?"

천추성주의 눈에 경악의 빛이 떠올랐다.

한효월은 놀람의 빛이 대청에 번지고 있음을 느낄 수 있었다.

천마각과 소혼각은 그 지당(支堂)의 사람들을 보내 오래전부터 외부 지원을 하고 있었지만, 강령, 섭생 등 삼루는 세상에 모습을 보이지 않는다고 하였었다.

그런데 그들이 나왔다는 것이다.

'이제 본격적으로 움직인다는 뜻인가? 대체 누구를 치길래?'

한효월은 겉으로는 무표정했지만, 실제로는 심각해져서 깊은 생각에 잠겨 있었다.

난데없이 나타난 저 교주라는 자는 누구에게도 의논이나 설명은 없이 자신이 생각한 바대로 일을 처리하고 있는 것이다.

누가 들어도 무슨 일이 긴박하게 돌아가고 있음은 느낄 수 있지만 그것이 무슨 일인지는 전혀 알 수가 없었다. 한효월이 그러니 다른 사람이야 말해 무엇 할 것인가.

"가벼이 보다가 실수를 한다면 아무리 천추성주가 교주님의 고제(高弟)라 할지라도 예외가 되지는 못할 것이다. 명심하라."

"옛!"

천추성주가 힘있게 고개를 끄덕였다.

그 말은 듣자니 심히 괴이했다.

흑포노인은 분명히 교주라고 불렀다.

그런데, 그가 지금 한 말은 또 무슨 의미인가?

'삼교주…….'

문득 한효월의 뇌리에 조금 전 북벌후가 말했던 삼교주라는 말이 떠올랐다.

그럼 저자는 세 번째 교주라는 뜻일까?

그렇다면 제천교에는 교주가 한 사람이 아니라 여러 사람이라는 건가? 만약 그것이 사실이라면 교주는 몇이나 있는 것이며, 요광성주는 왜 자신에게 그런 것은 말하지 않았던 것일까.

의혹이 눈덩이처럼 커졌지만 이 자리에서 물을 수야 없는 일.

한효월은 묵묵히 생각을 굴리고만 있을 따름이다.

그때, 다시 교주의 음성이 들려왔다.

"나머지 사람들은 모두 나를 따라 화산으로 간다."

가벼운 웅성거림이 일었다.

"사람들의 눈에 띄지 않게 극도로 조심해서 분산하여 움직일 것이며, 각자 책임을 지고 사람들을 인솔하여 오 일 후, 화산 현도관(玄都觀)에서 점호를 받는다. 중간 연락은 서정후가 맡도록. 이상이다."

교주는 음산한 빛이 쏟아지는 눈을 들어 대청의 사람들을 쏘아보면서 다시 말을 이었다.

"천추성주 또한 일이 끝나는 대로 사람들을 인솔하여 화산으로 집결한다."

"일을…… 시작하는 것입니까?"

"그렇다. 지금 이 시간 부로 지벽계(地闢計)가 발동된다!"

쿠쿵!

사람들은 가슴속에서 울리는 어떤 것을 느껴야 했다.

"지벽계는 천붕계(天崩計)에 이어지는 것으로, 원래 제사교주님에게 맡겨진 것으로 아는데 변동이 있었습니까?"

문득 나직한 웃음소리가 대청을 울렸다.

흑포노인, 교주가 음산히 웃고 있었다.

갑자기 대청 안이 싸늘히 얼어붙는 듯했다.

"본 교에서 금하는 칠금(七禁)에는 위에서 하는 일에 대해서는 시행만 할 뿐, 절대로 묻지 못하도록 되어 있다. 자신은 예외라고 생각하나?"

"죄송합니다!"

약간 당황한 빛으로 천추성주가 고개를 숙였다.

"첫날이니 교주의 얼굴을 봐서 넘어가도록 하지."

말과 함께 교주가 몸을 일으켰다.

순간 그의 좌우에 있던 흑의인들이 손에 들고 있던 촛불을 껐다.

삽시간에 대청이 암흑 천지로 변했다.

…….

잠시 침묵이 흘렀다.

불이 밝혀진 것은 일각여가 지난 다음이다.

주위가 밝아졌어도 서로 뭔가를 이야기하고 의논하는 모습은 찾아볼 수 없었다.

기실 남아 있는 사람도 그리 많지 않았다.

서정후를 비롯한 일행들은 다 자리를 떠난 다음이라 그 자리에 남아 있는 사람은 천추성주와 요광성주 등을 비롯한 제천칠성뿐이었다.

"우리도 출발하도록 하지."

천추성주가 입을 열었다. 그의 음성은 무겁고도 위엄이 서려 있어 누구도 이의를 달지 않았다. 입을 연 것은 요광성주.

"어디로 가는 거죠?"

"그리 멀지는 않아. 백여 리 밖이니 날이 밝기 전에 도착할 수 있겠지."

"사형이 먼저 가시고 뒤를 따르면 안 될까요?"

요광성주가 굳은 표정으로 다시 말했다.

천추성주는 복면 속의 차가운 눈빛으로 그녀를 건너다보았다.

"무슨 일이라도?"

"보시다시피, 급히 오느라고 아무도 데려오지 못했어요. 제가 거느렸던 고수들은 모두 개방과의 싸움에서……."

"그냥 간다. 어차피 고수가 필요한 것이니 그들 때문에 시간을 지체할 수는 없다!"

말과 함께 천추성주는 그녀를 스쳐 앞으로 나서다가 고개를 돌렸다. 그 눈은 한효월을 쏘아보고 있었다.

"전부터 데리고 있던 자인가?"

그의 물음은 뜻밖인지라 요광성주는 잠시 당황할 수밖에 없었다. 하지만 복면을 쓴지라 겉으로 기색이 드러난 것은 아니다.

그의 물음에도 한효월은 묵묵히 요광성주의 뒤에 서 있을 따름, 별다른 동요는 보이지 않았다.

"이번에…… 북벌후의 동위를 인솔했는데, 그중 한 명이었어요. 개방의 포위망을 함께 뚫었죠."

그녀의 대답에 천추성주는 잠시 생각을 굴리는 것 같더니 갑자기 불쑥 손을 내밀어 한효월의 손목을 낚아 잡았다. 그의 그 한 손속은 실로 비할 바 없이 빨라 그 어떤 사람이라도 피할 수가 없을 듯했다.

가히 전광석화!

미리 알고 방비하고 있었더라도 피하기 어려운 신속무비한 절세의 금나수(擒拿手)였다.

한효월은 움찔하다가 그의 손을 피해내려 했다. 하지만 상대의 출수가 워낙 신속하여 절반쯤 손목이 잡히고 말았다.

"무슨 짓이에요?"

그 순간, 요광성주가 놀라 소리쳤다.

그러자 천추성주가 손을 놓고 뒤로 물러났다.

그의 복면 속 눈빛은 여전히 차가웠다. 그러나 그 눈에는 은은한 놀람의 빛이 떠올라 있었다.

"이자가 북벌후의 동위 중 하나였단 말이냐?"

"그래요."

"멍청한…… 이런 자를 동위로 둘 정도의 안목이니 황엽에게 당한 것도 무리는 아니로군."

그 말을 끝으로 그는 대청을 빠져나갔다.

"괜찮으냐?"

요광성주가 한효월을 보며 물었다.

겉으로 드러나지 않아서 그렇지 지금 복면 속 그녀의 얼굴은 창백하게 질려 있었다.

천추성주가 느닷없이 손을 쓰는 바람에 무슨 파탄이 드러난 것으로 생각했던 것이다.

"예."

한효월이 짧게 답했다.

"가자."

말과 함께 요광성주가 앞으로 나섰다.

이미 다른 사람들은 대청을 벗어나고 있었다.

'조심해요! 천추사형은 비할 바 없이 날카로운 사람이에요. 그가 당신을 유의한다면 우리의 운신은 참으로 힘들 거예요.'

대청을 나서는 한효월의 귀에 전음이 들려왔다.

'내가 적절히 대처할 테니 너무 걱정하지 마시오.'

한효월이 암중에 전음을 보내 그녀를 안심시켰다.

손목이 은은히 저려왔다.

일부러 잡혀주려다가 마지막 순간에 살짝 손목을 틀었음에도 이런 통증이 느껴진다는 것은 천추성주의 공력이 이미 경지에 이르러 있다는 것을 웅변하는 것에 다름이 아니었다.

*　　　*　　　*

서서히 어둠이 내리는 산길을 따라 한 무리의 사람들이 질주하고 있
었다.

처음에는 관도 부근을 따라 달리던 그들은 이제 산길로 접어든 상태
였다.

"잠시 휴식하다가 간다."

하늘을 올려다본 천추성주가 말했다.

그들은 이미 팔십여 리는 족히 달려온 다음이었다.

제아무리 무공의 고수들이라고 해도 쉬지 않고 달려왔으니 조금쯤
지칠 때가 된 상태. 그가 휴식을 명하는 것을 본다면 목적지가 멀지 않
다는 뜻일 터이다.

쉬려고 눈을 감았지만 마음이 진정되지 않는다.

하긴 요광성주로서는 무리도 아니었다.

한효월.

교중에서 척살 대상 제일호로써 찾고 있는 사람을 데리고 있으니,
만에 하나라도 발각이 난다면 그 죗값을 어찌 치를 것인가. 어릴 때부
터 교중에서 자라난 그녀인지라 감히 배반이라는 단어는 생각조차 해
본 적이 없었다.

어찌하다 보니 일이 묘하게 꼬여서 그와 같이 움직인 것뿐이다.

스스로 그렇게 위안을 삼지만 정작 일이 터지면 말도 안 되는 변명

임을 스스로 너무 잘 알고 있는 그녀이기도 했다.

'지금이라도 그를……'

가늘게 눈을 뜨고 그를 본다.

그녀와 반 장가량 떨어진 옆쪽 바위에 기댄 채 한효월은 눈을 감은 채 쉬고 있는 듯 보였다. 불안한 기색도 보이지 않는다.

'대체 내가 누구 때문에 이렇게 불안해하고 있는데……'

문득 그런 그의 모습에 부럽기도 하고 화가 치미는 요광성주다. 부지중에 그녀는 길게 한숨을 내쉬었다.

"불안하냐?"

옆에서 나직한 음성이 들려왔다.

천추성주였다.

그의 물음에 내심 깜짝 놀란 요광성주가 머리를 저었다.

"근래에 들어 일이 제대로 풀리지 않아서…… 그저 이것저것 생각이 많군요."

"걱정할 것 없다. 천붕지벽(天崩地闢)이 시작되면 누구도 그것을 막을 수 없다. 오늘 우리가 그들을 쓸어버리면 마지막 거리낌까지 덜어버리게 되겠지."

"대체 지금 어디로 가는 겁니까?"

옆에서 물음이 들려왔다.

다른 한 사람의 성주, 천선(天璇)이었다. 그도 목적지는 모르고 있는 모양.

"사제들도 알아두는 게 좋겠지. 놈들의 본거지를 발견했다."

"놈들이라니요?"

천선성주의 목소리에 의혹이 깃들었다.

"비적(秘敵)!"

그 대답에 천선과 요광의 입에서 거의 동시에 놀람에 찬 신음이 새어 나왔다.

"정말 놈들의 거처를 알아냈단 말입니까?"

"나도 보고받은 지 얼마 되지 않는다. 부천각(扶天閣)에서 열두 곳의 비선(秘線)을 희생하면서 알아냈다고 하니…… 신빙성이 없다면 총단에서 강령루까지 움직이지는 않았겠지."

"그렇군요…… 그들이 정말로 있긴 있었군요……."

천선성주가 신음처럼 중얼거렸다.

"그만 가도록 하자. 늦으면 문책을 받게 된다."

천추성주가 일어났다.

그가 일어난다는 것은 휴식 시간이 끝났다는 것을 의미했다.

                    *   *   *

풍광(風光)이 좋은 곳이었다.

뒤로 산자락을 두르고 있고, 앞으로는 그리 넓지는 않지만 강이 흘러간다. 아마 석양녘이면 금빛 물결이 출렁이는 가운데 뛰어오르는 잉어를 볼 수 있을런지도 모를 마을이다.

고깃배로 보이는 배도 너덧 척 강가에 묶여 있음이 더 한가롭다.

아직 밥짓는 연기가 오를 시간도 아니었다.

강가에 자리한 이십여 호의 마을은 어둠의 나래에 잠겨 평온한 잠에 빠져 있었고, 그 마을 뒤로 펼쳐진 논과 밭이 끝나는 곳에는 한 채의 장원이 자리하고 있었다. 지은 지 수십 년은 넘어 보이는 장원은 제법 규모가 있어서 이 마을 유지의 저택임을 짐작케 한다.

강변 마을은 그렇게 평화롭게 잠들어 있었다.

"장원 외에 모두 23채의 집이 있으며, 구성원은 어른 아이 합해서
모두 121명입니다. 그중 마흔 이하의 나이를 가진 남자는 모두 49명
정도로 추정됩니다. 장원 내에 거처하는 자들은 서른 명 정도로 조사
되었는데…… 명확히 확인된 사항은 아닙니다."

천추성주의 일행을 맞이한 흑의인이 낮은 음성으로 상황을 설명했다.
그의 차가운 눈길은 평온히 잠든 강변 마을을 음산히 노려보고 있었다.

컹컹…….

무엇인지 모를 불안감을 느낀 것인지 마을에서 개 짖는 소리가 은은
히 들려왔다.

올해 나이 여덟 살인 아호(阿虎)는 하루 종일을 뛰놀아도 지칠 줄 모
르는 장난꾸러기다. 그러니 잠에 떨어지면 깨우기 전에는 일어나지 않
는다.

그런 아호가 잠이 깬 것은 너무 목이 말라서였다.

더듬거리면서 물을 찾아 나간 아호는 마당에서 찬물을 한 바가지 떠
마시고 나서야 비로소 정신이 들었다.

"아이구, 목말라 디질 뻔했네……."

입맛을 다시던 아호는 갑자기 옆에 있던 황구(黃狗)가 이를 드러내
고 으르렁거리자 깜짝 놀라 소리쳤다.

"암마! 뭐 하는 짓이야!"

컹, 컹! 으르…….

평소라면 꼬리를 말 황구인데 이번에는 다르다.

아호가 소리치는데도 불구하고 이를 드러내고 앞을 노려보는 것이 아닌가.

"뭐가 있길래 그래? 헉!"

눈을 꿈벅이면서 앞을 본 아호가 깜짝 놀라서 뒤로 물러났다.

어둠 속.

아직 미명(未明)도 채 찾아오기 전의 그 어둠 속에 검은 그림자 하나가 우뚝 서서 그를 노려보고 있었던 것이다.

불어오는 바람에 흑포가 괴이하게 펄럭이는 검은 그림자의 눈 어림에서는 푸른빛이 어둠을 뚫고 야수의 눈과 같이 빛나고 있었다.

"누, 누구……!"

하얗게 질린 아호가 주춤 뒤로 물러났다.

순간, 흑포인이 앞으로 한 걸음 다가왔다.

그러자 황구는 고함치면서 흑포인에게 달려들었다. 본능적으로 어릴 때부터 같이 커온 주인이 위험함을 직감한 탓이었을 것이다.

캥!

하지만 외마디 소리와 함께 황구는 어둠 속으로 날아갔다.

어떻게 날아갔는지도 모른 채 아호는 그 흑포인의 손이 피비린내를 풍기며 자신의 머리를 향해 날아드는 것을 공포에 질린 눈으로 쳐다보아야 했다. 보면서도 피할 엄두를 낼 수 없었다. 아무리 담대하다 해도 이제 여덟 살인 꼬마라 공포로 인해 움직일 수조차 없었던 것이다.

퍽!

아호의 머리가 흑포인의 손에 잡히자 깨진 수박처럼 터져 나갔다.

비명조차 지를 수 없었다.

그것이 이 강변 마을, 조운촌(朝雲村)에 밀어닥친 참혹한 액겁의 시작이었다.

　한효월이 요광성주와 조운촌에 들어선 것은 그 무자비한 살겁(殺劫)이 시작된 다음이었다.

　검은 그림자가 사방에서 번뜩이고 그때마다 여기저기에서 숨이 넘어가는 단말마의 비명이 간간이 들리는…….

　"일대를 모두 수색해! 누구도 빠져나가게 해서는 안 된다!"

　천추성주는 마을로 들어서면서 천선성주에게 명령했다.

　그의 수하들이 바람처럼 흩어져 조운촌의 집집을 수색하기 시작했다. 일차로 그 집을 덮쳤던 잔인무도한 흑포인들은 이미 그 마을을 지나 장원을 향해 검은 구름처럼 밀려가고 있었다.

　마을에서는 사방 여기저기에서 비명이 일고 우왕좌왕 집 안에서 뛰쳐나오다가 피를 뿌리며 쓰러지는 사람들의 모습이 보였다. 너무도 무력한 모습들이다. 처음부터 상대가 될 수가 없는 싸움이었다. 무공을 지니지 않은 자들이 어떻게 악마의 상대가 될 수 있겠는가.

　"어떻게 된 거예요?"

　그 모습에 요광성주가 물었다.

　"장원으로 간다!"

　스스로도 괴이한지 미간을 찡그리고 있던 천추성주가 대답 대신 장원을 향해 신형을 날렸다.

　"따라와요!"

　한효월이 군은 눈길로 주위를 살피는 걸 본 요광성주가 딱딱한 음성으로 말하면서 급히 그 뒤를 따랐다. 혹시라도 그가 의분(義憤)을 참지 못하고 참견할까 두려웠던 것이다.

한효월은 이를 악물고 그 뒤를 따랐다.

그가 참견하기에는 이미 너무 늦어 있었다.

그들보다 먼저 온 흑포인들이 마을을 휩쓸고 장원으로 덮쳐 간 다음이었기에.

비명이 그 뒤를 따랐다.

장원은 생각대로 작은 규모가 아니었다.

고대광실, 수십 칸의 거대 규모는 아니었지만 전원(前院)과 중원(中院), 그리고 후원(後院)까지 격식을 갖춘 지방 토호의 저택으로 손색이 없었다.

쾅!

콰쾅……

여기저기에서 벼락 치는 폭음이 터져 나온다.

그리고 부서져 나가는 문짝들과 건물과 건물 사이를 날아다니는 검은 그림자들의 모습은 끔찍한 악몽(惡夢)을 보는 것만 같았다. 그들이 움직일 때마다 건물이 흔들리고 창문이 산산조각으로 부서지고, 벽이 터져 나갔다.

그러나 괴이하게도 사람의 비명은 들리지 않았다.

일행 중 가장 먼저 장원에 당도한 천추성주는 굳은 표정으로 주위를 살피고 있었다.

"어떻게 된 거예요? 아무도 없는 것 같은데요?"

상황을 본 요광성주가 물었다.

"괴이하군……. 부천각에서 이미 사흘 동안 이곳을 감시하고 있었는데 어떻게 이럴 수가?"

중얼거리던 천추성주는 괴이한 행색의 흑포인 한 사람이 후원 뜰 중앙에 우뚝 서 있는 것을 발견했다.

키는 훌쩍 커서 팔척 장신이다.

하지만 전신이 장작개비처럼 말라서 몸에 걸친 흑포는 그야말로 대나무 가지에다 천을 씌워놓은 듯 바람에 펄럭인다. 거기에 서너 발은 되도록 긴 머리카락이 옷자락과 함께 길게 펄럭이니 그 형상은 심히 공포스럽다.

천추성주가 다가서자 장원을 둘러보고 있던 괴인이 머리를 돌려 그를 바라보았다. 음산하고도 푸른빛을 띤 눈이 어둠 속에서 빛을 발하며 천추성주를 본다. 마치 시퍼런 비수가 어둠 속에서 날아오는 것만 같았다.

얼굴 또한 푸르도록 창백하여 섬뜩하기 이를 데 없었다.

"귀하는?"

천추성주가 물었다.

그도 그가 누구인지는 모르는 듯했다.

…….

"왜 아무도 없는 겐가?"

잠시 천추성주를 쏘아보던 그 흑포괴인이 입을 열어 물었다. 마치 쇳소리를 긁어대는 듯한 음성이었다.

그의 말투에 천추성주의 미간이 찡그려졌다.

"나도 알지 못하오. 당신의 신분은?"

"강령루의 제이당주(第二堂主)다."

그가 딱딱한 음성으로 대꾸했다.

예의 따위는 아예 무시하는 태도였다.

그럼에도 그의 신분을 안 천추성주는 그를 함부로 대할 수 없었다. 삼루는 누구의 명령도 받지 않는다. 오직 교주 한 사람의 명령만을 받는 것이다. 더구나 그중 제이당주라면 더 더욱 간단히 볼 상대가 아니었다.

　그때, 흑의인 한 사람이 그들 사이로 바람처럼 날아들었다.

　천선성주였다.

　"아무도 없습니다! 마을 사람들은 모두 일반인이지, 강호인이 아닙니다. 무공을 지닌 자의 무공도 보잘것이 없는데……."

　그의 말에 천추성주의 얼굴이 일그러졌다.

　대체 이게 어떻게 된 일이란 말인가.

　"다 죽었나?"

　"예?"

　"살아 있는 놈이 있다면 다그쳐 봐. 이게 어떻게 된 것인지……."

　그때였다.

　그들의 앞으로 흑의인 한 사람이 나타났다.

　천추성주를 맞이했던 부천각의 고수였다. 그가 굳은 표정으로 말했다.

　"아무래도 이 장원 내에는 아무도 없는 것 같습니다! 분명히 낮에까지도 사람이 있었는데……."

　"그걸 말이라고 하나? 그럼 놈들이 어디로 갔단 말인가? 하늘로 날아갔을 리도 땅으로 꺼졌을……."

　일그러진 음성으로 소리치던 천추성주의 안색이 달라졌다.

　"비밀 통로?"

　신음하듯 중얼거린 그가 다급히 물었다.

　"놈들이 비밀 통로로 도주했다면 찾을 수 있나?"

"백 리 이내라면 나는 새도 도주할 수 없습니다. 비밀 통로를……!"

바로 그 순간이었다.

갑자기 장원의 외곽에서 격렬하게 싸우는 소리가 들려오기 시작했다.

"이게 무슨 소리냐?"

천추성주의 안색이 달라졌다.

그 말에 대답할 사람이 여기 있을 리 없다.

그 순간, 검은 그림자 하나가 바람처럼 그들의 앞에 나타났다.

"정체 모를 자들이 나타나서 공격해 오고 있습니다!"

정말인가 아닌가를 물을 필요는 없었다.

싸움은 이미 시작되었고 그것은 사실이었기에.

창칼이 부딪는 소리가 요란하게 밤을 울리고 비명과 기합 소리가 사방에서 진동했다. 일단의 무림인들이 밖으로부터 공격해 들어오고 있었다.

"함정이었단 말인가?"

그 광경에 천추성주가 신음을 흘렸다.

그는 사나운 눈길로 부천각의 고수를 쏘아보았다.

"어떻게 된 건가! 적을 감시하기는커녕, 적에게 놀아나 오히려 우리를 함정에 빠지게 하다니, 이러고도 살기를 바라나?"

그의 질타에 부천각 고수의 얼굴은 흙빛이 되었다.

할 말이 없었다.

부천각(扶天閣)은 말 그대로 제천교의 눈과 귀가 되는 곳이다. 그런데 일이 이 지경이 되었으니 입이 열 개가 있어도 할 말이 있을 리 없다.

"후퇴시켜! 놈들을 막지 말고 이리 오게 해."

적의 기세가 강대하여 부하들이 밀리고 있음을 본 천추성주가 지시했다.

그렇지 않아도 밀리던 제천교의 고수들은 그의 지시에 일제히 썰물처럼 물러섰고, 저항을 받지 않게 된 적은 물밀듯이 장원으로 밀려 들어왔다.

"저건……!"

앞선 사람을 본 요광성주가 경호성을 터뜨렸다.

"아는 자냐?"

"무림맹의…… 임시 맹주였던 감천형인 것 같군요!"

중얼거리던 요광성주가 부지중에 뒤에 선 한효월을 슬쩍 보면서 말을 흘렸다.

"무림맹의 감천형이라고? 놈이 어떻게 여기에…… 설마 비적과 무림맹이 무슨 관련이라도 있다는 것인가?"

뜻밖이라는 표정으로 천추성주가 다가오고 있는 자들을 쏘아보았다.

나타난 사람들은 모두 4, 50명쯤 되었다.

그들은 모두 흑의를 입었다. 그중 앞서 발군의 기세로 전진해 오고 있는 대한의 위세는 막강했다. 누구도 그의 손에 들린 패도를 견디지 못하고 급급히 후퇴를 거듭하고 있었다.

감천형.

정말 개봉에서 화산으로 자리를 옮겼던 그 감천형이었다.

'감 사질이 어떻게 여기에 나타난 것이지?'

그를 본 한효월도 어리둥절해졌다.

지금쯤이면 화산대회로 인해서 눈코 뜰 새가 없을 텐데 그가 어떻게 해서 여기까지 오게 된 것일까.

"네가 무림맹의 감천형이냐?"

차가운 음성이 들려와 감천형은 천천히 신형을 세웠다.

가로막던 자들이 모두 물러나 좌우로 벌려 섰고, 그 가운데 복면인 하나가 우뚝 서서 자신을 노려보고 있었다. 어둠 속에서도 간단치 않은 기세가 느껴진다.

그 옆으로는 그가 본 적이 있는 요광성주의 모습과 또 다른 자들의 모습이 눈에 들어왔다.

"천인공노할 놈들…… 무고한 양민을 그처럼 학살하다니……."

감천형이 이를 갈았다.

그는 이미 조운촌의 참경(慘景)을 보고 온 참이었다.

하긴 이 장원으로 오려면 그곳을 지나지 않으면 불가능하니 그가 그 참혹한 광경을 보지 않았다면 오히려 이상할 터였다.

"너와 비적(秘敵)들이 관계가 있었나?"

"비적? 무슨 말도 안 되는…… 놈들을 쳐라!"

감천형이 고함치면서 앞으로 덮쳐 갔다.

다짜고짜 싸움을 거는 듯 얼핏 보면 무모해 보이지만 실제로는 그렇지 않았다. 그는 나타나자마자 뭔가 장내가 어수선해 보임을 직감했다. 적은 어딘지 모르게 정돈되지 못한 상태였던 것이다. 그렇다면 밀고 들어온 기세를 살려서 우선 적을 공격해야 했다.

나머지는 그 다음의 일이었다.

그렇게 해서 싸움은 다시 시작되었다.

그것은 생사를 건 일대 격전일 수밖에 없었다.

신비여인(神秘女人)

−사모를 만나다
생사의 경계(境界) 아득하니 누가 그 진실을 알까

신비여인(神秘女人)

화산(華山).

화산은 중국을 남북으로 가로지르는 거대한 진령산맥의 북부 주맥에 잇닿아 있다.

섬서 화음현(華陰懸)에 위치한 이 화산의 산세는 절벽이 잇대어 달리며, 기봉(奇峰)이 돌출하여 그 하나하나의 생김이 기이하지 않음이 없다.

안으로 수려하며 겉으로 웅장하니 가히 천하의 명산이라.

그리하여 화산을 중원오악 중 서악(西嶽)이라 이름한다.

산해경(山海經)에서는 화산을 일러 그 높이가 5천인(千仞:1인=7, 8尺)이라 하였다. 사방의 바위가 깎여 막힘이 없으니 그 형상이 꽃과 같다. 옛글에 있어 화(華)란 곧 화(花)와 같은 의미였으니 이 화산의 생김은 말 그대로 꽃이 피어난 것과 같다고 할 수 있다. 그 외에도 그 봉우리의 생김이 피어난 연꽃과 같아서 화(華)라고 이름하였다는 것 등의 전설은 수도 없이 이 명산을 회자한다.

사람들은 중원오악을 일러 이렇게 평한다.

항산여행(恒山如行)하며 태산여좌(泰山如坐)하고 화산이립(華山而立)이며 형산여비(衡山如飛)에 숭산여와(嵩山如臥)라고…….

화산이 그처럼 험악하다는 의미다.

화산을 칭하는 립(立)이란 글자는 곧 삭(削), 깎아지른이라는 말과 같은 의미를 가지기 때문이다.

그리하여 화산의 험악함을 형용하는 말로써 당대(唐代)의 이상은(李商隱)은 그의 시에서 삭성만인(削成萬仞), 수출운한(秀出雲漢)이라 일컬었으며 그 뒤로도 수많은 시인묵객들이 화산의 험악함을 일러 준극어천(峻極於天)이라 하여 혀를 내두를 정도였다.

천하에 이름 높은 화산파는 바로 그러한 화산의 관문인 통천문(通天門)을 지난 다음에 자리하고 있다.

화산은 도가의 선적(仙跡)이 많은 곳이다.

그런 만큼 수많은 궁관(宮觀)들이 늘어서 있다. 화산파가 자리한 곳도 예외는 아니었다. 다만 그것이 도관(道觀)이 아니라는 점만이 다를 뿐이다.

지난 수십 년 간 화산파는 늘 조용했다.

그러나 근래에 들어 그 조용함은 깨어진 지 오래였다.

얼마 전부터 수많은 인마들이 소리도 없이 화산으로 모여들고 있었다.

천하무림맹의 맹주였던 건곤무적 독고해가 사망한 후에 새롭게 임시 맹주가 된 육합무적검 진자양이 구대문파를 주축으로 한 무림대회를 은밀히 소집했기 때문이다.

연일 소리도 없이 사람들이 밀려들었다.

개봉에서 이사를 온 감천형은 화산에 오자마자 손님 접대로 눈코 뜰 새가 없었다.

그러면서 더욱 놀란 것은 육합무적검 진자양이 이미 모든 준비를 다 갖춰놓고 있었다는 점이었다. 그는 화산을 떠나면서 이 모든 사태에 대한 예측과 대비를 해두었고, 그들이 화산으로 돌아왔을 때는 손님을 맞을 준비는 거의 끝나 있었다.

화산파는 당당했다.

걸출한 인물 하나는 주변을 바꿔 버린다.

감천형은 화산에 와서 그 사실을 절감했다.

화산파는 이미 구대문파 중의 평범한 일원이기보다는 그 옛날 건곤무적 독고해가 밟아가던 그 길을 육합무적검 진자양이라는 거물이 되짚어가고 있는 듯한 느낌이 들 정도였다.

석양이 저물기 시작할 때, 감천형은 진자양으로부터 호출을 받았다.

진자양은 그의 집무실에서 그를 기다리고 있었다.

"어쩌면, 맹주의 유체를 찾을 수 있을런지도 모르겠소."

그가 들어서자 한 진자양의 말에 감천형의 안색은 돌변했다.

"그건…… 사부님의 유체를 도적질해 간 자들을 찾아냈다는 말씀입니까?"

"거의…… 그런 것 같소."

"어, 어디? 누굽니까? 어떤 자들이? 역시 제천교입니까?"

감천형의 다급함에 진자양이 깊게 미간을 찡그렸다.

"명확하지는 않지만 제천교는 아닌 것 같소. 그들의 움직임은 은밀하기 이를 데 없어서 찾아내기가 정말 힘들었소. 원래대로라면 당연히 내가 가야 하겠지만 지금 몸을 빼기가 힘들어서……."

"제가 가겠습니다. 거기가 어딥니까!"

감천형이 벌떡 일어섰다.

그의 눈이 이글이글 불타고 있었다.

"사부님의 유체를 찾았단 말입니까?"

감천형에게 불려온 좌백은 그 말에 벌떡 일어났다.

그 형상은 진자양의 앞에서 감천형이 보였던 것과 조금도 다르지 않았다.

"찾았다기보다는, 찾을 길을 발견한 것 같다."

"어, 어떻게?"

"부끄럽게도 진 대행이 그자들을 찾아낸 것 같다. 그는 이미 사람들을 풀어서 사건을 조사하고 있었는데 단서를 찾아낸 모양이다. 그가 내게 그자들이 있는 곳으로 가서 사실 확인을 해달라고 하였다. 이 일에 관한 한 너와 나에게 전권을 맡기겠다고 하면서……."

감천형의 말에 좌백은 나직이 신음했다.

"그가…… 말입니까?"

"그렇다. 그래서 나는 지금 바로 출발할 예정이다."

"으음……."

좌백이 다시금 신음을 흘렸다.

그럴 수밖에 없는 것이 그는 육합무적검 진자양을 그리 좋아하지 않았다. 어딘지 모르게 마음에 안 든다는…….

굳이 갖다 붙이자면 지난날 사부가 살아 있을 때와는 달리 그가 주도적으로 움직이면서부터 좌백 스스로가 무림맹에서 어떤 소외감이랄까, 생경함을 느끼는 데서 기인하는 것이 가장 큰 것이겠지만 이번 일은 달랐다.

그가 자신들을 배려하고 있음이 역력했기 때문이다.

"너는 어떻게 하겠느냐?"

"무슨 말씀이십니까? 저도 당연히 따라……."

"하지만 그렇게 되면 사매가 그냥 있으려 하지 않을 것이다. 우리가 사부님의 유체를 찾으러 간다는 것을 사매가 알게 된다면 누구도 그 아이를 막지 못할 텐데…… 역시 넌 남는 게 좋을 것 같다."

"그……!"

좌백은 불만의 빛이 역력했지만 입만 벌릴 뿐 뒷말을 잇지 못했다.

그도 독고경의 성정이 너무 희노무쌍(喜怒無雙)하여 그들 둘이 다 떠나고 나면 어떤 일이 일어날 것인지 자신할 수가 없었던 것이다.

"그리고 또 한 사숙께서 언제 돌아오실지 모르니 거기에 대한 대비를 위해서도 네가 있어주는 게 좋겠다."

"알겠습니다."

좌백은 이내 수긍했다.

그는 냉정한 성품인지라 이 일이 감정을 앞세워서 될 것이 아님을 알고 마음을 고쳐먹은 것이다. 쉽지 않은 일이었고, 그것이 그의 뛰어난 점이기도 하였다.

"사매에게는?"

"내가 직접 이야기하마. 잠시 일이 있어서 갔다 오는 것으로 하자."

"누구와 같이 가시겠습니까?"

"호맹위대 중에서 서른 명 정도를 추리기로 했다. 진 대행이 화산파의 고수 둘을 지원하기로 하고."

"고수 둘이요?"

좌백이 어이가 없는 듯한 표정으로 되물었다.

"여기 손이 모자라 내가 일부러 그렇게 청한 것이니 오해할 것 없다. 싸움이 일어날지도 모르지만 우선은 그쪽에 대해서 알아보는 것이 우선이니 어쩌면 이 인원도 너무 많을런지도 모르지. 우선 그렇게 알고 내가 갔다가 돌아올 때까지는 다른 사람에게는 알리지 말고 있거라."

                    *   *   .   *

화산은 절경이다.

대륙의 산자락 어디가 절경 아닌 곳이 있으랴마는, 이 화산의 기험 절학한 산봉은 그 봉우리마다 기승절경(奇勝絶景)이 아닌 곳이 없었다. 장대한 노을이 세상을 덮고, 그 노을에 물든 구름은 산마루를 덮다 남아 발 아래로 까마득히 세상을 덮으며 깔린다. 한 걸음을 떼어 구름을 밟으면, 그 구름을 딛으면서 유유히 걸어다닐 수 있을 것만 같다.

선경(仙境)이 따로 없고 선인(仙人)이 어찌 달리 있을 것인가.

검은 경장을 한 여인.

옥과 같이 아름다운 얼굴에 차가운 눈빛을 한 그 여인은 요즘 매일 이곳에서 노을을 본다.

어쩌면 그 노을보다는 저 창룡령(蒼龍嶺)을 넘고 통천문을 지나올 어떤 사람을 기다리는 것인지도 모르지만 그녀는 그저 바람을 쐬고 있을 따름이라고 스스로에게 이야기한다.

근래에 들어 그녀의 성정은 더욱 차가워졌다.

그렇게 깎아놓은 석상과 같이 그녀가 그 자리에 선 채로 노을을 맞이한 것은 하루 이틀이 아니다.

"사매."

문득 그녀의 뒤에서 조용한 음성이 들려왔다.

흑의녀, 독고경은 조용히 시선을 돌렸다.

바람이 불어와 그녀의 머리카락을 날려 시야를 가린다.

그녀가 은어와 같은 손가락으로 머리카락을 쓸어 넘기자 그녀의 앞에는 당당한 체구의 청년이 서 있음이 보인다.

감천형이었다.

"어쩐 일이세요?"

독고경이 물었다.

"잠시 밖에 나갔다 올 예정이다."

"……."

무슨 이야기를 하고픈 것인지 해보라는 듯 독고경은 물끄러미 감천형을 바라보고만 있다.

"오래 걸리지는 않을 것이다. 다만……."

"걱정 마세요. 조용히 있죠. 어차피 여긴 내 감옥이잖아요?"

"무슨 말을 그렇게 하느냐? 감옥이라니? 넌……."

문득 독고경이 미미하게 웃는 걸 보고 감천형은 말을 멈추었다.

"되었어요. 사형이 나 때문에 고심하는 거 잘 알아요. 염려 말고 다녀오세요. 조용히 있을 테니까."

너무도 뜻밖인 그녀의 태도에 감천형은 어리둥절해질 지경이었다.

개봉을 떠나온 뒤에 보인 그녀의 그간 태도와는 너무도 상반되는 것
이었기 때문이다.

그의 표정이 우스웠던지 독고경은 피식, 웃더니 물었다.

"한 가지 물어봐도 돼요?"

"뭐든지."

"시숙······!"

그녀의 말이 채 끝나기 전에 낭랑한 음성이 들려왔다.

"언니는, 어디 갔나 했더니 여기 있었군요!"

그 음성과 함께 녹색 경장을 차려입고 허리에는 패검을 한 소녀 하
나가 나타났다. 나이는 17, 8세가량. 뛰어난 미인은 아니지만 해맑은
얼굴에 붉은 입술이 아름다운 소녀였다.

"어머, 감 당주님께서도 여기 계셨네요?"

그녀는 감천형을 보자 활짝 웃으며 팔랑 인사를 했다.

누가 봐도 첫눈에 명랑한 성품임을 알 수 있는 태도.

그녀가 바로 화산파의 삼대제자 중 화산옥녀(華山玉女)라고 세상에
알려진 진가기(陣嘉綺)였다. 당금 화산파의 장문인 진자양의 조카로서
총망받는 화산칠수(華山七秀) 가운데 하나이기도 하였다.

그녀는 독고경에 대한 진자양의 배려로써 그녀가 화산에 온 이후에
독고경을 위로해 주는 역할을 맡고 있었다. 처음에는 상대를 하지 않
던 독고경도 그녀가 하도 살갑게 구니까 이젠 마음을 터 서로가 제법
친해진 상태였다.

"진 소저 오셨소?"

감천형은 그녀가 오자 웃음을 지어 보이곤 독고경에게 고개를 돌렸
다.

"자세한 이야기는 다녀와서 하도록 하자. 이번에 밖에 나가면 몇 가지 알아볼 일이 있으니 네게도 알려줄 것이 많을 것 같구나."

"알았어요."

독고경이 고개를 끄덕였다.

"외부로 나가신다는 이야기를 들었어요. 언제 가세요?"

"지금. 그럼 다녀오겠소."

감천형은 화산옥녀 진가기의 물음에 그녀에게 가볍게 고개를 끄덕여 보이곤 등을 보인 채 총총히 그 자리를 떠났다.

"……."

화산옥녀 진가기는 그런 그의 뒷모습을 묘한 눈길로 바라보았다.

"참 멋진 분이야……."

홀린 듯 그를 바라보고 있던 그녀는 참지 못하고 종알거렸다.

"그렇지 않아요? 아무리 봐도 정말 저분이야말로 장부 중의 장부인 것 같아요. 저 나이에 저렇게 당당하시고……."

"그만 하자. 너 또 우리 사형 이야기로 시작해서 사형 이야기로 끝낼 작정이지?"

독고경의 말에 화산옥녀 진가기는 눈을 동그랗게 떴다.

"호호호…… 언니는……."

그녀는 문득 손을 내밀어 독고경의 손을 잡으며 은근히 입을 열었다.

"나 이야기 들었어!"

"또 무슨 소리를 하려고……."

"호호호, 언니가 누굴 생각하고 여기 나와서 매일 아래를 내려다보는지…… 저처럼 멋진 대사형이 왜 눈에 안 들어오는지 말이야."

"무슨 소리야?"

화산옥녀 진가기의 말에 독고경은 당황한 빛이 되었다.

전혀 평소의 그녀답지 않은 태도.

"무슨 소리긴? 그렇게 잘생기고 무공도 고강해서 무림세가의 자녀들이 한 번만 봤으면 하고 몽매에도 잊지 못한다는…… 그분! 바로 언니의 사숙 말이지!"

"진매. 넌 대체……."

"아냐? 이상한데? 아니면 왜 그렇게 얼굴이 빨갛게 되었지?"

화산옥녀 진가기는 생글생글 웃으며 고개를 빼 독고경의 얼굴을 빼꼼이 들여다보았다.

"하여튼…… 넌 어떻게 생각을 해도……."

독고경은 짐짓 눈을 흘겼다.

"그러지 말고 한번 말해 봐! 그분이 정말 어떻게 생겼지? 망산대회전(邙山大會戰) 이후에 그분에 대한 소문은 강호를 온통 뒤집어놨어. 생긴 것은 능풍옥수에 그 무공은 천신과 같아서 이미 지난날 독고 맹주님에 버금간다고…… 일검에 산이 무너지고 이검으로 바다를 가르니 뉘라서 그 신위에 맞설쏘냐! 물렀거라. 탕마신룡(蕩魔神龍)이 나아가노라……."

화산옥녀 진가기는 쉬지 않고 조잘거렸다.

"탕마신룡은 또 뭐니?"

독고경의 물음에 화산옥녀 진가기는 눈을 깜박거렸다.

"그것도 몰라? 그분 외호지. 하긴…… 그날 이후에 하도 부르는 이름이 많아서…… 어떤 사람은 백의신룡(白衣神龍), 또 어떤 사람은 백의대유협(白衣大儒俠)…… 또 뭐래더라?"

"일검에 산이 무너진다며? 검이 붙은 건 없디?"

"맞아!"

화산옥녀 진가기가 독고경의 말에 손뼉을 쳤다.

"검협(劍俠)이라고도 해!"

"그냥 딸랑 검협이야?"

어이없는 듯 독고경이 되묻자 진가기가 까르르 웃음을 터뜨렸다.

"그거야 이제 만나본 담에 붙여야지. 절세검협(絕世劍俠)이라고 할 수도 있고 능풍검협(凌風劍俠)이라고 할 수도 있을 거고 이름이야 없어서 못 붙겠어?"

독고경은 눈을 흘겼다.

"너, 그 이름 다 네가 지어낸 거지?"

그녀의 추궁에 화산옥녀는 생글생글 웃으며 고개를 저었다.

"아냐. 몇 개 지으려고 했지만 정말 강호상에 떠도는 소문이 분분하던걸? 밖에 나갔다 왔던 사형이 내게 말해 줬어. 그분 때문에 세상이 떠들썩하다고……."

"언제?"

"아까 낮에 돌아온 삼사형이 그랬어. 그날 이후 그분의 종적이 강호상에서 사라져서 탐문 중이라고……."

"화산파에서도 알지 못한단 말이야?"

독고경의 안색이 조금 달라졌다.

그녀는 이곳에 와서 상세를 치료하면서 화산파의 힘을 보았다.

현재 화산파의 힘은 화산파 사상 최강이라고 일컬어질 만하다. 라고 그녀의 사형인 감천형이 말했었다.

구대문파는 고래로 소림, 무당이 병칭되고 나머지 칠파가 그 영광을

나누었지만 이제 누구도 그들을 그 아래로 평가할 수 없을 것이라고
하는 말을 들었던 것이다.

그런데 그런 그들이 알지 못한다면, 혹시라도 한효월에게 무슨 일이
라도 생긴 건 아닐까?

*　　　*　　　*

방에까지 따라와 조잘거리던 화산옥녀 진가기는 한참 만에야 돌아
갔다.

차가운 성정의 독고경이었지만 그녀의 성품이 원래부터 차고 독한
것은 아니었다. 어릴 때부터 홀로 자라다시피 해서 스스로를 닫아버린
것에서 기인한 차가움이었던지라 붙임성 많은 진가기가 살갑게 굴자
의외로 빨리 친해지게 된 셈이었다.

열린 창문으로 밤바람이 불어와 창가 휘장을 펄럭인다.

아스라한 밤하늘에 걸린 달빛이 눈이 시리게 정겹다.

세찬 바람이 휘모는 바닷가에서 고사리 손을 불어가면서 검을 수련
했었다. 어린 그녀를 돌봐준 것은 사저들뿐, 청정(淸淨)과 고행을 목표
로 하는 암자에서의 수련은 고달플 수밖에 없었고 그녀와 같은 나이의
소녀에게는 힘든 시절일 수밖에 없음이 사실이었다.

고집스러운데다 차가운 성품이 된 것은 어쩌면 자연스러운 일이기
도 했다. 그렇게 마음을 닫아 다른 사람을 용납하지 않았다. 어린 시절
그녀와 함께했던 사형들도 낯설기만 했다.

그런데……

그런데 불쑥 나타난 사숙.

오히려 사형들보다 어린 사숙, 한효월을 보자마자 그녀는 걷잡을 수 없이 흔들리는 자신을 느껴야 했다. 세상을 놀라게 할 만한 미남도 아니다. 그러나 그에게는 사람을 잡아끄는 신비로운 힘이 있었다. 그를 생각할 때마다 가슴이 뛴다.

어렵고 답답할 때마다 그의 얼굴이 떠오른다.

그가 자신의 사숙임을 되뇌어도 이미 기울어진 마음을 그녀 스스로도 어찌할 수가 없었다. 그렇게 해서 자신도 모르게 매일매일 그를 기다리는 것이 일과가 되었다. 그를 기다리고 있다는 것만으로도 가슴이 훈훈해지는 그녀였다.

둥근 달 속에 그의 얼굴이 소리없이 그려진다.

"바보……."

문득 그녀가 중얼거렸다.

누가 바보라는 것일까?

답답하고 초조한, 이 불안한 마음을 누가 알까?

언제부터인가 자신에게 일어난 그 괴이한 현상으로 인해 그녀는 마음대로 바깥출입조차 하지 못했다.

그를 생각하지 않았다면, 그를 생각하는 마음이 없었다면 견뎌낼 수 없었을런지도 몰랐다. 평소 그녀의 성품으로 보자면 미치지 않은 것만도 용한 일이라 할 터이다. 그를 보고 싶은 마음이 없었던들 그녀는 이미 남해로 돌아가 버리고 말았을 것이었다.

그렇듯 기다리건만 한효월은 오늘도 오지 않았다.

불조차 켜지 않은 채로 그렇게 창가에 서서 물끄러미 달을 바라보고 있던 독고경의 안색이 문득 달라졌다.

'설마…… 감 사형이 오늘 강호로 나간 게 사숙 때문?'

그녀는 미간을 찡그린 채로 생각에 잠겼다.

바로 그때, 독고경의 안색이 갑자기 돌변했다.

어디선가 은은히 퉁소 소리가 들려오고 있었다.

달빛.

은은한 달빛이 서린 가운데 고즈넉한 어둠을 타고 조용히 흘러드는 퉁소 소리는 끊어질 듯 말 듯 어디선가 아련히 들려온다.

아마도 누군가가 화산의 절경에 감탄하면서 계곡에 앉아서 연주라도 하는 것일까. 근래에 들어서 화산파에는 이미 천하에서 백여 명 이상의 군웅들이 몰려와 용사혼잡(龍蛇混雜)하니 충분히 그럴 만도 하였다. 강호상의 기인(奇人)들은 그 지닌 바 재주가 제각각이니까.

하지만 그 소리를 듣는 독고경의 얼굴빛은 단순하지 않았다.

묘한 빛으로 그 소리를 듣고 있던 독고경의 얼굴에는 이내 괴이한 빛이 드러났다.

두 눈에서 심한 갈등의 빛이 일고, 이어 그녀의 눈에는 망연(茫然)한 빛이 떠올랐다. 마치 정신을 잃어버린 듯한 눈빛. 그녀는 스스로의 변화를 아는 듯 머리를 움켜쥐었다. 그녀의 손가락 사이로 머리카락이 폭포수처럼 흘러내렸다.

하지만 그것은 잠시.

그녀는 이내 입술을 깨물면서 창밖으로 몸을 날렸다.

퉁소 소리가 그녀를 부르고 있었다.

좌백은 길게 한숨 쉬었다.

이제 어느 정도 일과가 끝이 난 참이었다.

무림맹에서 그의 신분은 전과 같이 순찰당의 당주다.

그러나 무림맹이 화산파로 옮겨오자 그 순찰당의 당주라는 직위와 화산파의 자체 권한 사이에 묘한 충돌이 빚어질 수밖에 없었다. 순찰당의 당주는 모든 곳을 살펴볼 권한을 가진다. 그러나 화산파 고유의 영역을 넘볼 수는 없으므로 그런 갈등은 어쩔 수가 없었다.

그런 점을 감안하여 화산 장문인 진자양은 그에게 많은 권한을 주었고, 화산파는 철저히 지주(地主)로서만 자리하게 했다.

사람들을 접대하고 그들에게 무슨 일이 없는지, 적의 동태가 어떤지를 살펴보는 것이 바로 그의 일이다. 화산대회가 열리기 전까지 실제로 그는 이 무림맹에서 가장 바쁜 사람 중 하나였다.

조금 시간이 나자 그는 혹시라도 독고경에게 무슨 일이 없을까 하여 그녀에게로 가는 중이었다.

무림맹에서와 같이 그녀에게 별도의 거처를 주지도 못하고 그저 여자들이 모인 곳에 따로 방을 하나 줄 수밖에 없던 점도 마음에 걸렸다. 사방에서 사람들이 몰려들어서 방도 모자라고, 거의 피난처럼 옮겨온 상태라 비상시이긴 했지만 세상에서 가장 존경하는 사부의 하나밖에 없는 그 딸을 그렇게 두자니 늘 신경이 쓰였다.

더구나 수 년 만에 돌아온 그녀는 어딘지 모르게 전과 달라 각별한 주의를 요하고 있기에 더욱 그러했다.

그것이 그의 마음을 더욱 무겁게 했다.

'뭐지?'

문득 그가 걸음을 멈추었다.

무엇인가가 앞쪽으로 스쳐 지나간 것 같았기 때문이다.

그가 정신을 모아 다급히 앞을 살펴보자 누군가가 어둠 속으로 사라지고 있는 듯했다.

'설마?'

그 그림자의 모습이 눈에 익은 듯하여 가슴이 철렁한 좌백은 다급히 땅을 박찼다.

그가 몸을 날린 곳은 그 그림자가 사라진 곳이 아니라 바로 앞에 보이는 독고경의 거처.

"경아!"

바람처럼 그곳에 당도한 그는 독고경의 방 창문이 열려 휘장이 펄럭이고 있음을 보자 그녀를 불렀다.

대답이 있을 리 없었다.

"이런!"

고개를 들이민 그는 방 안이 빈 것을 직감하고는 그대로 창턱을 손으로 짚었다.

그 반동으로 그의 신형이 불쑥 솟아올랐다.

그렇게 신형을 튕겨 올린 그는 몸을 뒤집으면서 좀 전에 그 그림자가 사라진 곳으로 날아가기 시작했다. 바람 같은 금리도천파(金鯉倒穿波)의 경신술이었다.

풀잎을 밟고, 담을 차면서 거침없이 앞으로 내달렸다.

다른 사람의 눈을 상관할 상황이 아니었다.

그렇게 앞으로 달리던 그는 눈을 빛냈다.

앞쪽 계곡의 숲 속으로 사라지고 있는 사람의 그림자를 발견한 것이다.

더 이상 생각할 겨를이 있을 리 없다.

좌백의 신형이 소리없이 어둠 속으로 잠겨들었다.

천수단혼 좌백.

그 이름은 그가 암기의 달인임을 의미한다.

암기라고 하는 것은 작은 무기이고 그것을 쓰기 위해서는 눈이 매서워야 하며 손이 영교(靈巧)해야 한다. 그러기 위해서는 느려서는 안 된다. 신법이 탁월하지 않다면 암기를 제대로 쓸 수 없다는 의미다.

좌백의 신법은 사형제들 중에서 가장 뛰어난 점이 있었다.

그의 무공은 감천형처럼 웅장하거나 천무처럼 강대한 것은 아니었지만 가볍고 표홀함을 주종으로 하여 그 방면으로 남다른 성취가 있었다. 지금과 같은 상황에서의 추적에서는 가장 큰 위력을 발휘할 수 있는 사람이 그였다.

어둠 속이다.

그리고 숲이었다.

자칫 대낮이라고 할지라도 사람을 찾기 어렵고 앞서 가는 사람을 미행한다는 것은 쉬운 일이 아니었다.

하지만 좌백은 조금 달랐다.

그는 이미 앞선 사람이 독고경임을 확인한 다음이었다.

그리고 그녀의 움직임이 무엇인지 알 수 없는 어떤 것에 이끌려 가고 있는 것을 짐작한 상태였다. 빠르게 앞을 향해 나아가고 있긴 하지만 그녀의 신법에는 영교(靈巧)한 맛이 없었다.

얼마 지나지 않아 그녀가 바람을 타고 은은히 들려오는 퉁소 소리를 따라가고 있다는 것을 그는 짐작할 수 있게 되었다.

이렇게 되면 그녀를 놓칠 염려는 없었다.

오히려 이젠 과연 누가 이런 짓을 하는지 알아보기 위해서 내심 이를 갈면서 그녀의 뒤를 따라가고 있는 중이었다.

반 각가량을 그렇게 전진했다.

지세가 일변했고 가파른 산세를 등진 곳이 나타났다.

험악한 바위들이 첩첩이 덩치를 자랑하듯이 등을 맞대고서 사방에 웅기중기 모여들었다. 소나무와 잣나무들이 오랜 세월 동안 살아옴을 드러내듯 커다란 몸체를 하늘 높이 벌린 채 달빛 아래 그윽하다.

그중 수백 년은 더 되었음직한 고송(古松).

그 아래에 한 사람이 앉아 있었다.

먹물 같은 흑포를 걸치고 바위에 걸터앉은 그 괴인은 긴 통소를 입에 대고 있는데, 불어오는 밤바람에 흑포를 펄럭이면서 옥으로 된 통소를 연주하는 모습은 표표(飄飄)하기까지 해 보였다. 마치 오래된 산수화에 선인도(仙人圖)를 덧칠한 듯.

독고경은 그 흑포인의 앞으로 망설임없이 다가갔다. 마치 무엇이 끌고 있는 듯이.

흑포인은 그녀를 보지 못한 듯 연주를 계속했다.

독고경은 끌리듯 흑포인의 앞으로 다가가더니 그 앞에서 천천히 무릎을 꿇었다.

그러자 흑포인이 연주를 멈추었다.

놀랍게도 그 흑포인은 수십 리나 떨어진 이곳에서 통소 소리 하나로써 독고경을 불러낸 것이다. 그러한 능력은 실로 가볍게 볼 수 있는 것이 아니었다.

'대체 저 흑포인이 누구이길래……?'

그 광경을 보는 좌백은 괴이함을 금할 수가 없었다.

이때, 독고경은 평소의 그 영민(英敏)함을 이미 잃어버린 듯했다.

그저 멍하니 앉은 채로 그 흑포인을 바라보고만 있을 뿐이었다.

연주를 멈춘 흑포인은 독고경을 향해 나직이 무엇인가 말했다.

그러자 독고경이 앉은 자세로 흑포인의 앞으로 다가갔다.

흑포인이 손을 내밀었다.

소매가 펄럭이는 가운데 그 소매 속에서 손이 뻗어 나왔다. 그 손은 어둠 속에서 매우 희게 번뜩이면서 독고경의 정수리를 향해 떨어져 내리고 있었다.

"멈춰라!"

그 광경을 보자 좌백은 놀라 소리치면서 달려갔다.

원래 숨어서 상황을 지켜볼 생각이었지만 독고경이 위험에 처하는 것을 감수하면서까지 그럴 수는 없는 일인 까닭이다.

독고경의 머리를 향해 손을 내밀었던 흑포인은 방해자가 나타난 것이 뜻밖인 듯 빠르게 손을 거두어들였다.

"너는……."

나타난 사람이 좌백임을 본 흑포인이 나직이 중얼거렸다.

그 자리에 당도한 좌백은 먼저 독고경을 살펴보았다.

그녀는 좌백이 나타난 것도 알지 못하는 듯 망연한 눈빛으로 그대로 앉아 있긴 했지만 해를 입은 듯 보이지는 않았다.

내심 일단 안도한 좌백은 날카로운 눈초리로 여전히 앉아 있는 그 흑포인을 쏘아보았다.

어둠을 두르고 거대하게 자리한 아름드리 고송(古松)의 아래에 자리한 그 흑포인은 흑포뿐만 아니라, 얼굴에도 검은 천으로 된 면사(面紗)를 쓰고 있어서 정체를 알 수 없었다. 하지만 면사는 눈 아래를 가리는 것이 보통인지라 면사 위로 드러난 흑포인의 눈은 어둠 속에서 날카롭게 좌백을 바라보고 있었다. 정광(精光)이 깃든 그의 눈은 그가 만만한 사람이 아님을 알게 하기에 족하다.

"당신은 누구요?"

좌백은 싸늘한 표정으로 상대를 쏘아보면서 물었다.

모습을 드러낸 그의 자세는 어떻게 보면 매우 엉거주춤해 보였다.

약간 자세를 낮춘 상태로 두 팔을 약간 치켜 올린 채 발은 앞으로 전진하다가 만 듯했기 때문이다.

얼핏 보면 매우 어색한 자세인 듯했지만 실제로 그것은 마치 활을 당겨놓은 듯한 준비 자세였다. 언제 어느 때라도 그의 장기인 암기를 쏘아낼 수 있는 자세인 것이다.

그때 돌연 좌백의 얼굴에 긴장이 살처럼 흘렀다.

옆구리를 날카로운 바늘로 찔리는 듯한 감각을 느낀 것이다.

좌측 어둠 속이었다.

검은 그림자 하나가 검을 움켜쥐고 그를 노려보고 있었다.

거리는 1장가웃 정도.

아직 검을 뽑은 것은 아니었다.

하지만 그는 검을 잡고 있었고 금방이라도 검을 뽑아 그를 후려칠 것만 같았다.

1장가웃이라면 절대로 검이 닿을 수 없는 거리.

그러나 그 검수(劍手)에게 있어서는 그 거리가 검을 뽑는 순간, 발검(拔劍)을 하는 순간에 벨 수 있는 거리임을 누구라도 느낄 수 있을 정도였다.

검을 뽑기도 전에 이러한 검기가 일어나다니…….

'대단한 검도고수…….'

좌백은 굳은 눈빛으로 눈앞에 있는 흑포인을 노려보았다.

그를 앞에 두고서는 아무리 위협이 되더라도 감히 신경을 분산할 수가 없었던 것이다. 그렇다고 독고경을 두고 물러날 수 있는 입장도 아니었다.

결국 그는 흑포인과 부딪칠 수밖에 없었다.

하지만 적에게 옆구리를 내놓고 있는 마당이니 불리한 것은 그였다.

그때였다.

"물러나 있도록 해라."

흑포인이 나직이 입을 열었다.

뜻밖에도 그 음성은 맑고 영롱했다.

순간, 그처럼 무섭게 좌백을 핍박해 들어오던 검기가 씻은 듯이 사라졌다.

동시에 좌백을 위협하던 검수도 어둠 속으로 사라졌다.

'음……'

좌백은 내심 신음했다.

적이 유리한 위치를 스스로 포기한 이유를 알지 못해서였다.

그만큼 자신이 있다는 것인가.

그런 생각이 들었기에 그의 얼굴과 마음은 굳을 수밖에 없었다. 그러나 독고경이 여기 있는 한 물러날 수는 없는 일이었다.

"돌아가라. 여기서 네가 할 일은 없다."

흑포인이 냉랭한 음성으로 말했다.

"사매와 함께라면 돌아가겠소."

"네 능력으로 말인가?"

흑포인이 차갑게 코웃음 쳤다.

좌백은 반 걸음을 미미하게 움직여 자세를 조금 편하게 하면서 태연히 말을 받았다.

"세상에는 능력이 모자랄지라도 물러날 수 있는 일이 있고, 물러날 수 없는 일이 있는 법이니…… 최선을 다할밖에."

"……."

그의 말에 흑포인은 묘한 표정이 되어 좌백을 보았다.

좌백의 눈빛은 완강했다.

"네가 죽어도 말인가?"

"……."

좌백은 대답하지 않았다.

다시 조금 움직여 신형의 위치를 조정했을 뿐이다.

고송의 나뭇가지 사이로 달빛이 미미하게 흘러드는 것을 보고 거기에 맞춰서 몸을 움직인 것이다. 별것이 아닌 것 같지만 암기를 발출할 때, 이런 각도라면 분명히 암기의 끝이 달빛을 반사할 것이므로 순간적으로 암기의 위력은 천양지차가 될 수 있었다.

"여전히 영악하군……."

흑포인이 좌백의 움직임의 의미를 알아본 듯 나직이 중얼거렸다.

그 음성에는 묘한 빛이 서려 있었다.

잠시 그를 보던 흑포인이 다시 말했다.

"이 아이를 해롭게 하지는 않을 테니 돌아가 있어도 좋다."

흑포인의 말에 좌백이 침착히 대꾸했다.

"사매는 돌아가신 선사의 단 하나밖에 없는 혈육이오. 당신의 말 한 마디에 내가 그냥 돌아갈 것이라고 생각한다면……."

"이 아이는 내 혈육이다."

"……!"

그 말에 좌백의 안색이 돌변했다.

마치 뒤통수를 한 대 얻어맞은 것만 같았다.

"나를 알아보지 못하는 것도 무리는 아니겠지. 천형이라면 몰라
도…… 넌 그때 너무 어렸으니까."

흑포인이 중얼거렸다.

그의 말은 너무 괴이하여 좌백은 흑포인을 뚫어져라 쳐다보았다.

그의 눈길에 흑포인은 얼굴에 쓰고 있던 면사를 벗었다.

그러자 아름다운, 세월의 흔적을 간직한 중년 여인의 얼굴이 나타났
다. 나이는 얼핏 서른 정도로 보이지만 차고 고고하게 보이는 얼굴이
었다. 다만 그 안색이 너무 차가워 한 겹 얼음을 깔아둔 듯 함이 옥의
티라고 할까.

"서, 설마……?"

그녀의 얼굴을 보고 있던 좌백의 얼굴이 갑자기 창백해졌다.

"알아보겠느냐?"

"정말 사(師)…… 아니, 그럴 수는? 돌아가셨는데……."

좌백은 그답지 않게 더듬거릴 뿐, 말을 잇지 못했다. 너무도 상상하
기 어려운 사실 앞에 직면한 까닭이다.

"때론 살아 있음이 죽은 것만 못할 때도 있지. 네가 나를 알아볼 수
있다면 내게 이 아이를 맡기고 돌아갈 수 있겠지?"

"……."

좌백은 일시지간 입을 열 수가 없었다.

그의 앞에 나타난 사람은 정말 너무도 뜻밖의 사람이라 어떻게 말을
해야 할런지 정말 알 수가 없었던 것이다.

"왜 사매를……."

한참 만에야 입을 연 그의 말이다.

"이 아이는 정상이 아니다. 그 독랄한 계집이 이 아이를 꼭두각시로 만들고자 하여…… 다행히 내가 발견했으니 오늘만 치료를 한다면 정상을 되찾을 수 있을 것이다."

"그 독랄한 계…… 여자가 누굽니까?"

좌백이 어설픈 어조로 물었다.

그는 매우 혼란스러워져서 평소의 명민하던 일 처리와 같을 수가 없었다.

하긴 십수 년 간이나 죽었다고 생각했던 사람이 돌연 살아서 나타났는데 누가 아무렇지도 않을 수 있겠는가.

"네가 그간 사모라고 부른 계집 외에 또 누가 있겠느냐?"

"그……!"

좌백은 말문이 막혔다.

그녀의 말대로라면 사모인 봉설란이 독고경을 모해하였다는 것인데, 평소 그가 아는 봉설란이라면 결코 있을 수 없는 일인 까닭이다.

더구나 봉설란과 독고경은 물과 기름처럼 잘 어울리지 않았는 데다가 독고경이 남해에 있어서 같이 있을 시간조차 거의 없지 않았던가?

파라락…….

밤바람이 묵묵히 선 좌백의 옷자락을 펄럭인다.

그는 석상처럼 서서 이제는 흑포여인이 된 그녀가 바위에 잠자듯 누운 독고경의 머리에다 손을 대고서 눈을 감고 있음을 지켜보고 있는 중이었다. 그녀의 공력은 보기 드물게 고강하여 그녀의 머리 위로는 허연 김이 무럭무럭 피어 오르고 있었다.

시간이 지나자 김은 그녀의 머리뿐만 아니라 그녀의 손이 닿은 독고경의 머리 위에서도 은은히 피어 올랐다.

신비로운 보랏빛 광채가 흑포여인의 손에 일렁였다.

'불가의 공부(功夫)인 듯한데 무슨 공력인지 알 수가 없군.'

그 광경을 지켜보던 좌백이 내심 신음했다.

"으으으……."

독고경의 입에서 고통스러운 신음이 흘러나왔다.

"마침내 금제(禁制)가 깨어졌군……."

나직한 음성이 독고경을 내려다보고 있던 흑포여인의 입에서 새어 나왔다.

정신을 잃고 누운 독고경.

그녀의 얼굴은, 전신은 온통 땀투성이였다.

곤혹스러운 표정으로 그녀를 내려다보고 있던 흑포여인은 부드러운 손길로 그녀의 이마에 흐른 땀을 닦아주고 있었다. 깎아 만든 사람처럼 무표정하던 흑포여인의 얼굴에는 안쓰러운 빛이 가득해 보인다.

'정말…… 이란 말인가?'

좌백은 내심 신음했다.

하지만 여전히 믿기지 않았다.

죽은 줄 알았던 사람인데…… 아니, 죽었는데, 죽었었는데…….

그때, 흑포여인이 시선을 들어 그를 보았다.

"반 시진 정도는 쉬어야 정신을 차릴 수 있을 것이다. 그때까지 이 아이를 지켜주겠느냐?"

"사(師)……."

좌백은 그녀에 대한 호칭을 어떻게 해야 할지 몰라서 입을 열다가 말을 돌렸다.

"사매가 깨어나는 것을 보지 않을 것입니까?"

"바쁜 일이 있어서 여기 오래 머물 수 있는 상태가 아니다. 네가 굳이 고집을 피우고 이 자리를 떠나지 않았으니…… 부탁하마."

말과 함께 그녀가 갑자기 일어났다.

이처럼 돌연히 떠난다고 나설 줄은 몰랐으므로 좌백은 당황해서 말했다.

"사매가 깨어난다면……."

"네가 알아서 이야기를 하도록 해라. 다만, 내가 저를 치료했다는 것은 아직 알리지 않는 것이 좋겠다. 조금 더 상황을 보는 것이 좋을 것 같으니까."

갑자기 흑포여인이 안색을 굳혔다.

"나를 만난 사실은 누구에게도 말하지 말도록 하거라. 아직까지 내가 살아 있다는 것은 세상에 알리고 싶지 않으니까. 아니, 알아서는 안된다. 알겠느냐?"

"알겠습니다. 그러나……."

그녀의 다짐에 좌백은 단서를 달았다.

"경과를 대사형에게까지 숨길 수는 없겠습니다."

그의 말에 흑포여인은 잠시 생각하는 듯하다가 머리를 끄덕였다.

"좋다. 너희 사형제들만 안다면……."

그 말을 남기고 그녀의 신형은 숲 속 어둠 속으로 소리도 없이 스며들었다. 독고경을 잠시 내려다보던 그녀는 몸을 트는가 싶은 순간에 숲 속 어둠으로 사라져 버려 허깨비를 보는 것 같았다.

"대단한 신법이로군……."

좌백이 신음을 흘렸다.

어떻게 된 것이 지금 사방에서는 고수들이 속출하고 있었다.

흑포여인의 무공이 자신보다 하수가 아니라는 것은 그 신법 하나만으로도 충분히 증명이 된 듯했다. 그것이 그를 불안하고도 화나게 했다. 얼마 전까지만 해도 그는 자신의 무공에 자부심을 가지고 살았었다.

그런데 지금 와서 이런······.

이렇게 해서 좌백은 하릴없이, 아니, 불안과 긴장이 함께하는 시간을 보내게 되었다.

만에 하나라도 독고경에게 무슨 문제가 생긴다면 그 책임을 어떻게 모면할 수가 있으랴. 흑포여인이 떠나자마자 그는 독고경의 앞을 가로막고서 주변을 경계하기 시작했다.

그녀가 정신을 차린 것은 정말 반 시진가량이 지난 뒤였다.

"사형?"

잠을 자고 난 듯한 표정으로 주위를 두리번거리던 그녀는 자신의 눈앞에 좌백이 우뚝 서 있음을 보자 어리둥절하여 그를 불렀다.

그녀가 몸을 일으키자 그녀를 덮고 있던 좌백의 겉옷이 흘러내렸다.

"괜찮으냐?"

"무슨 말이에요?"

"나도 영문을 모르겠다. 나는 네가 화산파 경내를 벗어나는 걸 보고 따라왔는데······ 네가 갑자기 여기에서 쓰러지는 바람에······."

"내가 여기에서 말인가요?"

독고경은 미간을 찡그린 채로 주위를 돌아보았다.

신경 써서 돌아보지만 머리만 깨어질 듯 아플 뿐, 아무런 기억도 나지 않았다. 아련하게 퉁소 소리를 들은 것 같지만 그것이 기억의 전부였다.

그 퉁소 소리를 따라 여기까지 이른 것도 기억나지 않는다.

"정말 아무것도 기억나지 않느냐?"

"그래요. 아무것도……."

독고경이 굳은 얼굴로 말끝을 흐렸다.

생각할수록 머리만 깨질 듯 아프기만 했다.

처음에는 느끼지 못했었다. 하지만 자신의 의지와는 상관없이 전혀 엉뚱한 곳에서 정신을 차리는 일이 있음을 느낀 다음부터 그녀의 성격은 더욱 날카로워졌다.

누구라도 그럴 수밖에 없는 일이었다.

화산으로 온 다음부터 그런 일은 눈에 띄게 줄었다. 아니, 전혀 없었다고 할 수 있었다. 그런 까닭에 그녀도 심리적인 안정을 찾아가던 중이었다. 그런데…….

좌백은 한참 그녀를 위로하여 일단 그 자리를 뜰 수 있었다.

…….

그들이 그렇게 달빛 내리는 산길을 따라 그 자리를 떠나는 모습을 조용히 지켜보고 있는 눈이 있었다.

그것은 뜻밖에도 이미 떠난 줄 알았던 흑포여인이었다.

"위험하지 않겠습니까?"

그녀의 뒤에서 나직한 음성이 들려왔다.

"만에 하나 살아 계신 것을 그쪽에서 알게 되면……."

"때가 되었다. 언제까지 숨어 있을 수는 없는 일. 저들이 영원히 우리를 찾아내지 못할 리가 없지. 그리고 이젠 누가 적인지 아닌지는 알

아야 할 때가 되기도 했지……. 위험을 무릅쓸 만한 가치는 있는 일이
야. 그의 동태를 하나 남김없이 감시해서 수상한 점이 없는지, 누구와
접촉하는지를 알아보도록 해."

"알겠습니다."

그녀의 뒤에서 서 있던 검은 그림자가 머리를 숙였다.

"출관(出關)은 예정대로 차질이 없나?"

"그런 것으로 압니다."

"……."

문득 말이 끊겼다.

흑포여인은 흔들리는 눈빛으로 독고경이 사라진 곳을 망연히 응시
하고 있었다.

착잡하다.

지난 십여 년 간의 수도(修道)로 다스렸던 마음이었다. 그러나 다시
속진(俗塵)에 파묻힌 이래 수없이 손에 피를 묻혔다.

그것도 가장 경원시하던 복수란 미명(美名) 하에.

나를 버린 그 사람을 위해서…….

나와는 아무런 상관도 없는 천하라는 괴물을 대명제로 놓고서 그간
쌓아온 모든 것을 이렇게 내팽개치면서까지 그가 남긴 그 유언(遺言)을
따라 이렇게 달려가야만 하는 것일까?

그가 출관한다.

"호정군(護正軍)의 대장(大將)으로서…….”

부지중에 그녀가 중얼거렸다.

그 말에는 세상에 경악하고도 남을, 참으로 크나큰 의미가 깃들어
있었다. 그리고 그 의미를 알게 되면서 세상은 막강하기 이를 데 없는

새로운 힘의 출현을 보게 될 터였다.

흑포여인.

그녀야말로 그 중심에 선 사람이었다.

*   *   *

화산을 떠난 감천형은 화산파의 장로 한 사람, 그 제자 둘과 호맹위대 서른 명을 대동하고서 일로 목적지를 향해서 달렸다.

사부의 시신을 가져간 자들.

다른 것도 아닌 돌아가신 분의 유체를 욕보인 자들……

그들을 찾아가는 마당이니 한시라도 쉴 틈이 없었다. 그러나 그는 무모한 사람이 아닌지라 목적지를 십 리 앞에 두자 모두에게 휴식을 명했다.

내세운 척후의 보고는 심상치 않았다.

은밀한 세력이 일대를 감시하고 있고 그 범위가 생각보다 대단히 크다는 것. 그것은 어떤 강력한 힘이 이 일대를 장악하고 있다는 것이었기 때문이다.

"과연 그처럼 강하게 스스로를 드러내고 있을까?"

감천형은 머리를 저었다.

그들의 움직임은 지금까지 은밀하기 이를 데 없었다.

굳이 지금에 와서 이처럼 스스로를 드러낼 이유가 없었다.

그렇다면 이유는 한 가지.

무엇인가 내부적으로 변고가 일어났다는 의미.

그렇게 판단하자 감천형은 휘하의 모든 고수들에게 일대악전(一代惡

戰)을 각오하도록 엄명하고서 바로 그 자리를 떠 목적지인 조운촌으로
향했다.

감천형은 그렇게 해서 이 자리에 나타나게 되었다.
그가 조운촌에서 목도한 것은 목불인견(目不忍見)의 참경이었고 가
히 천인공노라고 할 만했다.
어른, 아이, 부녀자 할 것 없이 살아 있는 생명체는 모두가 참혹한
죽임을 당했다. 누구도 예외가 없었고 그것을 목도한 사람들은 누구를
막론하고 분노하지 않을 수가 없었다.
그러나 분노 이전에 뭔가 다른 것이 있었다.
하지만 상황은 달리는 급류와 같아서 멈출 수가 없었다.
그렇게 싸움은 시작되었다.

신룡출운(神龍出雲)

―신위를 뽐내다
일신의 무공(武功)은 세상을 덮을 만하건만……

신룡출운(神龍出雲)

쨍!

그의 패도를 막던 검이 날카로운 쇳소리와 함께 부러져 나갔다.

"으악!"

검이 부러지면 그 주인이 성할 리 없다.

그를 막던 검수가 피를 뿌리며 쓰러졌다.

쨍쨍…….

도명(刀鳴)이 호랑이가 울부짖는 듯하고 도광(刀光)은 천둥 번개가 작렬하는 것만 같았다. 가히 만부막적의 기세로 감천형의 패도는 앞을 가로막는 모든 것을 쳐부수면서 전진하고 있었다. 누구도 그를 막지 못했다.

"뇌정도로군……."

천추성주가 나직이 중얼거렸다.

그의 눈빛이 싸늘히 가라앉았다.

"죽고 싶어서 환장을 한 모양이니…… 소원대로 해주지."

그는 분노하고 있었다.

그럴 수밖에 없었다.

목적하고 왔던 일은 완전히 무산된 상태였다. 거기에 감천형에게 기습을 당한 꼴이 되어서 부하들이 채 정신을 차리지도 못하고서 피를 뿌리고 있으니…… 어찌 참을 수가 있겠는가.

감천형의 앞을 가로막던 자들이 썰물처럼 갈라졌다.

"좋아, 드디어 직접 나타났다는 건가? 와라!"

감천형이 껄껄 웃으면서 앞으로 성큼 한 걸음을 디뎠다.

"하늘 높은 줄 모르는군……."

천추성주가 냉소를 터뜨렸다.

"무고한 사람들을 그처럼 참혹하게 죽이고서도 네놈들이 사람이라고 할·수 있단 말이더냐? 내 하늘을 대신하여 벌을 내려야겠다!"

감천형이 코웃음 치면서 수중의 패도를 앞으로 무찔러 냈다.

패도가 밤하늘을 가르며 떨어지는 번갯불처럼 천추성주를 덮쳐 갔다.

"제 사부의 시체를 도적질해 간 자들이 누군지는 관심도 없는 모양이군. 멍청한……."

천추성주가 코웃음을 흘렸다.

그의 음성은 크지 않았지만 감천형 정도의 고수가 그 말을 듣지 못할 리가 없다. 더더구나 그의 일거수일투족에 바짝 신경이 가 있는 판이니 그것은 너무도 당연했다.

그러자 앞으로 찔러가던 그의 패도에 미세한 틈이 생겼다.

찰나, 가공할 빠르기의 섬광(閃光) 한줄기가 그 틈을 파고들어 왔다.

"윽!"

감천형이 바늘에 찔린 사람처럼 튀듯 뒤로 물러났다.

가슴팍 옷자락이 베어져 펄럭이고 있었다. 물러나는 그의 궤적을 따라 선연한 핏방울이 허공을 수놓았다. 중한 내상은 아니고 스친 정도였지만 그의 반응이 조금만 늦었더라도 그의 심장은 이미 두 토막이나 있을 터였다.

"비겁한……."

감천형이 이를 악물자 천추성주가 냉소했다.

"생사결(生死訣)에서 비겁이라? 하하…… 한심한, 그러니 무림맹이 그처럼 지리멸렬하여 화산으로 혼비백산, 도주한 것이겠군."

"닥쳐라!"

감천형이 고함과 함께 그를 덮쳐 갔다.

"죽고 싶다면 죽여주마!"

천추성주의 고함 소리와 더불어 두 사람의 대결은 시작되었다.

'감 사질의 무공이 그간 많이 증진되었군…….'

요광성주의 뒤에서 그것을 보는 한효월이 내심 고개를 끄덕였다.

저 정도면 천추성주에게 쉽게 질 염려는 없을 터였다. 그러나 지금 상황에서 그것으로는 부족했다. 기습으로 일시지간 득세했던 무림맹의 고수들은 이미 기선의 효(效)를 상실한 상태였다.

거기에 강령루의 흑포인들은 아직 움직이지도 않았다.

천추성주의 눈에 놀람이 서렸다.

그는 손을 쓰면서 절대적인 자신을 가지고 있었다.

십 초 이내에 감천형의 손에서 위력을 발하는 패도를 떨어뜨릴 작정이었었다. 그런데 이미 이십 초가 지난 다음인데도 감천형의 패도는 여전히 막강한 위세로써 그에게 달려들고 있는 것이다.

'놈의 무공이 이 정도라니…… 과연 건곤무적의 대제자답다. 자칫 그대로 버려두었다가는 호랑이가 되겠구나!'

암중에 감탄을 했지만 그것은 어디까지나 내심의 중얼거림일 뿐이다. 그의 눈에는 살기가 돌았고, 날카로운 기세로 감천형의 패도와 맞서던 검이 갑자기 신랄하기 이를 데 없이 돌변했다.

그때였다.

흑포괴인의 주위에 늘어서 있던 흑포인들이 갑자기 어둠의 너울처럼 훌훌 날아올라서 무림맹의 위사들에게 달려들기 시작하였다.

그들의 위세는 실로 가공했다.

그 움직임이 질풍과 같았고 무림맹의 위사들을 덮치자마자 잇달아 무림맹의 고수들에게서 비명이 터져 나왔다.

"이런 괴물들이……."

화산의 고수인 천매검객(穿梅劍客) 하주(河周)가 놀라 검을 마구 흔들었다.

화산비전의 검세를 시전해 낸 검은 여지없이 달려들던 흑포인을 난도질했다.

땅! 따당…….

그러나 흑포인의 몸에 검이 부딪치자 거기서 일어난 음향은 너무도 어이없게도 고막을 찌르는 쇳소리. 놀랍게도 그들의 몸은 강철과도 같아서 도검을 두려워하지 않았다.

몸으로 검을 받아낸 흑포인이 손을 뻗어왔다.

가공할 위세의 일격.

"크으으……."

검이 부러지면서 화산파의 장로 가운데 하나인 하주가 뒤로 물러났다.

사방에서 흑포인들이 죽음의 너울처럼 난무하고 있었다.

그것은 공포라고 할 만했다.

무림맹의 고수들의 눈에 공포가 서렸다.

"목을 내놓아라!"

천추성주와 싸우던 감천형이 갑자기 천둥처럼 소리치면서 천추성주를 엄습해 갔다.

주변의 상황이 돌변하자 도세가 일변했다.

그런데 그것은 놀랍게도 방어의 초식이 전혀 없다. 오로지 공격일변도. 그러니 그 위력은 방금 전보다 배는 강력하여 주위가 온통 가공할 도기(刀氣)로 가득 찼다.

"미친……."

천추성주의 얼굴에 냉소가 스쳐 갔다.

그대로 가도 그는 몇 초 이내에 감천형을 쓰러뜨릴 자신이 있었다. 그런데 저렇듯 무리를 한다면 결과는 뻔했다. 하지만 그를 쓰러뜨리기 위해서는 그도 그만한 대가를 지불해야만 할 터였다. 너 죽고 나 죽자는 그런 타법에 맞선다는 것은 어리석었다.

그는 냉소하며 옆으로 반걸음 물러났다.

얼핏 보면 옆으로 물러나 상대의 예봉을 피하는 것 같았다.

하지만 그의 신형은 옆으로 물러나는 것이 아니라 슬쩍 회전하면서 그 서슬에 한줄기 섬광이 가공할 속도로 감천형의 도광을 헤집고 날아갔다. 그것이야말로 그가 폐관수련한 천홍일예(穿虹日霓)의 일검.

스파앗!

검이 허공을 갈랐다.

"이……."

천추성주의 얼굴이 일그러졌다.

정말 상상할 수 없게도 감천형의 일초는 허초였던 것이다.

그는 전력을 다해 공격하는 듯 보이고는 그 순간 패도를 거두어 전세를 관망하고 있던 요광성주를 공격해 가버렸다.

그러니 천추성주의 일격은 헛되이 허공을 갈랐을 뿐.

그의 검이 허공을 가르는 순간에 감천형의 패도는 가공할 속도로 이미 요광성주의 면전에 이르고 있었다.

뜻밖의 상황에 요광성주는 대경실색했다.

전혀 대비를 하지 않고 있었던 까닭이다.

감천형의 패도는 무서운 기세로 요광성주를 갈랐다. 그의 움직임은 그야말로 질풍과 같아서 요광성주는 거의 속수무책이었다.

바로 그 순간이었다.

그녀의 뒤에서 한 사람이 바람처럼 뛰쳐나오면서 감천형의 패왕신도에 맞서갔다.

바로 그녀의 뒤에 서 있던 한효월이었다.

쨍!

날카로운 불꽃이 튕겼다.

그가 손을 쓴 시기는 매우 적절해서 거의 일도양단의 기세로 쏟아져 내린 감천형의 패도를 막아낼 수가 있었고, 한효월이 신음과 함께 주춤, 뒤로 물러나는 순간에 요광성주는 틈을 얻어 몸을 피할 수가 있었다.

"으하하하! 다시 받아봐라!"

감천형은 요광성주의 부하로 분(粉)한 한효월이 자신의 일도를 막아내자 노하여 천둥처럼 웃으면서 연달아 삼도를 쳐냈다.

쏵! 쏴쏴…….

일도보다 이도가 무섭고 마지막 삼도는 첫 번째 도광이 이는 순간에 오히려 그것을 앞질러 제삼도가 먼저 쳐낸 제일도처럼 보였다. 그 의미는 그 공격이 그만큼 무섭게 빠르다는 것이었고, 옆에서 보던 요광성주의 안색이 놀라 창백해질 정도였다.

그 공격이 얼마나 무서운지 감천형의 수중에 들린 패도는 거의 찰나간에 한 가닥 도광으로 화해 한효월을 무찔러드는데, 얼핏 보기에 감천형의 몸에서 새하얀 번갯불이 튕겨져 나가 한효월의 몸에서 작렬하는 것만 같았다.

쨍! 쨍그렁…….

누가 봐도 힘에 붙이는 형국.

마치 술에 취한 듯 거의 일직선으로 물러나던 한효월은 마지막 제삼도가 제일, 제이도와 같이 그를 향해서 쏟아지자 더 이상은 견디지 못했다.

고막을 찌르는 날카로운 쇳소리와 함께 그의 수중에 있던 장검이 그대로 산산조각으로 부서졌고 감천형의 패도는 그대로 한효월을 쳐버렸다.

'맙소사!'

그들의 관계를 너무도 잘 아는 요광성주는 놀라 손으로 입을 가렸다.

상황이 너무도 전격적이라 한효월의 신분을 감천형에게 알려줄 만한 여유도 시간도 없었던 것이다.

"으악!"

외마디 비명.

보통 무기와 무기가 부딪치면 정도의 차이는 있을망정, 직접적으로 베이지 않는다면 치명적인 타격을 받지 않는다.

특히나 들고 있던 검이나 도가 상대의 무기에 의해 부서진다면 일단 그 상태에서 힘이 대부분 상쇄되므로 그로 인해 상처를 입는 것은 예외라 할 수 있었다. 검이나 도가 날아들어 직접 상처를 입힌다면 몰라도.

하지만 감천형의 패왕신도 하에서 펼쳐지는 뇌정도는 달랐다.

검이 부서지는 순간에 가공할 경기가 패왕신도에서 일어나 그 패도를 막아내던 한효월을 그대로 쳐버렸던 것이다.

그 타격은 가히 치명적이라 한효월은 피를 뿜어내면서 그의 뒤쪽으로 가지런히 자리한 정원수 뒤쪽으로 가랑잎처럼 날아가 버렸다.

말 그대로 한칼에 한효월을 날려 버린 감천형은 조금도 쉬지 않고 뒤로 물러난 요광성주를 덮쳐 갔다.

이 일련의 상황은 긴 듯했지만 실제로는 요광성주를 덮쳐 가던 연장선상에 있어서 찰나간에 벌어진 일에 불과했다.

"홍!"

요광성주를 덮쳐 가는 감천형의 귓전에 북풍(北風)과도 같은 냉소가 들려왔다.

감천형은 보지 않아도 그것이 뒤에 남은 천추성주의 것임을 알고 있었다. 그와 싸우다가 다른 사람을 공격하니 허탕을 친 그가 그냥 있을 리 만무다.

무서운 검기가 느껴졌다.

"으악!"

"으아아……."

그때 주위에서 들리는 비명 소리.

패도를 돌려 천추성주와 상대하려던 감천형은 옆으로 튕기듯 물러나 상대의 예봉을 피하면서 주위를 둘러보고는 안색이 창백해졌다.

적이 믿기지 않도록 강했던 것이다.

좀 전부터 발동한 그 흑포괴인들…….

그들은 무림맹의 그 누구도 상대해 내지 못했다.

놀랍게도 그들의 몸은 도검이 불침이라 무림맹의 고수들은 이미 공포에 질린 상태였다.

어찌 그렇지 않겠는가.

죽어라 공격을 해도 상대의 몸에 흠집조차 낼 수 없으니…….

그것은 악몽(惡夢)이었다.

검을 휘둘러도 칼을 휘둘러도, 바위를 두부처럼 으스러뜨리는 막강한 장세(掌勢)에도 흑포괴인들은 전혀 아무렇지도 않았다. 피하지도 않았다.

기껏해야 날아드는 칼날을 팔뚝으로 쳐내는 것이 그나마 막는 시늉이라도 하는 것이었지만 그 다음에는 공격한 사람의 비명이 처절하게 뒤따랐다. 그 팔뚝은 무림맹 위사들의 검을 간단히 쳐내고는 그들에게 달려들어서 그 가공할 팔뚝으로 그의 머리를 치니, 위사들의 머리는 말 그대로 두부처럼 으깨어져 뇌수를 흘리며 참혹하게 죽어가야 했다.

이 자리에 나타난 흑포괴인들의 숫자는 열둘에 불과하였다.

그러나 구름 사이로 겨우 드러난 희미한 달빛 아래서 흑포를 펄럭이면서 날아다니는 그들의 모습은 공포스럽기 이를 데 없었다. 그나마 그 우두머리인 강령루의 제이당주라는 자는 나서지도 않았다.

무림맹 위사들의 사기는 이미 땅에 떨어진 다음이었다.

도저히 어떻게 해볼 수가 없으니 싸울 마음이 날 리가 없는 것이다.

그 광경을 본 감천형은 천추성주를 버려두고는 그쪽으로 달려갔다.

막 그 뒤를 따르려던 천추성주는 냉소를 흘리며 그를 쫓지 않았다. 네가 과연 그들을 어떻게 상대하려는지 보겠다는 심산.

"으으……."

무림맹의 호맹위대. 열 명의 위사를 책임지는 십장(什長)인 천운검객(穿雲劍客) 마운(馬雲)은 공포에 질린 빛으로 뒤로 물러났다.

그의 손에 들린 천운검은 이미 반 토막이었다. 그의 눈앞에서 죽음의 너울을 펄럭이는 흑포인을 공격한 대가였다. 연달아 칠 검을 공격했고, 그 공격은 하나도 빗나가지 않았지만 돌아온 것은 부러진 검과 충격에 덜덜 떨리는 팔목뿐.

그의 칠 검에 흑포를 갈가리 찢긴 흑포괴인은 음산한 눈빛으로 그를 쏘아보면서 그에게 덮쳐 오고 있었다. 천운검객이 사력을 다한 칠 검은 그가 다가서는 기세를 약간 늦추었을 뿐이었다.

"이 괴물! 같이 죽자!"

천운검객 마운은 이를 갈면서 앞으로 반 동강의 검을 쳐냈지만 흑포괴인은 간단히 그의 검을 움켜잡았다.

그리고 그 검은 그의 손아귀에서 수수깡처럼 와작! 부서져 내렸다.

마운은 그것과 함께 그의 머리를 잡아오는 흑포괴인의 손을 보았다.

보면서도 피할 수가 없었다.

공포에 질린 데다가 그들의 움직임은 괴기하여 피할 수가 없었던 것이다.

절망과 공포, 분노가 그의 부릅뜬 눈에 복잡하게 뒤엉키면서 일었다.

바로 그 순간이다.

"감히! 물러나지 못할까!"

벼락 치는 호통과 함께 막강한 힘이 날아들어 흑포괴인의 등을 쳤다.

쾅!

폭음과 함께 흑포괴인이 날아갔다.

눈앞에 감천형이 나타난 것을 본 마운의 눈에 감격과 안도의 빛이 일었다.

하지만 그는 감천형을 향해서 좌우에서 날아드는 흑포괴인들을 보고 안색이 흙빛이 되고 말았다.

쾅, 콰앙!

감천형이 진기의 소모를 무릅쓰고서 도강(刀罡)을 일으키자 잇달아 폭음이 일고 흑포괴인들이 산지사방으로 날아갔다.

하지만…… 그것으로 끝이었다.

쇳덩이도 부서졌을 타격이건만 흑포괴인들은 나가떨어졌다가 다시금 일어나 그를 향해 달려들고 있었던 것이다.

제천교의 진정한 힘은 강호상에 나오지도 않았다던 요광성주의 말은 결코 거짓이 아니었다. 그들 열둘은 일 개 문파를 괴멸시키고도 남을 힘을 가지고 있었다.

서른이 넘던 무림맹의 위사들은 이미 열 명 정도밖에 남지 않았다.

"모두 내 곁으로!"

감천형이 패도를 휘둘러 흑포괴인을 물리치면서 고함쳤다.

그가 패도를 휘두르면서 앞으로 내달리자 흑포괴인들이 그의 앞을 막아섰다. 그들이 모여 길을 막자 그것은 철벽과도 같았다.

마치 갈 수 있을 것 같으냐? 라고 비웃는 것처럼 보였다.

바로 그때였다.

"길을 좀 비켜주겠나?"

낭랑한 웃음소리와 함께 감천형의 앞을 가로막던 흑포괴인 둘이 한꺼번에 옆으로 튕겨져 나가는 것이 아닌가!

죽음의 사자와 같았던 흑포괴인들.

그들을 한꺼번에 둘이나 날려 버리면서 나타난 사람은 백의에 관옥과 같은 얼굴을 가진 청년이었다. 잘생겼다는 표현보다는 청수(淸秀)하다는 표현이 어울릴 수려한 얼굴을 가진 백의청년은 일거수에 그 무서운 흑포괴인 둘을 날려 버리고는 감천형의 앞에 섰다.

"사숙!"

감천형이 반가움에 떨리는 음성으로 그를 불렀다.

청년, 한효월이 미미한 웃음을 입가에서 스쳐 보내며 말했다.

"긴말은 나중에 해야겠군!"

말과 함께 그는 수중에 들고 있던 검을 앞으로 쳐냈다.

그의 수중에 들린 검에서 눈부신 검광이 번개처럼 일어 옆에서 공격해 오던 흑포괴인을 맞아갔다.

그 섬광(閃光)을 보자 지금까지 방어는 생각지도 않던 흑포괴인이 손을 들어 그것을 막으려 했다.

서격!

하지만 섬뜩한 음향이 일면서 그의 손이 무 조각처럼 두 동강이 나는 순간에 한효월의 검은 이미 그의 목을 긋고 있었다.

목이 장난처럼 굴러 떨어졌다.

그 흑포괴인의 목을 베어낸 한효월은 신형을 빙글 반 바퀴 돌리는 순간에 어느새 자신의 앞에 도달한 흑포괴인을 향해서 검을 휘둘렀다.

법(法)도 없고 식(式)도 없어 보이는 검세였으나 실제로는 그 상황에서 가장 적절했고 검이 움직이기에 불필요한 동작이 없었다.

검광이 번뜩이는 순간에 흑포괴인의 입에서 괴이한 음성이 터져 나왔다. 뒤를 이어 그의 상체와 하체가 따로 분리되면서 쓰러졌다.

"저럴 수가!"

무림맹의 고수들은 일순 멍청해져서 벌린 입을 다물지 못했다.

그들이 놀라고 있는 사이에 다시 두 명의 흑포괴인이 목을 잃어버리고 쓰러졌기 때문이다.

영원히 쓰러지지 않을 것 같던 흑포괴인들, 그처럼 공포스럽던 흑포괴인들이 그처럼 간단히 쓰러지니 어찌 놀라지 않겠는가.

휘이익!

고막을 찌르는 날카로운 휘파람 소리가 울리자 흑포괴인들이 바람처럼 물러났다. 그들이 물러난 곳은 바로 강령루의 제이당주의 옆. 휘파람을 분 것도 그였다. 그가 흑포괴인들을 불러들인 그 순간에도 두 명의 흑포괴인들이 목을 잃어버리고 땅바닥에 처박혔다.

"청룡장에서 본 그자들이다. 마왕철골신을 연성한……."

한효월이 감천형의 앞에서 중얼거렸다.

그가 말한 것이 무엇인지는 감천형만이 알 수 있었다.

"살아 있었군⋯⋯."

그를 알아본 천추성주가 음산하게 중얼거렸다. 그의 중얼거림에 따라 그를 따라온 제천교의 고수들이 좌우로 퍼져 나갔다.

"하하⋯⋯ 불만인가? 길인(吉人)은 천상(天祥)이라 하니 잡귀가 나를 해하는 것은 마음대로 되지 않더군. 여기서 시험해 볼 텐가?"

한효월이 낭랑히 웃었다.

그리고 그 웃음소리가 채 끝나기 전에 한효월의 손에서 맹렬한 파공음을 동반한 채로 검이 날았다.

쏴아아악─!

그 검은 찰나간에 허공을 가로지르면서 천추성주를 엄습했다. 그것과 함께 감천형은 무림맹 고수들을 이끌고 장원 밖을 향해 달리기 시작했다. 그 움직임이 일사불란함은 그가 이미 한효월과 모종의 묵계가 있었음을 의미하는 것이었다.

"감히 수작을 부리다니⋯⋯ 오늘은 놓치지 않겠다!"

천추성주는 노해 고함을 치려고 했지만 찬란한 검광으로 화한 검이 눈앞에 들이닥치는 것을 보자 감히 소홀히 할 수가 없었다.

쨍! 쨍⋯⋯ 쨍그렁!

용과 호랑이가 한데 어울려 아우성을 치는 듯한 굉음이 일면서 불꽃 같은 광채가 그의 앞에서 일어났다.

그가 한효월의 검을 쳐내면서 그 자리를 벗어났다.

그는 한효월 또한 감천형의 뒤를 따르고 있음을 보자 코웃음 쳤다.

"그까짓 비검(飛劍)으로 나를 막⋯⋯!"

하지만 그는 채 말을 맺지 못했다.

가공할 기세가 그의 뒤에서 그를 엄습하고 있었던 것이다. 그것은 놀랍게도 방금 그가 쳐 날린, 한효월이 던져 낸 그 검이었다.

한효월이 그를 돌아보면서 낭랑히 웃었다.

"비검과 어검을 구분하지 못하니 죽어도 후회는 없으렷다?"

그가 낭랑히 웃는 것과 함께 그의 손에 이끌린 검이 천추성주를 덮쳤다. 그와 검은 무려 7, 8장이나 떨어져 있었다.

검을 다루는 사람들에게는 꿈에도 그리는 경지가 있다.

그것은 바로 검을 자신의 마음으로 부리는 어검(御劍)의 경지다.

검을 처음 다루면 그 다루는 법(法)을 익히게 된다. 법과 길[路]을 따라 검을 익히면서 마침내 그 검은 술(術)의 경지를 벗어나게 되니 검에서 기(氣)가 생기며, 그 무형의 검기(劍氣)를 유형으로 만들어내는 것이 바로 검도 상승(上乘)의 검강(劍罡)이다. 검기의 결정이라 할 수 있는 검강은 부딪치는 모든 것을 파괴할 힘을 가졌다. 그러한 경지에서 검수는 비로소 검과 자신을 하나로 하는 신검합일(身劍合一)에 이르게 된다. 검이 나이고 내가 바로 검이 되는 상태가 되는 것이다.

그렇게 되어 검과 검수가 서로 심령상으로 연결이 되는 상태가 되면, 비로소 검의 궁극이라 불리는 어검을 구사할 수가 있게 된다.

여기에는 두 가지가 있으니, 바로 기로써 검을 다루는 기어검(氣馭劍)과 검이 검수와 하나가 되는 말 그대로의 어검(御劍)이다. 둘의 차이는 기어검은 검수의 능력에 따라 그 검의 위력이 미치는 범위가 한정되지만, 어검술은 그 범위가 무한하다. 십 리 백 리도 능력만 닿는다면 날아가 상대의 목을 취할 수 있으며, 전설상의 검선(劍仙)은 바로 이 어검을 성취하면서 비로소 가능해지는 것이다.

어검이 단순히 검을 던지는 비검과 구분되는 점은 바로 그렇듯 자유자재로 허공에서 검의 조종이 가능하다는 점이었다.

천추성주는 한효월이 자신에게 검을 던져 내자 도주할 시간을 벌기 위한 것으로 지레짐작을 했었다.

하지만 검이 불덩이와 같은 가공할 위세로 날아들자, 그는 대경실색하지 않을 수가 없었다. 어검이 무서운 것은 그 위력이 일반 검세와 천양지차의 위력을 가지고 있기 때문이다.

쩡! 쨍그랑…….

천추성주가 몸을 돌리면서 한효월의 이끎을 받는 어검을 향해서 검을 쳐내자 맹렬한 폭음이 일면서 가공할 검광이 불꽃처럼 미친 듯 일었다.

일진 회오리바람이 이는 가운데 천추성주는 비틀거리며 뒤로 물러났다. 그의 무공이 제아무리 발군이라도 미처 방비하지 않은 상태에서 어검을 상대하고 무사할 수가 없는 것이다.

"하하…… 그 정도로 끝날 것 같은가?"

한효월이 웃으며 손을 뒤집었다.

쏴아아앙―!

그의 손짓에 따라 검이 빙글 회전하면서 검광이 무섭게 일었다. 찬란한 검광의 덩어리가 밤하늘의 유성이 떨어지듯, 물러나고 있는 천추성주를 덮쳐 갔다.

눈앞으로 날아드는 검광을 본 그의 안색이 흙빛이 되었다.

그야말로 명재경각의 상황이 되어버린 것이다

바로 그 순간, 검은 그림자가 폭풍과도 같은 기세로 한효월에게로 날아들었다.

그의 공격은 가공할 위세를 동반하고 있어서 한효월은 천추성주를 죽일 수 있는 호기를 포기할 수밖에 없었다. 그를 죽인다 할지라도 자신의 목숨과 바꿀 수는 없는 일인 까닭이다.

하지만 그때, 정말 누구도 상상하기 힘든 일이 일어났다.

한효월이 천추성주를 덮치던 검세를 철회하지 않은 것이다.

한 손으로는 어검을 계속해 시전하여 천추성주를 공격하면서 다른 한 손을 뻗어내어 날아드는 검은 그림자, 흑포에 긴 머리카락이 어둠의 너울처럼 펄럭이는 강령루의 제이당주를 막아갔다.

그의 손가락이 부챗살처럼 일제히 퍼지면서 붉은 빛이 번쩍였다.

'세상에……!'

그 광경을 보고 요광성주는 눈이 휘둥그레졌다.

하마터면 참지 못하고 비명을 지를 뻔했다. 너무 무모했던 것이다.

혼자서 양대고수를 상대하려 하다니! 그것도 한 손으로 한 사람씩이라니!

파파팟!

펑! 퍼퍼퍽—

검광이 크게 일고, 돌개바람이 일었다.

쨍그렁!

급급히 검을 쳐내 어검술을 막아내던 천추성주의 검이 견디지 못하고 반 동강이 나버렸다.

"크윽……."

검광이 그를 덮쳤고 그에게서 신음이 터져 나왔다.

그것은 흑포괴인, 강령루의 제이당주도 다르지 않았다.

그는 허공에서 곤두박질치면서 땅바닥으로 떨어져서 가슴을 움켜쥔 채로 한참 동안이나 일어나지도 못했다. 참으려 해도 참아내지 못한 신음이 절로 그의 입을 뚫고서 새어 나왔다.

"크으윽…… 도, 도대체 이게 무슨……."

강령루의 제이당주가 가슴을 움켜쥔 채로 이를 갈았다.

고통이 극심한지 일어나지도 못하고 그 자리에서 이를 갈고 있었다. 뿌드득 소리가 십 리 밖에까지 들릴 정도로 그는 이를 갈면서 전신을 덜덜 떨고 있었다.

뿐만 아니라, 그 반대쪽에서 검이 반 동강으로 부러진 천추성주의 복면 앞이 붉게 물들고 있어서 그가 단순히 검만 부러뜨린 게 아니라 내상까지 입은 것을 알 수가 있었다.

그 광경에 요광성주는 벌린 입을 다물 수가 없었다.

믿기지 않는 광경이었다.

"그사이에 믿기지 않게 강해졌군……."

그녀가 신음하듯 중얼거렸다.

처음 나타날 때부터 그는 강자였다.

하지만 이런 정도는 아니었다.

천추성주는 다른 제천칠성과는 격이 틀린 고수였다.

제천칠성은 누가 더 낫다고 하기 힘들 정도로 각자의 배움이 틀렸다. 나름대로의 특기가 다른 것이다.

하지만 그들 몇이 달려들어도 천추성주를 당할 수 없었다.

그런 고수인 그가…… 더더구나 강령루의 제이당주라면 거의 괴물과 같은 존재였다. 들은 바에 의하면 전신이 도검불침이며 어떤 상처를 입어도 숨만 붙어 있으면 다시 살아난다고 하는 공포스러운 존재였다.

그런데 그런 절세의 고수 둘을 간단히, 그야말로 일거수에 일패도지(一敗塗地)하여 나가떨어지게 만들어놓고 한효월은 유유히 그 자리를 벗어난 것이다.

"말도 안 돼…… 어떻게 이런 일이……."

낮게 쿨럭이던 천추성주가 일그러진 신음을 토해냈다.

한효월의 낭랑한 웃음소리가 어둠을 뚫고 들려오고 있었다.

"오늘은 이대로 돌아가지……. 그러나 다음에는 오늘처럼 돌려보내지 않을 테니 조심하는 게 좋을 거야……."

웃음소리는 여운을 끌면서 점점 멀어지고 있었다.

"이 개자식…… 그냥 두지 않겠다……."

천추성주는 이를 갈았다.

하지만 그는 천선성주나 요광성주에게 명하여 한효월 등의 뒤를 쫓게 하지 않았다. 감히 그러지를 못한 것이다. 그의 눈에는 은은히 공포의 빛이 떠올라 있었다.

현재의 상황을 보자면 이 자리의 그 누구도 한효월과 맞서서 그 일격을 감당할 사람이 없는 판이었다. 그러니 누구를 시켜서 그를 쫓게 할 것인가.

그의 부상은 심각한 것이 아니었다.

하지만 강령루의 제이당주가 입은 부상은 거의 치명적임을 천추성주는 한눈에 알아볼 수 있었다. 그렇지 않다면 그가 저렇듯 고통스러워하지는 않을 것이기 때문이다.

그가 본 것은 틀림없었다.

한효월은 강령루 제이당주의 무공이 사악하여 쉽게 상대하기 힘든 것임을 한눈에 알아보았다.

　그래서 그는 조금도 망설이지 않고 서하곡에서 수련해 낸 수인지력을 전개했던 것이다. 그 수인지력은 양화지기의 정화(精華)로써 강령루의 제이당주가 수련한 사공(邪功)에는 가히 극성이었다. 그는 지금 그간 수련했던 무공이 파괴되는 고통에 시달리고 있는 중이었다.

*　　　*　　　*

　한효월과 감천형은 남은 무림맹의 고수들을 이끌고 어둠 속을 질주하고 있었다.

　악몽과도 같은 장원은 그들의 뒤로 멀어지고 있다.

　"사숙, 괜찮으십니까?"

　한효월의 곁으로 다가가 보조를 맞추면서 감천형이 물었다.

　달리고 있는 한효월의 안색이 창백한 것을 본 까닭이다.

　"괜찮아. 우선은 이 자리를 벗어나고 보지. 혹시라도 놈들의 원군이 오거나 뒤를 따르는 자들이 있을런지도 모르니."

　한효월이 낮게 대꾸했다.

　'부상을 당하셨습니까?'

　감천형은 굳은 얼굴로 은밀히 전음으로 물었다.

　"그렇지는 않아. 잠시 쉬면 회복될 거야. 무리하게 공력을 운용해서일 뿐이니까."

　한효월이 답했다.

　말은 간단하다.

　하지만 실제로는 전혀 그렇지 않았다.

한효월의 얼굴은 창백했고 감천형이 보기에 이상할 정도로 서두르고 있었다.

실제로 그가 보여준 무위라면 그 자리에서 제천교의 모든 고수들을 일거에 멸할 수도 있어 보였다. 그럼에도 불구하고 그는 마치 쫓기듯이 그 자리를 떠났다. 그리고는 누가 쫓아올 것을 염려하듯이 전력을 다해서 그 자리를 벗어나고 있었던 것이다.

한효월은 그 장원에서 이십여 리가량을 벗어나자 사람들을 쉬게 하고 자신도 운기조식에 들어갔다.

역시…….

사람들이 암암리에 고개를 끄덕였다.

절세의 무공을 발휘하여 그 막강한 고수 두 사람을 한꺼번에 패퇴시켰지만 그 자신도 성하지 못했구나……. 그래서 이렇듯 급하게 그 자리를 벗어났구나, 라는 의미다.

한효월이 깨어난 것은 그로부터 반 시진 정도가 흐른 다음이다.

그는 눈을 뜨자 감천형이 굳은 얼굴로 자신의 곁에 서 있음을 보고 그가 운기조식에 들어간 다음에 그를 지켜준 것을 알 수 있었다.

"나 때문에 쉬지도 못한 모양이로군."

"상세가 심하십니까?"

감천형의 물음에 한효월은 미소했다.

"이젠 괜찮아. 난 조금 무리를 했을 뿐이지만 저들은 타격이 좀 있겠지."

그의 말은 별것이 아닌 듯했지만 기실 당시의 상황은 엄중했었다. 만에 하나라도 그들이 추격해 왔다면 한효월은 앉아서 죽음을 맞이해야 했으리라.

그가 그 자리를 떠난 것은 결코 부상을 당해서가 아니었다.

공교롭게도 그때 마침 고질이 발작하여 전신의 힘이 산실(散失)되어 버린 상황이었던 것이다.

무리를 해서 그 자리를 벗어나고, 죽을힘을 다해서 이십여 리를 벗어나긴 했지만 운기조식에 들어갈 때, 그는 거의 혼수상태였다. 쉽게 말해서 그는 운기조식이 아니라 고질의 발작이 해소되기를 기다린 셈이었다.

하지만 굳이 그러한 사실을 밝힐 필요는 없었다.

"대체 어떻게 된 겁니까? 어떻게 그 자리에……."

한효월의 얼굴에 다시금 혈색이 도는 것을 본 감천형은 내심 안심이 된 듯 그를 향해서 물었다.

궁금하지 않을 수가 없었던 것이다.

소식조차 없어서 백방으로 찾던 그가, 갑자기 위기의 상황에 그 자리에 나타나다니……

더구나 난데없이 전음이 날아들어 자신을 치라는 말과 함께 한효월이 그의 손에 의해서 날아가 버린 것까지 의문투성이일 수밖에 없었다.

"좀 알아볼 것이 있어서…… 그보다는."

한효월이 말머리를 돌렸다.

"사질은 어떻게 그곳을 알고 온 건가?"

한효월의 질문에 감천형은 간단히 상황을 정리했다.

그의 말에 한효월의 안색이 굳어졌다.

"거기에…… 사형의 유체를 도적질해 간 자들이 있었다는 건가?"

"그럼, 거기가 어딘지도 모르고……."

얼떨떨해서 감천형이 눈을 꿈벅거렸다.

그들의 대화를 듣고 싶은 듯 저 멀리 어둠을 찢고 아침 해가 영역을 넓히고 있었다.

그러고 보니 그들이 있는 자리는 숲이 우거진 상태에서 주위를 내려다볼 수 있는 요지였다. 눈 아래로는 아직은 어둠 속에서 출렁이는 강물까지 내려다보인다.

그 와중에도 한효월은 그냥 자리를 잡지 않았던 모양이다.

"그런가……. 비적(秘敵)이라는 것이 그런 뜻이란 말이지? 그렇다면 의심했던 제삼의 힘은 분명히 존재하고 그들은 이미 제천교와 충돌하고 있었다는 의미로군."

잠시 생각에 잠겨 있던 한효월이 중얼거렸다.

그렇기에 제천교가 함부로 발동을 하지 못했었다. 라는 상황이 이해가 되는 것이다.

"비적이라니요?"

그 말의 뜻을 알 리 없는 감천형이 물었다.

한효월은 잠입하여 들었던 내용을 간단히 그에게 요약했다.

"그렇다면…… 그들은 적이 아니라는 뜻입니까?"

"나도 단정하기 힘들군. 적이 아니라면, 무엇 때문에 사형의 유체를 가져갔는지……."

한효월이 말끝을 흐렸다.

묘한 상황이다.

적아난분(敵我難分)의 상황이었다.

"화산대회 때문에 눈코 뜰 새가 없었는데…… 아무래도 저들에 대한 조사를 적극적으로 해봐야겠군요. 어쩌면 현재 국면에 대한 어떤 새로운 단서를 찾아낼 수 있을 것도 같습니다."

"진 장문인과 한번 잘 상의해 보는 게 좋을 것 같군."

"맞습니다. 저들에 대한 조사를 해서 그들의 근거지까지 알아냈으니 뭔가 더 알고 있을런지도 모르겠군요."

말을 하던 감천형의 안색이 조금 달라졌다.

"그럼, 사숙께서는 저와 같이 가지 않으실 겁니까?"

한효월이 고개를 끄덕였다.

"아직 조금 더 알아볼 일이 있어서……."

"곧 화산대회가 열릴 겁니다. 예상보다 규모가 커져서 구대문파를 위시하여 각 문파들이 다 모이는 일장 성회(盛會)가 될 것 같은데, 시일이 얼마 남지 않았습니다."

"대회 전에는 갈 생각이네."

"알겠습니다."

이미 한효월의 능력을 깊이 믿고 있는 감천형은 더 이상 말하지 않았다.

"사질녀는?"

"예. 화산의 경치가 좋아서인지 화산파의 여제자와 잘 어울리고 가끔 놀러도 다니고 그러는 듯합니다. 기분이 좀 좋아져 보입니다."

"다행이군. 그 외에는?"

"유념하고 있지만 별다른 이상은 보이지 않는 것 같습니다. 그리고……."

"그리고?"

"아, 아닙니다."

감천형이 어울리지 않게 어색하고 웃으며 말끝을 흐렸다.

매일 화산마루에 올라 누굴 기다리는 것을 말하기가 묘한 구석이 있어서 입을 닫아버린 것이다. 농담도 아니고 자신의 사숙 앞에서 그런 말을 하기는 어려운 것이 그의 성정(性情)이었다.

"내가 말한 대로 사질녀를 잘 살피도록. 분명히 누군가가 그녀와 접촉을 할 테니, 절대로 놓치지 말아야 해. 그녀의 몸에는……."

한효월은 어두운 표정으로 말끝을 흐렸다.

"무슨 다른 금제(禁制)라도?"

"아니야. 지금은 그대로 두는 게 좋을 것 같군. 어쨌든 그녀에게서 눈을 떼지 말아야 한다는 점은 명심하게. 그리고 여기서의 뒷조사는 일단 내가 해볼 테니…… 사질은 화산으로 돌아가서 대책을 강구토록 하지? 적이 너무 강해서 자칫 잘못하면 오히려 낭패를 볼 수가 있을 거야."

한효월은 독고경에 대해서 더 이상 말하지 않았다. 그로 인해서 과연 어떤 일이 파생될 것인지는 천기를 예측할 수 있는 능력을 가진 그로서도 미처 상상치 못했다.

그가 요광성주에게서 들은 제천교 내부 사정을 알려주자 감천형의 안색이 굳어졌다.

"그럼 그 흑포괴인들이 제천교 총단의 삼루 가운데 하나인 강령루에서 나왔다는 겁니까?"

"그들 가운데 일부인 것 같아."

"큰일이군요. 적이 그렇게 강하다면……."

감천형이 길게 한숨을 내쉬었다.

그럴 수밖에 없는 것이 무림맹의 고수들은 이미 독고해가 쓰러지면서 대다수가 사라진 상황인데, 적의 힘은 갈수록 강대하기만 했던 것이다. 그나마 다행인 것이 구대문파의 힘은 아직 온전하다는 것 정도

일까.

그들의 대화는 낮게 진행이 되었고, 긴요한 부분은 전음입밀로써 이루어져 옆에서 귀를 기울여도 제대로 듣기 힘들었다. 대강 상처를 치료하고 운기조식을 하면서 무림맹의 고수들은 묵묵히 그들을 보고 있었다.

"감 사질의 무공은 많이 증진되었더군."

한효월의 말에 감천형의 얼굴이 일그러졌다.

"부끄러운 따름입니다. 사부님께서 그처럼 믿어주셨는데 오늘날에 이르러 이 모양이라니……."

그는 참으로 참괴(慙愧)하였다.

자부했던 무공이 오늘에 이르러 이렇게 평범하게 변해 버릴 줄이야 누가 짐작이라도 했을 것인가. 비록 상대가 너무 강하다 할지라도 그의 참괴함은 여전할 수밖에 없었다.

"본 문의 무공은 대부분 공력에 기반을 둔 데다 한 수 한 수가 모두 형(形)을 기(基)로 삼되, 용(用)을 본(本)으로 생각하지. 감 사질은 그 부분에서 이미 최상의 경지에 이르렀네."

"……."

감천형은 쓰게 웃었다.

그가 자신을 위로한다고 생각했기 때문이다.

"농담이 아니야. 감 사질의 무공은 이미 절정(絶頂)에 이르렀지."

"무슨……?"

얼떨떨한 빛으로 감천형이 한효월을 바라보았다. 그의 어조가 진지하여 농담이 아님을 알았기 때문이다. 하긴 그가 언제 자신에게 농담을 한 적이 있었던가.

"감 사질이 수련한 것은 웅장함이네. 그것은 기세에서 비롯한다고 볼 수 있지. 그런데 형식에 얽매어 있으니 본연의 기세가 그 위력을 다 발휘하지 못하고 있는 것 같지 않나?"

"무슨…… 의미이신지?"

"뇌정도는 감 사질에게 가장 잘 맞는 무공이지. 밤하늘의 뇌정(=번개)을 잘 생각해 보게. 그 가공할 기세는 언제라도 변함이 없지만 일정한 틀을 가지고 자신을 드러내는 법은 없어. 어떻게 움직여도 그것이 바로 번갯불이기 때문이지. 천태만상으로 보이는 것은 그저 우리 눈에 그렇게 보일 뿐, 그 본질은 달라진 것이 없어. 그게 바로 본(本)이지."

"……!"

감천형의 전신이 문득 벼락을 맞은 듯 세차게 떨렸다.

그는 눈을 부릅뜨고 있었다.

본이라…….

근본은 변함이 없는데……

그런데 자신이 가장 자부했던 그 기본이, 가장 완벽하다고 생각했던 그 기본이 잘못되었더라는 것인가? 그래서 자신의 무공이 지난 몇 년간 벽에 부딪친 듯 더 이상 진전이 되지 않았단 말인가.

"……."

감천형이 격동한 빛으로 우뚝 서 있는 것을 본 한효월의 얼굴에 미소가 떠올랐다.

감천형의 무공이 이 순간, 한 단계 올라선 것을 알아보았기 때문이다. 그는 이후 진정한 건곤무적 독고해의 대제자로서 거듭날 수 있게 될 터였다.

감천형과 그 일행이 떠나는 것을 지켜본 한효월은 천천히 숨을 들이 켰다.

계획에 약간의 차질이 발생했다.

감천형에게 전음을 보내서 요광성주의 부하로 가장한 자신을 날려 보내게 하고 나타난 그는 감천형 등을 구한 다음에, 다시 부상을 당한 모습으로 그들에게 돌아갈 예정이었다.

그런데 예상외로 시간이 너무 흘러 버렸다. 아직까지 그곳에 그들이 있을지도 몰랐고, 아무 일도 없는 듯이 스며들기도 쉽지 않을 터이다. 자신은 몰라도 요광성주에게 큰 부담이 될 것이 분명했다.

그러나 그들 내부에 들어서 그들의 힘을 알아내는 것이 지금 상황에 서 가장 중요한 일임을 한효월은 깨닫고 있었다.

어떤 방법을 쓰든, 여기서 그만둘 수는 없었다.

잠시 생각을 가다듬은 한효월은 신형을 날렸다.

그가 향하는 곳은 바로 그가 감천형 등을 구한 그 장원이었다.

한효월은 일단 예의 장원으로 돌아갔다.

상황이 어떤지 알아보기 위함이었다. 당연히 지금까지 그들이 그곳 에서 자신을 기다리고 있을 리는 없을 터이다. 두 시진이라는 시간은 결코 적은 것이 아니었다. 잠시인 듯했지만 그가 정상을 회복하기까지 걸린 시간은 의외로 길었다. 감천형과 이야기한 시간을 감안한다고 하 더라도…… 그것이 그의 마음을 무겁게 했다.

아직까지는 그렇게 오래 후유증이 나타날 때가 아니었기에.

하지만 그것도 잠시.

은밀히 장원에 당도한 한효월은 기이한 느낌에 전신이 굳어졌다.

그가 떠나기 전과 어딘가 틀렸다.

여기저기 부서진 흔적, 그리고 사방에 흩어진 주검들.

그들은 얼마 전에 제천교도와 싸우다 죽은, 수습하지 못한 무림맹의 고수들이 아니었다.

한효월이 떠나기 전까지만 하더라도 멀쩡히 살아 있던 바로 그 제천교의 고수들이었다.

한효월은 절정(絶頂)의 검기를 뿜어내어 네 명의 강령루 고수를 쓰러뜨렸었다. 그리고는 천추성주와 강령루의 제이당주. 그들에게 상처를 입히고 사라졌었다.

그런데, 여기저기 흩어진 제천교도의 죽음 가운데 그 나머지 흑포괴인들의 주검이 남아 있었던 것이다.

그 자리에 있었던 흑포괴인들은 제이당주를 비롯하여 모두 열둘. 그 중 일곱의 주검이 남아 있었다.

결국 살아남은 것은 열둘 중 겨우 하나라는 소리였다.

강령루 제이당주의 것으로 보이는 시신도 있었다.

그들이 죽은 모습은 한효월에게 죽은 것과는 전혀 달랐다.

마치 거대한 절구공이에 격타당한 듯 전신이 완전히 으스러져 거의 박살이 나서 처박힌 채로 죽어 있는 것이다. 그것은 거대한 힘에 짓눌린 형상이었다.

놀랍게도 가공할 힘은 그들을 한 방에 날려 버린 듯했고 흑포괴인들은 그 힘을 이기지 못하고서 건물을 허물고, 혹은 나무를 밑동부터 부러뜨리면서 날아가 처박힌 듯 보였다.

"가공할 고수가 나타났었다……."

한참 상황을 살펴본 한효월이 신음을 흘렸다.

처음에는 제천교의 고수들도 아마 그 미지의 적을 맞아 싸운 듯했다.

하지만 상대가 너무 가공하자 그 자리를 피할 생각이었던 것처럼 보였다. 그러나 그것은 생각뿐이었던 모양. 처음 몇 구를 제외하고는 모두가 귀신을 본 듯 혼비백산, 도주하다가 죽어간 모습이 역력했다.

대체 어떤 존재가 이런 위력을 보일 수 있을까?

'지금의 내가 전력을 다한다면?'

어쩌면 그럴 수 있을 것도 같았다.

하지만 그는 그럴 수가 없었다.

그랬다가는 다시금 고질이 발작할 가능성이 있었다.

그리고 전력을 다한다고 할지라도 과연 이런 위력을 발휘할 수 있을는지 장담할 수 있는 상황도 아니었다. 더더구나 연달아 이런 위력을 발휘할 수는······.

한효월은 굳은 표정으로 일대를 샅샅이 조사했다.

"혼자가 아니었군······."

한효월이 중얼거렸다.

가공할 존재.

가히 발군(拔群)의 위력을 가진 그 존재는 혼자가 아니었다.

그의 가공할 위력에 놀라 도주하는 제천교의 고수들. 그들의 퇴로를 차단하고 있는 사람들이 있었다. 그들은 도주하는 제천교 고수들의 도주로에서 그들을 기다리고 있다가 잔혹하게 그들을 베어 넘긴 것으로 보였다.

그 의미는 그들의 출현이 우연이 아니라, 준비된 것이라는 뜻.

"비적(秘敵)?"

문득 한효월이 중얼거렸다.

어떤 존재인지는 알지 못한다.

하지만 제천교에서 비적이라고 부르는 그들이 여기에 나타났을 가능성이 가장 컸다.

여기가 정말 그들의 근거지였다면…….

다시 한 번 주위를 살펴본 한효월은 천추성주와 요광성주의 시신은 보이지 않는 것을 확인하고는 그 자리를 떠났다.

정확히 말한다면 떠난 것이 아니라, 그들의 뒤를 추적하기 시작한 것이었다.

설사 죽어서 시체가 되어 있다고 할지라도 한효월은 요광성주를 찾아낼 수 있었다. 그녀를 찾아낸다면 이 사태에 대한 명확한 해명을 들을 수 있을 터이다.

어쩌면 사태는 새로운 방향으로 가고 있는 것일지도…….

절대고수(絶代高手)

—의혹이 일다

일거에 천하(天下)를 진동하니, 무적이라

절대고수(絶代高手)

화산(華山).

감천형이 화산으로 되돌아온 것은 한효월과 헤어진 뒤, 이틀째 되던 날이었다.

화산파는 손님들을 맞아 바쁘게 돌아가고 있었다.

돌아온 감천형이 가장 먼저 찾은 사람은 화산파의 장문인 진자양이었다. 그는 무림맹의 부맹주일 뿐 아니라, 현재 무림맹의 대리 맹주이므로 가장 바쁜 사람이라 감천형은 반 시진가량을 기다린 다음에야 비로소 그를 만날 수 있었다.

"기다리게 해서 미안하오. 모레가 대회일이라 구대문파 장문인들과 회의를 하고 있어 자리를 비울 수가 없었소. 왜 안으로 들어오지 않았소?"

진자양은 황망하게 돌아와서 그를 맞았다.

감천형은 쓴웃음을 머금었다.

"이 모양으로 그 자리에 나타나면 좋을 게 없을 듯해서……."

쉬지 않고 달려온 길이었다.

피에 묻은 옷이야 대강 갈아입었지만 그의 신색이 피폐한 것은 감출 수가 없었다. 대강 털고 들어오기야 했지만 쉬지 않고 달려서 전신이 먼지투성이이기도 했다.

"으음…… 내 실수였던 모양이오."

감천형에게서 상황을 전해 들은 진자양이 신음을 흘렸다.

"아무리 척후라고 할지라도 전력을 기울였어야 이런 희생을 당하지 않았을 텐데…… 그 바람에 애꿎은 사람들만 다친 것 같소."

"호맹위대 서른이면 간단한 세력이 아닙니다. 적이 너무 강했을 뿐……."

감천형이 말끝을 흐렸다.

"지금 한 공자는 어디에 계시오?"

"모르겠습니다. 적의 동태를 알아보시겠다는 말만 하고 떠나셔서……."

"으음…… 대회에 빠지면 안 될 텐데……."

"대회에는 반드시 참가하겠다고 하셨습니다."

"한 공자 혼자 그렇게 다니다가 잘못되기라도 하면 지금의 우리들로서는 실로 크나큰 손실이 아닐 수 없소. 예로부터 도고일장(道高一丈)에 마고십장(魔高十丈)[1]이라 하였는데, 지금의 상황 또한 다르지 않소.

---

1) 도(道)가 일 장 높아지면 마(魔)는 십 장이 높아진다는 의미로써 악의 세력이 성(盛)함을 일컫는 말임.

적이 그처럼 강하다니 결코 한 공자에게 무슨 일이 생겨서는 아니 될 것이오. 감 당주가 유념하여 한 공자의 소식이 있으면 내게 바로 알려 주시오."

"알겠습니다."

감천형이 고개를 끄덕이자 진자양은 문득 길게 한숨을 내쉬었다.

감천형이 보던 그는 늘 자신만만했고 당당했었다. 그런데 눈앞에서 한숨이라니…….

감천형은 의아한 표정으로 그를 보았다.

진자양은 시선을 열린 창문으로 던진 채로 잠시 침묵했다.

따스한 양광(陽光)이 창밖을 메운 푸른 녹음(綠陰) 사이로 밀려들고 싱그러운 바람은 무심히 나뭇잎을 흔든다. 평화롭기 이를 데 없는 정경이다.

뽕, 뽕~

세속의 복잡함을 알 필요 없는 새들이 장난을 치면서 지저귀고 있었다.

한가로운 오후였다.

"맹 내의 모든 일을 맹주께서 처리할 때는 몰랐더니…… 참으로 어렵소. 적이 그렇듯 강하니 무림맹의 힘으로 그들을 과연 저지할 수 있을런지조차 확신할 수가 없고……."

"최선을 다해야겠지요. 진 장문인께서 새로운 맹주로서, 대국을 잘 이끌어 나가신다면……."

감천형의 말에 진자양은 쓰게 웃었다.

"나는 대리일 뿐, 맹주가 아니오. 과연 그런 자격이 있는지도 모르겠고……. 감 당주나 많은 능력자들이 맹 내에 있으니 그런 말은 이를 것 같소. 더구나 늘 어려울 때면 영웅이 나타나지 않았었소? 이번에도 지난날 독고 맹주와 같이 새로운 영웅이 나타나 준다면 더 바랄 나위가 없을 것 같은데 어떨는지……."

그의 미간에 고뇌가 드리웠다.

'이 사람은 진심으로 무림을 염려하고 있구나.'

감천형은 내심 고개를 끄덕였다.

사부가 가고 없는 지금, 한효월과 같은 존재에 진자양 같은 사람이 나타난 것은 실로 다행한 일이라 할 수 있을 터이다.

두 사람이 손을 잡고 무림맹을 이끌어간다면…….

잠시 묵묵히 있던 감천형이 다시 입을 열었다.

"혹시…… 이번 일에 대해서 더 알고 계신 게 있습니까?"

"무슨?"

"맹주님의 유체를 탈취해 간 자들에 대해서 말입니다."

감천형이 그를 주시하면서 물었다.

"그들의 존재는 어쩌면 예상보다 더 큰 의미가 있을런지도 모르겠습니다. 지금이라도 그들을 찾을 수만 있다면, 어쩌면…… 대국(大局)에 큰 영향을 줄 수 있을 것도 같습니다만."

감천형의 말에 진자양은 미간에 주름을 잡았다.

"그간 힘들여 조사를 해왔지만, 그럼에도 내가 아는 것은 별로 많지 않소. 많은 노력을 기울인 끝에 비로소 한 가닥 단서를 잡았던 것인데……."

"다시 그들의 뒤를 추적할 수는 없겠습니까?"

"그렇지 않아도 감 당주의 전신(傳訊:알려온 소식)을 받고 바로 사람을 파견했소. 대회 준비만 아니었다면 내가 직접 갔을 텐데……."

"일을 제대로 처리하지 못해서 죄송합니다. 죄를 청합니다."

감천형이 굳은 얼굴로 말했다.

"무슨…… 적이 그렇듯 강한데 그 일은……."

황망히 고개를 젓던 진자양은 문득 길게 한숨을 내쉬었다.

"최대한 일을 은밀히 추진하고 있지만 예상보다 시간이 길어져서 걱정이오. 대회까지 무사히 넘어갈 수 있을는지……."

"장문인!"

그때 밖에서 진자양을 부르는 음성이 들려왔다.

"점창, 청성, 아미파, 곤륜파의 장문인들께서 장문인을 청하고 있습니다."

"곤륜? 곤륜파의 장문인께서 당도하셨느냐?"

"예, 방금."

"알겠다. 바로 갈 테니 잘 모시도록 해라."

대답한 진자양은 감천형을 돌아보았다.

"예정보다 사흘이나 늦긴 했지만 곤륜의 장문인이 마지막으로 당도했소. 이젠 내일이라도 대회를 치를 수 있겠소. 감 총당주도 같이 가겠소?"

"아닙니다. 전 잠시 주위를 돌아보고 뒤따라가도록 하겠습니다."

"그러시오. 그럼……."

그 말을 끝으로 그들은 일어섰다.

*   *   *

"뭐라고?"

감천형은 경악해서 벌린 입을 다물지 못했다.

그는 진중한 사람이라 표변한 모습을 잘 드러내지 않는다. 그런데 지금은 놀라서 벌린 입을 다물지 못하고 있는 것이다.

"무슨 말도 안 되는 소리를 하는 거냐? 사모(師母)님이라니?"

"저도 믿기지는 않습니다만, 틀림없습니다."

"으음……."

좌백의 단정에 감천형은 신음했다.

그가 경솔한 사람이 아님을 누구보다 잘 아는 감천형이었다. 그야말로 철두철미. 절대로 실수를 용납하지 못하는 성격의 그인지라, 저렇듯 단정한다면 의심할 여지가 없었다.

정말 너무도 뜻밖이었다.

진자양과 헤어져 돌아온 그는 좌백과 만나자마자 너무도 뜻밖의 소식에 아연실색, 당혹감을 감추지 못하는 것이다.

근 마흔에 가까운 사람들이 갔다가 채 스물이 되지 못하는 인원이 돌아왔다. 그런 마당에 한가롭게 사매를 보살피고 사제를 만나서 그간의 사정을 물을 형편은 아니었다. 그러나 화산으로 돌아오던 그는 중도에서 좌백을 만나 그가 급히 보자는 전음을 보내오자 모든 것을 뒤로 미루고 그를 찾은 상태였다.

그런데…….

"제가 궁금한 것은 과연 그때…… 사모님이 돌아가셨느냐는 겁니다. 전 그때 어려서 당시의 경과를 명확하게 알지 못합니다. 제 기억으로는 사모님이 돌아가신 것을 직접 뵙지 못한 듯해서…….''

"그건……."

감천형은 다시금 신음을 흘렸다.

그러고 보면 그도 직접 보지는 못한 듯했다.

사매인 독고경이 네 살인가 되던 해에 사모는 사부와 뭔가 크게 다투고는 강호에 나갔다가 다시는 돌아오지 못했다.

급보를 받고 그녀를 찾아 나선 사부가 안고 돌아온 것은 그녀의 유골함. 풍토병에 걸려 죽은 그녀는 화장한 유골(遺骨)로써 맹주부에 돌아왔었다.

그런데…….

'그런 그분이…… 그 사모님이 살아 계시단 말인가?'

감천형은 뇌리가 혼란스러워졌다.

이해되지 않는 상황이 벌어지고 있었다.

첫 번째 부인의 사후, 몇 년 뒤에 맹주 부인이 된 봉설란은 자상하기 이를 데 없는 성품으로 많은 사람들에게 인기가 높았다.

하지만 그전의 맹주 부인이었던 독고경의 친모(親母)는 매사에 엄격한 성품이었다.

굳이 말하자면 딸과 흡사한 성격이라 조금이라도 흐트러진 것을 보지 못했다. 그녀로 인해 맹주부 내의 기상은 칼과 같았다. 그것을 두고 많은 사람들이 일러, 맹주부가 처음 생길 때는 첫 번째 부인의 성품이 적합했으며, 맹주부가 자리 잡은 다음에는 현재의 부인인 봉설란으로 인해 맹주부의 위상이 더 빛날 수 있었다라고 하였었다.

겸하여 붙은 말이 맹주는 처복도 많다…….

그런데 십수 년이나 지난 지금에 와서 그녀가 살아 있다니?

죽었다던 그녀가 남편 독고해의 사후에 딸을 돌보기 위해서 환생이라도 했다는 말인가.

만약 그녀가 죽지 않았다면, 사부는 왜 그녀가 죽은 것으로 위장을 해야 했던가.

무엇 때문에?

그가 아는 사부는 천하에 거리낄 것이 없는 사람이었다.

이해가 가지 않았다.

"낙양에 남은 사모님의 소식은?"

"그대로 계신 듯합니다. 제가 그 즉시 사람을 보내서 알아봤는데 이상없다는 연락이 왔습니다."

"아무래도 한번 가 뵈어야겠군……."

감천형이 중얼거렸다.

"사매는?"

"그날 이후로 다시 기분이 좋지 않은 듯합니다. 다행히 화산옥녀 진소저가 명랑해서 많은 도움이 되고 있습니다. 사매는……!"

갑자기 좌백이 말을 멈추었다.

감천형이 굳은 표정으로 그에게 고개를 저어 보이고 있었던 것이다.

하루 이틀 같이 보낸 세월이 아니다. 그 행동이 무엇을 뜻하고 있는지 아는 그는 말을 멈추었고, 그 순간에 감천형은 바람처럼 문 앞으로 다가가 문을 열어젖혔다.

아무도 없었다.

"흥!"

감천형은 나직이 코웃음 치고는 그 자리에서 사라졌다.

그들이 이야기하던 방은 감천형의 집무실 겸 숙소였다. 작은 대청 하나가 있고 거기에 붙은 방이 하나 있었다. 무림맹 총당주의 숙소로서는 초라했지만 상황이 상황이라 감천형은 거기에 대해서 전혀 불만이 없었다. 그 숙소는 조금 다른 사람들의 숙소와 담을 사이에 두고 자리했다.

낮은 기척.

그림자 하나가 담장을 돌고 있었다.

감천형은 벼락 치듯 5장 거리의 허공을 갈랐다.

"헛?"

그 그림자가 놀란 음성을 흘리며 주춤, 한 걸음 물러났다.

"누구…… 아니, 당신은?"

금방이라도 손을 쓸 듯하던 감천형이 손을 멈추었다.

눈앞에 드러난 상대가 전혀 뜻밖의 사람이었기 때문이다.

"감 당주? 아니, 무슨 일이오?"

그 사람이 놀란 눈을 끔벅거렸다.

화산우사 육기.

바로 진자양의 사형인 그가 감천형의 눈앞에 있는 것이다.

그는 명리(名利)에 별 욕심이 없는 사람이었다. 사제인 진자양의 자질이 뛰어남을 보고 자신에게 돌아와야 할 장문인의 자리를 미련없이 그에게 물려주고 출가하여 화산파 유일의 도사가 된 사람이었다. 세간의 평판이 나쁠 까닭이 없는 사람이고 평소에는 세상을 운유(雲遊)하여 화산에도 잘 있지 않았다.

그러던 그가 화산에 남게 된 것은 독고해의 죽음으로 급박한 상황이 되면서부터였다.

"여긴 어쩐 일이십니까?"

"주위를 돌아보고 있었소. 곤륜파의 행렬을 뒤쫓는 자들이 있었다는 이야기가 있길래……."

말끝을 흐리던 그는 묘한 표정이 되었다.

"그런데 감 당주는 언제 돌아온 거요? 중요한 일이 있어서 하산했다고 들었는데?"

"좀 전에 돌아왔습니다."

감천형이 그를 보면서 대답했다.

"그가 맞습니까?"

그 자리를 떠나는 화산우사 육기를 전송하는 감천형의 뒤에서 낮은 음성이 들려왔다.

좌백이 그 자리에 서 있었다.

"글쎄…… 단정할 수는 없는 일이지. 더구나 그가 우리들의 이야기를 엿들어야 할 까닭이 없지 않느냐?"

"글쎄요……."

좌백이 미간을 찡그렸다.

그의 눈빛은 칼날처럼 매섭고 날카로웠다.

"낙양 맹주부 내에서도 전혀 엉뚱한 자들이 적의 첩자로 나타났었습니다."

"넌 설마 그를……."

감천형이 말도 안 된다는 듯 고개를 저었다.

"불가능한 일도 아닙니다. 십여 년 전에 돌아가셨던 분이 살아서 나타난 마당에 무엇인들 불가능하겠습니까?"

"만약 그가 적과 관련이 있다면, 진 맹주 대행까지 의심해야 한다."

"필요하다면 그도 의심할 수 있죠. 지금 상황이라면……."

"넌……."

어이없는 듯 그를 보던 감천형은 고개를 저으며 정색을 했다.

"말을 조심해라. 그런 말을 함부로 해서 만에 하나라도 우리들 사이에서 내분이 일어난다면, 큰 혼란이 일어나게 될 게다. 하고 싶은 말이 있다 할지라도 다 드러내는 건 평소의 너답지 않다."

쓴웃음이 좌백의 얼굴에 스쳐 갔다.

"지금과 같은 상황에서 어떻게 평소 같을 수가 있겠습니까?"

감천형이 그의 어깨에 손을 얹었다.

"어려울 때 흐트러지지 않아야 사부께 부끄럽지 않겠지. 난 사매에게 가볼 테니 넌 그만 돌아가 보도록 해라."

"알겠습니다. 그런데……."

고개를 끄덕이던 좌백이 뭔가를 말하려다 입을 다물었다.

한 사람이 빠르게 그들에게 다가오고 있었다.

화산파의 정예라 할 수 있는 화산십이룡 가운데 하나인 일수탈혼(一手奪魂) 경정추(耿靖鄒)였다.

화산십이룡은 늘 진자양의 곁을 떠나지 않는데, 근래에 들어서는 일이 너무 바빠 그들 중 몇 사람을 제외하고는 모두가 사람을 접대하고 화산 외곽을 경비하는 등 손을 나누고 있었다. 그럼에도 진자양의 곁을 떠나지 않는 몇 사람 중 하나가 경정추였다.

"총당주!"

감천형의 앞으로 온 경정추가 그에게 포권했다.

"무슨 일이오?"

"장문인께서 총당주를 청하고 계십니다."

"나를? 방금 만나뵙고 나온 길인데?"

"취의청에서 긴급 회의가 열리고 있는 중입니다. 안건이 있으니 직접 오십사 전갈토록 말씀하셨습니다."

무슨 일인가?

감천형과 좌백이 서로 얼굴을 돌아보았다.

"좌 당주께서도 시간이 허락한다면 같이 참석하십사 전하셨습니다."

"나도 말이오?"

"예!"

*   *   *

화산파의 중심부라고 할 수 있는 취의청(聚議廳)은 대개 매화청(梅花廳)이라 불리웠는데, 그 주변에 오래된 매화가 많기 때문이다. 겨울이 되면 이곳은 그야말로 설중매로 일대 장관을 이룬다. 하지만 원래 화산에서 내건 이름은 건곤대전(乾坤大殿)으로써 지금도 화산파의 제이대 조사가 썼다는 건곤대전이라는 편액이 그대로 걸려 있었다.

그 이름은 취의청이 화산파에서 차지하는 비중을 의미한다.

취의청의 날아갈 듯한 처마에는 기울기 시작하는 해가 걸려 석양빛이 사방으로 흩뿌려지는 가운데, 그 일대에는 나는 새도 들어오기 힘든 삼엄한 경계가 발동된 상태였다.

이 취의청, 건곤대전에는 당금 무림 중에서 가장 큰 영향력을 가졌다고 할 수 있는 구대문파의 장문인 아홉 명이 모두 모여 있었다. 그들은 신중하고도 굳은 얼굴로 서로를 돌아보면서 이야기를 나누고 있는 중이었다.

건곤무적 독고해가 쓰러졌을 때, 그들은 무림맹으로 모인 적이 있었지만 그때는 장문인들이 모두 온 것은 아니었었다. 그러나 지금 이 자리에는 구대문파의 장문인 아홉 명이 모두 있었다.

감천형이 좌백과 함께 그 자리에 들어서자 진자양을 비롯한 구대문파의 장문인들까지 모두 일어나 그를 맞았다.

무림맹의 총당주라는 지위는 천하무림을 총괄하는 무림맹의 실권자를 의미했고, 무림맹 공봉인 구대문파의 장문인에 비해 그 비중이 전혀 작지 않았던 것이다.

적어도 지금까지는…….

건곤대전에는 무거운 분위기가 감돌고 있었다.

구대문파의 장문인을 비롯한 그들을 수행하는 사람들까지 합해서 스무 명이 넘는 사람들이 자리하고 있음에도 조용하기 이를 데 없었다.

감천형은 좌백과 함께 자리를 잡았다.

"감 당주까지 참석하셨으니, 이제 결론을 내릴 때가 된 듯합니다."

그가 자리를 잡는 것을 본 진자양이 입을 열었다.

"길게 끌고 갈 시간이 없으니 빨리 일을 진행함이 좋겠소이다."

호호백발의 노도사가 상기된 표정으로 뒤따라 말했다.

그는 바로 곤륜파의 장문인인 옥허 도장(玉虛道長)이었다. 그는 예정보다 삼 일이나 화산에 늦게 도착했는데 안색이 매우 굳어 있는 듯 보였다.

"……."

감천형은 무슨 영문인지 알지 못했으나 입을 열지는 않았다.

그들이 자신을 청한 것을 본다면 일의 경과를 이야기하지 않을 리 없기 때문이다.

"일단 감 당주께 경과를 말씀드리고 일을 진행하겠습니다."

곤륜파의 장문인 옥허 도장에게서 시선을 돌린 진자양은 감천형에게 굳은 표정으로 경과를 설명했다.

"곤륜파의 장문인이신 옥허 도장께서 예정보다 늦게 온 것은 제천교의 습격을 받아서였는데, 그들의 공격이 너무 집요하여 그야말로 혈로를 뚫고서 간신히 여기에 당도하셨는데…… 수행했던 고수들을 거의 잃고 장문인과 같이 오신 분은 겨우 세 명에 불과하였소."

감천형은 미간을 찡그렸다.

"그들이 오시는 길을 어떻게 알고?"

"그것이 문제인 것 같소. 그들이 어쩌다가 곤륜파의 앞을 막은 것이 아닐 것이니, 그들이 언제 어떻게 화산대회를 방해할는지 모를 일이오. 그래서 우리들은 대회일을 앞당기기로 결정하고 감 당주의 의견을 듣고자 청한 것이오."

"앞당기다니요? 날짜는 이제 겨우 이틀 남았는데……."

"이틀이 아니라 내일 아침이라도 바로 시작할까 하오."

"그건……!"

감천형의 얼굴이 굳어졌다.

"마음에 걸리는 것이 전 맹주이신 독고 맹주의 사제인 한 공자께서 이 자리에 계시지 않는 점이지만, 감 총당주와 좌 당주가 계시니 별문제는 없을 것으로 생각되는데 어떻게 생각하시오?"

진자양이 신중한 표정으로 물었다.

"여러분들은 이미 그렇게 결정했다고 하지 않았습니까?"

"그렇긴 하지만, 사안의 중대함을 생각할 때 감 총당주 사형제의 의견없이 일을 추진하기는 곤란한 일이오."

"……."

감천형은 입을 다물었다.

그가 입을 열어 말을 한다고 해도 달라질 것은 없어 보인 까닭이다.

"아미타불…… 이상하게 생각하진 마시오. 감 총당주의 사숙이신 한 공자께서 기일 내에 오시면 좋겠지만 그렇지 못하다고 할지라도 우리들이 모두 의견을 모은다면 달리 하자가 없을 것이오."

소림파의 장문인 대광 대사가 굳은 얼굴로 입을 열었다.

"제천교의 힘은 우리가 처음 생각했던 범주를 벗어난 듯하오. 그들과 맞서려면 하루라도 빨리 무림맹을 정비하여야 하니…… 이와 같은 비상시국에는 조금이라도 시간을 지체하지 않는 것이 현명할 것이외다."

무당파의 장교진인 일양자도 동조했다.

그들의 표정은 긴장으로 딱딱히 굳어 있었다.

이미 결정이 난 사안이었다.

감천형이 반대를 한다고 해서 번복될 일이 아닌 것이다.

"다들 같은 의견이십니까?"

잠시 침묵하던 감천형이 물었다.

"한시가 급하다는 데 모두가 동의하였소."

진자양이 답했다.

"그러시다면 의견에 따르겠습니다.

그 말에 좌백의 얼굴빛이 달라졌다.

하지만 그는 아무런 말도 하지 않았다.

"좋소, 감 총당주까지 찬성하니 대회를 바로 진행하고 그 진행도 사흘 예정이었던 것을 하루 정도로 단축하여 최단시간 내에 맹을 재정비하는 걸로 해봅시다!"

진자양이 결론을 내렸다.

발 밑에 깔리는 흙바닥이 왠지 무겁게 느껴진다.

그것을 밟고 걸음을 옮기고 있는 좌백의 얼굴도 무거웠다.

"못마땅한 게로구나?"

그와 어깨를 나란히 건곤대전을 나온 감천형이 문득 입을 열었다.

"그건 의논이 아닙니다. 통보(通報)였지요. 그럴 바에야 왜 우리를 부릅니까?"

좌백의 부은 음성에 감천형은 쓴웃음을 머금었다.

"같이 모여서 이야기를 하다 보니 그렇게 의견이 모아졌겠지. 그들의 얼굴을 보지 못했느냐? 구대문파 수뇌들의 얼굴이 그처럼 무거운 것을 나는 처음 본 것 같다. 그렇게 어렵게 내린 결정을 우리가 반대한다면 공연히 내부적인 갈등만 일어나게 된다. 지금은 힘을 모을 때다. 사숙이 오시기 전에 대회가 열리게 되어 조금 아쉽지만, 하루 빨리 맹을 정비하는 것도 무의미한 일은 아니다. 여러 가지 사정 때문에 대회 날짜가 이미 열흘가량이나 늦어진 것도 사실이었고……."

"일의 당위성을 모르는 게 아닙니다. 하지만 절차가 문제 아닙니까? 우리를 배제하고 모든 것이 돌아가고 있지 않습니까? 처음부터 우리를 부른 게 아니라 나름대로 결정을 내리고 난 다음에 형식적으로……."

"그만 해두자. 일을 하다 보면 그럴 수도 있다."

감천형은 좌백의 불만을 눌러 버렸다.

'시대가 바뀌었다. 아직 그것을 느끼지 못하겠느냐?'

굳은 얼굴로 멀어져 가는 좌백의 뒷모습을 보면서 감천형은 내심 무겁게 중얼거렸다.

위대했던 사부의 죽음과 함께 그 무림맹은 이미 사라졌다.

그리고 그가 남겨둔 무림맹은 구대문파를 중심으로 변모하려고 하는 중이었다. 현재 무림맹을 이루고 있는 주축은 그들이었으므로, 그것은 어쩔 수 없는 일이었다. 맹에 비록 외부의 고수들이 있긴 했지만 구대문파는 일개인이 아닌 유구한 전통을 지닌 세력인 것이다.

좌백의 모습이 멀어지는 것을 지켜보고 있던 감천형은 천천히 신형을 돌렸다.

날이 밝으면 아마 눈코 뜰 사이가 없을 것이다.

그전에 사매에게 한번 들러봐야 할 터였다.

*　　　*　　　*

"사매."

감천형은 굳은 얼굴로 독고경의 방문을 두드렸다.

여전히 응답이 없다.

"사매, 나다."

혹시라도 잠이 들었나 하여 감천형은 진기전성(眞氣傳聲)의 수법으로 독고경을 불렀다. 소리 내어 크게 불렀다가는 주위 사람들을 경동시킬 우려가 있기 때문에 방 안으로 음성을 흘려 넣은 것이다.

그러나 다음 순간에 그의 얼굴이 더 굳어졌다.

그가 부른 음성, 진기전성으로 부른 음성은 귀에다 대고 소리치는 것과 같을 것이다. 안에 있다면 제아무리 깊이 잠들었다고 할지라도 못 들을 리가 없다. 더더구나 그녀는 일반인이 아니라 내공을 수련한 무공인이었다.

　문을 밀어보았지만, 안으로 잠겨 있었다.

　더 이상 기다릴 수가 없었다.

　불안해진 감천형은 문을 밀던 손에 힘을 주었다.

　나무문이 제아무리 튼튼해도 어찌 그의 힘을 당할 수가 있으랴.

　뚝!

　안에서 빗장이 부러지는 소리가 나면서 문이 활짝 열렸다.

　"사매!"

　문이 열리자 감천형은 한 손을 가슴에 세운 채로 안으로 뛰쳐 들어갔다.

　실내는 어두웠다.

　하지만 안으로 뛰쳐 들어간 감천형은 뜻밖의 광경에 그 자리에 굳어져야 했다.

　독고경.

　그녀는 아무 일도 없는 듯 그린 듯한 모습으로 창밖을 바라보면서 우뚝 서 있었던 것이다. 등을 보인 채로.

　누군가가 문을 부수고 들어왔음을 알았을 것임에도 그녀는 뒤를 돌아보지 않았다.

　"사매……."

　감천형은 그녀에게 다가가면서 그녀를 불렀다.

　그러나 그녀는 아무런 대답도 없다. 돌아보지도 않았다.

　"사매, 무슨……."

　감천형이 그녀의 어깨에 손을 얹으려 손을 내밀었다.

그 순간이었다. 그녀가 몸을 돌린 것은.

그녀가 몸을 돌리자 감천형은 본능적으로 손을 움츠렸다.

과년한 처녀의 몸에 손을 댄다는 것은 어떤 돌발 상황이 아니라면, 아무리 무림인이라 할지라도 삼가야 하는 것이 당연한 당시 예법이다.

하지만 몸을 돌린 그녀의 눈을 본 감천형은 공연히 가슴이 철렁했다.

본능적으로 무엇인가 잘못되었음을 직감했던 것이다.

망연(茫然)한 눈빛.

아무것도 생각하지 않고 있는 독고경의 눈은 마치 꿈을 꾸고 있는 듯한 그런 눈빛이었다. 그 눈은 그를 보고 있는 것이 아니었다.

눈앞의 그가 아닌 다른 무엇인가를 보고 있었다.

"사매?"

그가 그녀를 다시 부르는 순간,

돌연 그녀가 찬물을 뒤집어쓴 듯이 한차례 전신을 부르르 떨더니 눈에 한 가닥 빛이 일었다.

그리고 그 찰나, 독고경이 갑자기 손을 들어 그를 쳐왔다.

소맷자락이 펄럭이는 가운데 희디흰 섬섬옥수(纖纖玉手)가 번갯불처럼 그를 향해서 직격(直擊)해 들어왔다. 그것은 밤하늘을 가르며 떨어지는 유성과도 같이 놀랍도록 빨랐다.

"무슨 짓이냐?"

그녀의 어깨를 잡으려다 막 손을 거두던 감천형은 놀라 소리쳤다.

그러나 그녀의 일장이 심상치 않음을 직감한 그는 발을 교차하는 순간에 이형환위의 신법으로 찰나간에 일 척(尺)가량을 옆으로 물러났다. 거의 본능적인 반응이라 할 수 있었다.

하나 독고경의 일장은 원식을 조금도 변하지 않은 채로 그의 가슴을 향해 여전히 날아들고 있었다. 가공할 속도로써.

팡!

맹렬한 폭음이 일었다.

쨍그랑!

두 사람의 부딪침에서 일어난 일진 회오리바람에 창가의 놓였던 찻잔이 바닥으로 떨어져 산산조각으로 깨어졌다.

"윽!"

나직한 신음.

놀랍게도 감천형이 비틀거리면서 뒤로 물러나고 있었다.

쿵쿵, 소리와 함께 그의 발 밑에서 바닥이 으스러졌다. 그것은 방금 그가 받은 충격이 실로 간단치 않았음을 의미한다.

"사매……."

숨을 두어 번 몰아쉬고서야 겨우 기혈을 진정시키고 독고경을 부르는 감천형의 얼굴은 창백했다.

창가의 휘장이 펄럭인다.

하지만 방 안에서 독고경의 모습은 보이지 않았다.

그때였다.

"무슨 일이에요?"

놀란 음성이 감천형의 뒤에서 들려왔다.

화산옥녀 진가기였다.

그녀의 방은 바로 독고경과 붙어 있다시피 해서 방에서 벌어진 일진 소동에 놀라 뛰어온 것이다.

그러나 지금의 감천형으로서는 그녀의 말에 대답할 상태가 아니었다. 그는 화산옥녀 진가기에게 머리를 저어 보이고는 그대로 신형을 날렸다.

그의 신형이 마치 빨려들듯이 번개처럼 창문을 통해 반대쪽으로 날아 나갔다.

독고경의 뒤를 따르는 것이다.

"대체 이게 무슨……?"

그 자리에는 두 눈이 휘둥그런 진가기만이 남았다.

산속의 어둠은 짙었다.

산속에서, 더구나 이처럼 어둠이 찾아든 숲 속에서 이미 사라진 사람을 찾는다는 것은 거의 불가능이라고 해도 좋았다.

무림의 고수가 훨훨 날아간 것을 사냥꾼이 뒤를 쫓듯이 그렇게 더듬거리면서 쫓아갈 수는 없는 노릇이기 때문이다. 물론 시간을 두고 그렇게 추적할 수도 있지만 그렇게 했다가는 설사 찾았다 할지라도 독고경에게 무슨 일이 어떻게 생긴 다음일지…….

'사모님이 사매의 금제를 해제했다고 하더니 이건 도대체……?'

감천형은 굳은 얼굴로 다급히 주위를 살폈다.

창졸간에 날아온 그녀의 일격은 참으로 놀라웠다.

하마터면 피를 토하고 그 자리에서 쓰러질 뻔했던 것이다. 한효월과 만나 한차례 기우(奇遇)를 경험한 그였다. 그런 그에게 그러한 위력을 보이다니, 평소 독고경의 무공을 생각한다면 상상하기 어려운 것이었다.

아무리 그가 준비를 하고 있지 않았다고 할지라도.

그렇게 다급한 감천형의 눈이 문득 빛을 발했다.

어둠이 깃든 숲 속으로 사라지고 있는 인영 하나를 발견한 것이다.
감천형이 독고경을 찾기 위해서 신경을 곤두세우고 사방을 살피던 중
이 아니었다면 놓치고 말았을 정도로 그 인영의 움직임은 신속하고도
은밀했다. 그저 검은 바람이 한줄기 지나가는 정도라고나 할까.

더 이상 생각을 하고 말 것도 없었다.

그 인영이 사라진 곳으로 감천형은 조금도 지체하지 않고 신형을 날
렸다.

2, 3각(刻)가량의 시간이 흘렀다.

감천형은 커다란 소나무 가지 위에서 주위를 살펴보고 있었다.

그 가지 가운데 하나가 조금 꺾어진 것을 발견했기 때문이다. 그 흑
영의 신법은 실로 놀라워 그가 전력을 다했음에도 불구하고 결국 놓쳐
버리고 말았던 것이다.

이젠 흔적을 찾아내는 수밖에 없었다.

하지만 바로 그 순간에 돌발 상황이 발생하였다.

"으악!"

"으아악……"

갑자기 어둠을 뚫고서 참담한 비명 소리가 들려왔기에.

나뭇가지가 출렁였다.

감천형이 순간, 나뭇가지를 박차며 날아올라 그 비명 소리가 들려온
곳으로 쏘아간 자리에서는 나뭇가지만 가볍게 떨리고 있었다.

숲 속.

어둠마저 숨을 죽였다.

화산파에서도 한참을 올라온 높이.

무성한 숲은 계곡과 같이 자리하며, 그 계곡을 타고 한 가닥 옥류(玉流)가 청량한 소리를 내면서 아래로 흘러내린다. 그야말로 천하의 절경이라 할 경치가 눈앞에서 펼쳐지고 있다.

숲과 계곡이 어우러진 그곳, 그곳에서 단말마의 비명은 터져 나오고 있었다.

사방에 널린 부상자들.

어둠 속에서도 일견해 참혹한 모습이 역력하다.

제각기 필적하기 힘든 가공할 힘에 휴지 조각처럼 구겨 처박힌 모습들…….

한두 사람이 아니었다.

십여 명의 인원이 그렇게 피를 토하며 나가떨어지는 가운데에, 그들을 마치 장난감처럼 쳐 날리고 있는 것은 검은 흑포를 어둠의 나래처럼 휘날리고 있는 괴인이었다. 그의 체구는 당당했으며 일거수일투족은 마치 바다를 가르고 산을 허무는 듯한 위력이 있어 그를 공격하던 사람들은 연신 참담한 비명과 함께 사방으로 튕겨져 나가고 있었다.

주위에 널브러진 사람들은 모두 다 그런 과정을 거친 듯했다.

감천형이 그 광경을 발견한 순간에도 한 사람이 피를 뿌리며 나가떨어졌다.

그를 알아본 감천형의 얼굴이 창백해졌다.

그 사람이 소림사의 장로(長老) 중 하나임을 알아본 까닭이다.

"멈춰라!"

흑포인이 공격하는 것이 구대문파 중의 사람임을 알게 된 감천형은 벽력처럼 소리치면서 흑포인을 향해 덮쳐 갔다.

하지만 그 소리를 듣지 못한 듯 흑포인은 아예 그를 쳐다보지도 않았다.

그 태도에 감천형은 노해 코웃음을 치면서 공격에 더 힘을 실었다.

그의 일장이 웅장한 경력을 뿜어내면서 흑포인을 치려는 순간, 흑포인이 그를 돌아보았다.

어둠 속에서 불꽃 같은 안광(眼光)이 강렬하게 그를 쏘아본다. 복면을 해서 얼굴을 알아볼 수가 없었다. 하지만 복면 속에서 드러난 두 눈에서 쏟아지는 안광만으로도 그의 무공 수준을 짐작하고도 남음이 있었다.

그 눈빛을 본 순간, 감천형은 잘못되었음을 직감했다. 그 기세만으로도 자신이 상대하기 힘든 상대임을 알았기 때문이다.

쾅!

맹렬한 폭음이 터져 나왔다.

놀랍게도 흑포괴인은 감천형의 장세를 피하지 않았다.

감천형의 장세를 그대로 몸으로 받아낸 것이다.

패왕신도라는 감천형의 별호는 그냥 붙여진 것이 아니었다. 천무만은 못하지만 덩치도 컸고, 천생의 신력(神力)도 타고난 터였다. 그럼에도 그 흑포괴인의 몸을 치자 마치 강철판을 친 듯했고 그 충격으로 오히려 손목이 부러지는 것 같았다.

"욱!"

그를 친 감천형이 나직한 신음과 함께 비틀 한 걸음을 물러서는 순간에 흑포괴인은 괴악(怪惡)한 외침과 함께 감천형을 향해 일장을 쳐왔다.

쏴—!

전광석화와 같은 일격이었다.

감천형의 안색이 창백해졌다.

그럴 수밖에 없는 것이 흑포괴인을 공격한 그가 충격을 받고 주춤하는 순간에 그 흑포괴인의 일장이 그를 쳐왔기 때문이다. 그것은 마치 그런 과정을 예상하고 공격한 것처럼 시기적절해 감천형은 허점을 몽땅 드러내고서 목을 내민 것과 같은 형국이 되고 말았다.

펑!

위급한 상황, 감천형은 사문의 건곤대라신공을 운기하여 양손을 교차, 흑포괴인의 장세를 막아냈다.

그러나 여전히 팔목이 부러지는 듯한 충격.

꽝꽝!

비틀거리며 물러나는 그의 발 밑에서 바위가 으스러지면서 돌 부스러기들이 사방으로 튕겨져 나갔다.

세찬 경기의 회오리가 그 돌 부스러기와 흙먼지들을 휘감아 올렸다.

"……!"

흑포괴인은 그가 자신의 일격을 막아내자 뜻밖인 듯 음산한 눈빛으로 그를 노려보았다.

하지만 그것은 잠시, 성큼 한 걸음을 내딛는 사이에 그는 다시금 흑포를 펄럭이면서 감천형을 공격해 오고 있었다.

그 모든 것은 일련의 동작에서 이루어져 신속하기 이를 데가 없었으며 자세조차 바로잡지 못한 감천형은 막기는커녕, 피할 수조차 없었다.

그의 얼굴에 경악과 불신이 한꺼번에 뒤엉켰다.

채 이 초를 견디지 못하고 속수무책(束手無策), 그로 하여금 죽음을 기다리게 할 고수가 세상에 존재할 수 있다니!

바로 그 순간이었다.

검은 그림자 하나가 소리도 없이 옆에서 날아들어 흑포괴인의 목을 쳤다. 그 공격은 참으로 놀랍도록 신속무비하여 흑포괴인은 알고도 피하지 못했다.

팡!

폭음이 일며 흑포괴인이 그 충격으로 비틀 옆으로 한 걸음 물러났다.

그의 놀라운 무공과는 달리 그의 반응은 조금 느린 듯했다.

하지만 날아든 흑영이 재차 그를 공격해 오자 두어 걸음 물러난 그는 이내 냉소를 치면서 손을 쭉 뻗어서 흑영을 맞아갔다. 기습을 당했음에도 아무렇지도 않은 듯했다.

"사매!"

그때서야 나타난 흑영을 알아본 감천형이 놀라 소리쳤다.

정말로 나타난 흑영은 다른 사람이 아닌 독고경이었던 것이다.

"안 돼! 그와 맞서지 마라! 그를 상대할 순 없다!"

독고경이 정면으로 그와 맞서감을 보자 감천형이 놀라 소리쳤다.

하나 독고경은 그의 말을 들은 척도 하지 않고서 일장을 쳐 흑포괴인과 맞서갔다.

그 움직임은 실로 신속무비하여 보고도 피하기 힘들 정도였다. 바로 감천형을 패퇴시켰던 그 괴기(怪奇)한 일장이었다. 그녀의 장세는 놀랍도록 빠른 데다가 상대의 허점을 파고드는 위력이 있어서 보고도 피하기 힘든 힘을 가졌다.

하지만 상대는 그 일장에 격중당했음에도 아무렇지도 않았고, 안중에도 두지 않는 것 같았다.

"악!"

그것을 증명이라도 하듯 정면으로 격돌하자 독고경은 참담한 비명과 함께 훌쩍 나가떨어지고 말았다.

선명한 선혈이 그녀가 날아가는 궤적을 따라 그어졌다.

"사매!"

감천형은 다급하여 사문의 뇌정도를 전개하여 흑포괴인을 덮쳐 갔다. 도저히 적수공권으로는 흑포괴인과 맞설 수 없음을 알았기 때문이다.

스팟—!

감천형이 뇌정도를 전개하자 그 기세는 천둥이 치는 것 같았다.

뇌정도는 밤하늘에 천둥이 치는 형상을 모방하여 만든 도법이다. 그 기세는 장대할 뿐더러 번갯불이 번뜩이듯 신속무비함이 특징이다. 빠르다는 것은 그만큼 무섭다는 의미이기도 하다. 그러한 뇌정도법을 감천형이 다급하여 전개하자 흑포괴인이 독고경을 쳐 날리는 순간에 이미 감천형의 패도는 흑포괴인을 덮쳤다. 게다가 그 위력은 이미 조운촌에서와 판이했다. 한효월과의 대화로 깨달음을 얻었기 때문이다.

쿠콰콰콰……

막 독고경을 쳐 날린 흑포괴인은 감천형의 뇌정도에서 발출되는 우렛소리에 놀란 듯 흘깃 돌아보다가 눈앞으로 날아드는 뇌정도를 보곤 괴이한 빛을 떠올렸다.

"……!"

하지만 그것도 일순간, 그는 어깨를 움찔하는 사이에 상반신을 미미하게 흔드는 가운데 일장을 쳐내 뇌정도에 정면으로 맞서왔다.

'아무리 그래도 맨손으로 내 뇌정도에 맞서려 하다니?'

상대의 그러한 광오(狂傲)함에 감천형은 이를 갈면서 전력을 기울여 뇌정도를 쪼개어냈다. 그의 뇌정도는 원래 강렬무비했는데, 한효월에게 가르침을 받은 다음부터 무르익어 이젠 어떤 고수라도 함부로 볼 수 없었다.

파파팡!

흑포괴인의 일장과 감천형의 뇌정도는 정면으로 맞닥뜨리자 강렬한 음향을 일으켰다.

사방으로 경기가 폭장(暴張)되어 나갔음은 물론.

"장세에서 강기(罡氣)를 일으킬 정도라니!"

감천형의 신음이 흘러나오는 가운데 그가 주춤거리며 물러났다.

그러나 흑포괴인도 그가 나타난 이래 처음으로 주춤 전진하던 기세를 멈추었다.

하나 그것은 찰나일 뿐.

그는 이내 복면 속에서 드러난 눈에 무서운 살기를 드러내면서 성큼 감천형의 앞으로 한 걸음을 내딛었다. 어둠의 나래처럼 펄럭이는 흑포를 휘저으며 그 손은 강렬한 기세로써 다시금 감천형에게로 날아들고 있었다.

콰아아~

감천형은 자신을 향해 밀려드는 가공할 힘에 전율해야 했다.

상대는 정말 막강했다.

저토록 강한 자는 감천형이 처음 보는 것이라 해도 과언이 아니었다. 그의 사부인 건곤무적 독고해도 생전에 저러한 위세는 보이지 못했다.

"정말 대단하군! 어디 나 감 모의 목을 가져가 보라!"

감천형이 소리치면서 전력으로 적에게 맞서갔다.

그가 물러선다면 지금 이 자리에 있는 모든 사람이 죽을 판이었다. 상대가 아무리 강해도, 설사 그것이 미친 짓이라 할지라도 그는 적과 맞서지 않을 수가 없는 상태였다.

땅!

마침내 감천형의 손에 들린 패도가 부러졌다.

감천형의 입에서 피분수가 터져 나왔다.

그의 신형이 금방이라도 쓰러질 듯이 흔들거리고 있다.

그럼에도 그는 경악(驚愕)으로 눈을 찢어질 듯이 부릅뜨고서 앞을 노려보고 있었다.

그 앞에 버티고 선 흑포괴인은 참으로 멀쩡했다.

그의 얼굴을 가리고 있는 흑건 한 조각이 베어진 것뿐, 겨우 한 걸음을 물러나 있을 따름이었다.

그것도 감천형의 힘에 물러난 것은 아니었다.

어디선가 끊어질 듯 이어질 듯 기이한 피리 소리가 들려오고 있었다. 감천형의 일격을 간단히 꺾어버린 그는 재차 앞으로 덮쳐 오다가 그 피리 소리에 문득 공격을 멈추었던 것이다.

"당신…… 당신의 그 무공은 어디에서 배운 것이오?"

넋을 잃은 듯 흑포괴인을 바라보고 있던 감천형이 문득, 쥐어짜듯 입을 열어 물었다.

피리 소리에 귀를 기울이는 듯하던 흑포괴인은 감천형의 물음에 힐끗 그를 보고는 마치 바람처럼 그 자리에서 사라졌다.

"멈추시오!"

그가 떠나는 걸 보고는 갑자기 감천형이 고함쳤다.

얼마나 격동했는지 그의 고함과 함께 내상이 울려서 다시금 선혈이 폭포처럼 터져 나왔다.

그러나 흑포괴인은 바람처럼 그 자리에서 사라진 다음이었다.

감천형은 그를 따르지 않았다.

따를 수 없다는 것을 알기 때문인지, 아니면 충격이 너무 큰 것인지 그는 넋을 잃은 듯한 표정으로 흑포괴인이 사라진 곳을 바라보고 있을 따름이었다.

'어떻게 본 문의 건곤대라신공을……'

그때, 나직한 신음과 함께 나가떨어졌던 독고경이 몸을 일으켰다.

그럼에도 감천형은 그녀를 돌아보지 않았다.

"사형!"

놀람에 찬 음성이 다급히 들려와 그를 깨웠다.

좌백이 어둠을 뚫고 무림맹의 고수들과 함께 달려오고 있었다.

천리추종(千里追蹤)

―죽음의 공포
상상을 초월(超越)한 고수와 마주하다

천리추종(千里追蹤)

독고경은 눈을 감은 채 잠들어 있었다.

창백한 얼굴. 그녀의 얼굴은 땀에 젖어 있었고 흘러내린 머리카락이 그 땀에 젖어 하늘거린다. 잠든 그녀의 얼굴은 연약하기 이를 데 없는 여인의 모습 그대로다. 하지만 그녀의 성정(性情)이 연약과는 거리가 먼 것을 지금 그녀를 내려다보고 있는 좌백은 잘 알고 있다.

'도무지 알 수 없는 일······.'

그녀의 방, 침대에서 잠든 그녀의 모습을 내려다보는 좌백의 얼굴은 납덩이와 같이 굳어 있었다.

그 여인. 지난날의 사모, 독고경의 친모라 자칭한 그녀가 이제 독고경의 모든 금제(禁制)는 해제되었다고 하지 않았던가.

그런데 이게 무슨 일이란 말인가?

"이제 여기는 제가 있을 테니 가보세요."

옆에서 화산옥녀 진가기가 말했다.

"부탁하오."

좌백은 그녀에게 고개를 숙여 보이고 독고경의 방을 나왔다.

굳은 얼굴로 독고경의 방을 나서던 좌백은 흠칫 놀란 표정이 되었다.

정원의 커다란 매화나무 앞에 감천형이 우뚝 서 있는 것을 발견했던 것이다.

그는 굳은 얼굴로 먼 산을 바라보고 있었다.

마치 석상처럼 굳어진 모습으로.

"왜 여기 계십니까? 조섭을 하셔야 할 텐데."

문득 들려오는 소리에 감천형은 정신을 차렸다.

좌백이 그의 곁에 서 있었다.

"사매는 어떠냐?"

"겉으로 보기에는 아무렇지도 않습니다. 좀 놀란 것뿐이지. 한잠 자고 나면 아무렇지도 않을 정도로…… 다친 곳은 전혀 없습니다."

"정말이냐?"

"예."

"으음……."

감천형이 나직이 신음한다.

그럴 수밖에 없는 것이 흑포괴인의 가공할 위세와 정면으로 맞서 본 그인지라, 흑포괴인이 얼마나 가공할 고수인지를 잘 알고 있었기 때문이다. 감천형조차도 내부의 상세가 매우 심해서 며칠 간 요양을 해야만 내상을 회복할 수 있을 정도였다. 그뿐만 아니라, 그 자리에 있던 모든 사람들이 받은 타격은 극심하여 사경(死境)을 헤매고 있는 사람들이 부지기수였다.

그런데 정면으로 그와 맞섰던 그녀가 아무렇지도 않다니.

'사매의 무공이 그처럼 높았던가?'

여류(女流)로서는 보기 드문 자질을 지녔다고 독고해가 그녀를 평한 적이 있었다. 그 말대로 그녀의 무공은 매우 높았다. 하지만 감천형보다 한 수 아래임은 분명했었다.

그런데, 그녀가 보여준 그 괴이한 일장은…….

"사형, 그런데 대체 그 흑포괴인이 누구길래 그처럼 무서운 무공을 지니고 있을까요? 혹시 짐작 가는 사람이 없습니까?"

좌백의 물음에 돌연 감천형의 신형에 미미한 진동이 일었다.

"글쎄…… 나도 짐작이 가지 않는다. 그의 무공은…….

말끝을 흐리던 그는 불쑥 좌백에게 물었다.

"혹시 우리 말고, 사문의 무공을 배운 사람이 또 있을까?"

"사숙이 계시지 않습니까?"

"사숙 말고."

"사부님은 우리 사형제를 제외하고는 본 문의 무공을 아는 사람은 아무도 없다고 하지 않았었습니까?"

그 순간, 무슨 생각이 떠오른 듯 감천형의 안색이 창백하게 굳어졌다.

"서, 설마…… 아니야! 말도 안 되는…… 그럴 수는…….

그가 연신 고개를 내젓는 것을 보자 좌백이 그를 불렀다.

"사형?"

그의 부름에 감천형은 찬물을 뒤집어쓴 듯이 눈을 껌벅이며 그를 보았다. 전혀 평소의 그답지 않은 태도였다.

"무슨 말씀입니까? 뭐가 말이 안 된다는 겁니까?"

"아, 아무것도 아니다."

감천형은 머리를 저었다.

정말 말이 되지 않는 생각이었다.

그런 어이없는 생각을 좌백에게 이야기할 수는 없었다.

그러나, 그러나 그 무공은…….

*　　　*　　　*

굵은 대황초가 조용히 일렁인다.

그 일렁이는 불빛을 받으며 진자양은 굳은 표정으로 대청을 서성이고 있었다. 벌써 몇 번인지 모르게 대청을 맴돌았다. 그러나 정리가 되지 않는다. 짐작조차 가지 않았다.

"알아낸 것이 있나?"

문득 그가 중얼거렸다.

"아무것도. 일대를 수색하고 있습니다만 아직까지는 아무런 흔적도 찾아내지 못했습니다."

아무도 없는 방 안에서 답변이 들려왔다.

"외인이 화산에 와서 마음대로 헤집고 다니는데도 아무것도 모른다?"

"죄송합니다!"

여전히 말만 들려온다.

"장로들의 상태는?"

"위험한 고비는 넘긴 듯합니다."

"그자들의 소식은? 아직 모르나?"

"그쪽도 조사 중입니다만…… 아직 명확한 결론을 내리지 못해서……."

"결론?"

"예, 그들 중 일부가 화산으로 움직인 것 같다는 보고가 있었는데, 종적을 찾지 못해서 확인이 불가능해 결론을 내리지 못한 상태입니다."

"화산으로?"

"그렇습니다."

"하긴…… 대국에 관심이 있는 자들이라면 누구든 그냥 있지는 않겠지. 지금 상황에서 구파연맹이 중심으로 된 무림맹이 결성됨이 어떤 의미를 가지는지 잘 알고 있을 테니까. 물러가라!"

"존명(尊命)!"

말과 함께 기척이 사라졌다.

"만약…… 그 괴인이 비적(秘敵)과 관련이 있다면 상황을 재점검해야 할 것이다. 만에 하나 혹시라도 비약(秘約)과 관련이 있다면……."

진자양의 얼굴이 푸르게 굳었다.

만약 그렇다면 상황이 너무 엄중했다.

"천하를 위한 선택이었다……."

그가 문득 알 수 없는 의미의 말을 중얼거렸다.

아직 날이 밝지 않았다.

희미한 달빛이 창문을 통해서 비쳐든다.

벽에 걸린 한 점의 수묵 산수화가 달빛을 받아 고즈넉하다. 대황초 하나의 불빛만으로는 대청을 감싸기에 부족한 듯했다.

"그가 누구인지, 그를 찾아야만 한다. 알아내야만 한다……!"

진자양의 다짐이 대청을 낮게 울렸다.

참으로 큰 의미를 담은 다짐이었지만 아직까지는 누구도 그 다짐이 가진 의미를 제대로 알지 못했다.

만에 하나라도 알게 된다면 천하는 뒤집어지고 말리라.

*   *   *

감천형은 운기조식에 들어 있었다.

좌백은 그가 쉬는 동안 사방으로 이리 뛰고 저리 뛰어야 했다.

화산파는 아연 긴장하여 무림맹과 함께 어우러져 바쁘게 움직이고 있는 중이었다.

상황이 뜻밖에도 심각했던 것이다.

감천형이 나타난 그 자리에 있었던 것은 소림, 무당 등 구대문파의 장로들 다섯 명이었다. 그리고 그들은 모두 자파의 선대 장로(先代長老)라는 대단히 큰 상징적인 의미를 가진 사람들이었다. 그런 그들이 일패도지하여 모두 쓰러졌으니 비상이 걸리지 않을 수가 없었다.

화산대회로 인해 오랜만에 만나 속진(俗塵)을 벗고 담소하던 그들은, 수상한 자들이 화산으로 내려오는 물줄기의 수원(水源)에 출몰함을 보고 그곳으로 갔다가 괴인으로부터 습격을 당했다고 하였다.

그 말대로라면 적은 화산파의 수원에다가 무엇인가 손을 쓸 작정이었다고 봐야 옳았다. 만에 하나라도 수원에다 독을 푼다면 화산에 모인 사람들 모두가 독사(毒死)하고 말 위험이 있었다.

감히 태만하게 다룰 수 없는 일이었다.

비상 대기 인원까지 모두가 나서 수색에 나섰다.

하지만 아무런 흔적도 찾아내지 못했다.

그렇게 화산대회의 아침은 피로 물든 밤을 흘려보내면서 천천히 밝아오고 있었다.

*   *   *

천천히 동녘이 밝아오고 있다.

천지를 뒤덮었던 어둠이 그 거대했던 날개를 이리저리 찢기고 흩어져 갔다. 희미했던 빛은 그처럼 위대하게 흑암(黑暗)의 어둠을 몰아내고 있었다.

"후우……."

아래를 내려다보고 있던 한효월은 길게 숨을 내쉬었다.

그의 시선이 미치는 곳.

그 자리에는 피를 흘리며 쓰러져 죽은 시신 한 구가 늘어져 있다.

피는 굳어가지만 아직도 시신은 굳지 않았다.

"채 한 시진도 앞서지 않았다……."

이미 그 시신을 살펴본 한효월이 중얼거렸다.

그 중얼거림과 함께 그는 몸을 일으켰다.

그리고 그는 신형을 날려 그 자리에서 사라졌다.

그 장원을 떠난 그는 어둠을 헤치며 제천교의 뒤를 따랐다.

조금 더 정확히 말한다면 요광성주의 뒤를 따른 것이지만 뒤를 따르면서 한효월은 점점 더 긴장을 해야 했다.

그 가공할 고수는 패퇴한 제천교를 그냥 두지 않고 계속해서 추적하면서 격살(擊殺)하고 있었다.

그 와중에 요광성주는 겨우겨우 도주하고 있는 듯했다.

그녀뿐만 아니라, 제천교의 고수들 전체가 그런 모양이었다. 사방에 죽어 널브러진 그 숱한 사람들의 시신이 그것을 증명한다. 대체 어떤 사람이 이와 같은 위력을 지닌 것인지 짐작조차 가지 않았다. 그러나 그럴수록 그가 누구인지 알아내야 했다. 그래서 한효월은 밤을 도와 그 뒤를 추적하고 있는 중이었다.

새벽 안개가 시야를 가리며 흐른다.

저잣거리는 그 새벽 안개에 휘감겨 졸고 있었다.

부지런한 사람들은 이미 일어나 생업을 열고자 하지만 유흥가가 밀집한 북주로(北走路)는 아직 밤이었다. 밤새 끄덕끄덕 졸던 홍등(紅燈)은 이미 그 빛을 바래고 호객하던 기녀들의 교소(嬌笑)도 흩어졌다. 밤새 질탕하게 부어라 마셔라 웃어대던 호걸들의 홍소(哄笑)도 이젠 자즈러들었다.

으레껏 유곽(遊廓)에는 이 시간이 가장 나른한 시간이다.

손님을 맞이하던 자들마저 졸려서 담장에 머리를 박고서 끄덕거릴 때였으니까.

한효월이 교통의 요지인 영보(靈寶)의 유곽에 이르렀을 때도 대충 그 시간이었다.

'흔적이 강해졌다!'

잠시 머리를 하늘을 향해 쳐들었던 한효월이 눈을 빛냈다.

그가 뒤따라오던 그 흔적이 이 부근에서 머물고 있다는 것을 알아낸 것이다.

그렇게 해서 그가 찾아낸 것은 그 유곽에서 제법 규모가 큰 보영루(寶塋樓)였다. 주루인 그 보영루는 기루까지 겸하고 있어서 밤늦게까지 영업을 하고 있었다. 밤늦게라기보다는 밤을 밝혔다는 것이 맞을까?

그런데 갑자기 무슨 일인가.

"으악!"

돌연 터져 나온 비명 소리.

"으아아악……!"

비명과 함께 혼비백산 사람들이 뛰쳐나오는 모습이 요란하다.

바지조차 제대로 꿰지 못하고 옷을 들고 튀는 자들과 젖가슴이 드러나 덜렁거리는 것조차 아랑곳하지 않고 기절할 듯 새파랗게 질려서 엎어지고 자빠지면서 달려나오는 여자들의 모습.

"무슨 일이오?"

한효월이 그중 앞서 도주하는 사내의 팔을 잡고 물었다.

사내는 한효월의 행색을 보고 팔을 뿌리쳤으나 거대한 집게에 잡힌 듯 꼼짝도 할 수 없었다.

"안에 누가 있소?"

"모, 모르오. 난 여기 손님이란 말이오! 지금 뭐 하는 거야?"

얼핏 주저했던 사내는 한효월의 모습에 고함을 질렀다. 백면서생처럼 보이자 용기가 났던 것일까? 고함과 함께 그는 한효월의 손을 떨쳐 버리고 보영루 밖으로 달려나갔다.

그뿐만 아니었다.

사방에서 비명을 지르며 도망치는 자들이 많아 보영루는 어수선하기 짝이 없었다.

그야말로 아비규환.

한효월은 더 이상 망설이지 않고 안으로 몸을 날렸다.

그가 몸을 날린 곳은 보영루의 후원. 합창하듯이 비명이 터져 나오고 있는 곳이었다.

보영루는 제법 넓었다.

보통 손님들이 들어서 술을 마시는 전원(前院)은 2층 누각으로 이루어져 있었고, 그 뒤쪽으로 그야말로 돈 많은 사람들만 들어가는 별원(別院)이 있다. 대여섯 채 정도인 별원에는 다시 후원(後院)이 있고, 그 벽을 이루는 것들도 보통의 담장이 아닌 가산(假山), 연못 등이라서 제법 아취가 있었다.

하지만 지금은 그 전체가 아수라장이었다.

잠들어 있던 자들이 모조리 튀어나오고 자다가 뒤늦게 깬 자들이 눈을 비비고 문을 열다가 공포에 질려 비명을 지르며 머리를 처박는다.

후원으로 이르는 길은 그렇듯 아수라장이면서도 참혹한 죽음이 지배하는 죽음의 길[死路]이었다.

그러나 정작 별원을 지나 후원으로 들어서면 사정이 달랐다.

여기저기에 쓰러져 죽은 사람들의 모습.

격한 싸움의 흔적.

한효월은 한눈에 누군가가 이곳으로 진입해 들어갔고, 여기에 쓰러져 죽은 자들이 그 적을 맞아 싸우다가 죽어간 것을 알아볼 수 있었다. 하나 싸움은 초기였을 뿐, 여기저기에 마치 휴지 조각처럼 구겨져 처박힌 사람들의 시체가 말하고 있는 것은 항거 불능의 공포(恐怖)였다.

다시 말해서 그들로서는 도저히 싸워볼 수 없는 절강(絶强)한 상대가 나타난 것이다.

아예 상대조차 되지 않는.

"으아악……."

담장 안쪽에서 비명 소리가 들려왔다.

더할 수 없는 공포에 찬 부르짖음이다.

바람처럼 후원으로 들어서는 한효월을 향해 기다리고나 있었다는 듯이 번뜩이는 도광이 소리도 없이 날아들었다.

하지만 그 도광은 한효월의 일격에 튕겨져 버리고 말았다.

"……!"

한효월을 공격했던 것은 흑의인이었다. 야행복을 입고 머리에는 흑건까지 뒤집어써서 자신을 숨긴 전형적인 야행인의 모습이다. 그는 가벼운 손짓으로 자신의 대도를 날려 버리고 사라지고 있는 한효월의 모습을 경악에 찬 눈빛으로 바라보고 있었다.

"적이 나타났다!"

잠시 멍청했던 그가 낮게 소리쳤다.

후원은 두 채의 누각과 연못, 그리고 그 연못과 누각을 반월형으로 두른 가산으로 이루어졌다.

그 후원은 그야말로 아비규환(阿鼻叫喚)의 소용돌이였다.

원래 그곳에 있던 사람들은 모두가 혼단백절(魂斷魄絶), 도주하기에 바빴다.

감히 대항할 엄두라도 내는 사람은 아무도 없었다.

"으으……."

흑의에 복면.

손에 반 토막의 기형검을 든 그는 후원의 연못가에 몰린 채로 공포에 질린 모습으로 주춤거리고 있었다. 더 이상 물러날 곳도 없었다.

그와 같이 움직이던 수하들은 이미 다 죽었다.

그의 앞에는 전신을 흑포로 휘감은 괴인 하나가 우뚝 서서 음산한 눈빛으로 그를 노려보고 있다.

당당한 체구.

하나 얼굴은 흑건으로 휘감아 겨우 눈만 드러난 상태였다.

"누, 누구냐? 대체 누구길래 이렇듯 무조건 독수를 쓰는 것이냐?"

흑의복면인, 제천교의 천선성주가 떨리는 음성으로 외쳤다.

그러나 그 대답으로 돌아온 것은 흑포괴인의 공격이었다.

어둠의 바람처럼 하늘로 떠오른 그 흑포괴인의 일장이 전광(電光)과도 같이 그를 향해서 날아들고 있었다.

"이 괴물……."

방금의 부딪침에서 자신의 검을 간단히 두 동강으로 만든 상대의 가공할 위력을 알고 있는 천선성주는 고함과 함께 흑포괴인을 공격했다.

파삭!

그러나 그의 일장과 맞선 순간에 그의 반 토막 검은 산산조각이 나버렸다. 그 손에 의해 천선성주는 참혹하게 전신이 으스러져서 훌쩍 날아 풍덩, 연못 속으로 빠져 버리고 말았다.

간단히 제천칠성 중의 하나를 으스러뜨려 죽여 버린 흑포괴인은 음산한 눈을 들었다.

십여 장 떨어진 어둠 속으로 그림자 하나가 도주하고 있는 것이 보인다.

휘익—

흑포괴인의 신형이 그곳을 향해서 날아올랐다.

비록 십여 장이나 멀리 떨어진 곳이었지만 그의 움직임은 비할 바 없이 빨라 단 한 순간에 그 거리는 지척으로 좁혀들었다. 보고도 믿기지 않는 무서운 속도였다.

공포(恐怖)!

그것은 숨이 막히는 참혹하고도 처절한 공포였다.

단 한 순간도 마음을 놓을 수 없었다. 시시각각 죽음의 손길이 그들을 쫓았다. 천하를 장악하고 있다고 자부하던 제천교의 그 모든 것이 아무런 소용도 의미도 없었다.

오죽하면 쫓기던 일행들이 모두 흩어져 버렸을까.

그저 살아남는 것만이 최선일 따름이었다.

그나마 겨우 숨을 돌린 것이 이 영보의 제천교 거점인 보영루.

거기 도착해서야 간신히 쉴 자리와 먹을 것을 얻을 수 있었다. 하지만 그 호사(豪奢)도 찰나간일 따름이었다.

쉬기는커녕, 물 한 모금 제대로 마셔보기 전에 밖에서 비명 소리가 터져 나오기 시작했던 것이다.

그녀와 같이 온 천선성주는 막 입에 넣던 만두 한 조각을 베어 문 채로 뒷문으로 냅다 튀었다. 뱉어낼 여가도 씹어 넘길 여유도 처음부터 존재하지 않았다.

누굴 돌보고 말고 할 계제가 아니었다.

적(敵)은 사람이 아니었다.

인간이 아니었다. 상대할 수 있는 존재가 아님을 그들은 너무도 절실히 체험했기에 망설이지 않았다.

하지만 그렇게 바람처럼 튀어나온 천선성주를 기다리고 있는 것은 바로 그 공포의 흑포괴인이었다. 누구보다도 먼저 도주했던 대가는 지금 전력을 다해 반대쪽으로 도주하고 있는 요광성주의 뒤쪽에서 들려오는 외마디 비명(悲鳴)!

그것으로 되었다.

그가 다시는 돌아오지 못할 강을 건넜음을 요광성주는 잘 알고 있었으므로.

그리고 그 비명의 여운이 채 사라지기도 전에 등 뒤에서 무서운 기운이 다가듦을 느끼자 요광성주는 절망에 빠졌다.

'피할 수 없다!'

요광성주는 이를 악물면서 발끝으로 땅을 박차며 신형을 틀었다. 신형이 반전(半轉)하면서 차가운 검광이 뒤쪽을 향해 폭발하듯 일었다.

누구라도 그렇듯 뒤도 돌아보지 않고 도주하던 사람이 갑자기 공격을 한다면 당황할 터이다. 더더구나 그 흑포괴인과 요광성주와의 거리는 채 1장도 떨어지지 않은 상태였다. 도주하던 사람이 달려들던 사람에게로 오히려 달려들면 그 가까워지는 속도는 배가되는 법이다.

과연 흑포괴인은 주춤했고, 요광성주의 일검은 번뜩이는 사이에 흑포괴인의 어깨를 벨 수 있었다.

"베었어!"

내심의 환호성이 채 튀어나오기도 전에 요광성주는 잘못되었음을 직감했다. 마치 어린아이가 철판을 친 듯 격렬한 충격이 손목을 떨어 울렸고, 흑포괴인의 일장이 그녀를 쳐왔기 때문이다.

피할 수조차 없다.

"악!"

외마디 비명과 함께 요광성주는 피를 토해내면서 나가떨어졌다.

원래부터 그녀는 흑포괴인과 상대할 생각이 전혀 없었다.

공격을 하는 일방 그대로 뒤로 몸을 날려 담장을 넘을 생각뿐이었던 것이다.

그렇기에 일검을 공격하는 척하면서 뒤로 몸을 날리고 있는 상태라서 그 가공할 일격에 정통으로 격중되는 것만은 면할 수 있었다.

하지만 그것만으로도 치명적이었다.

게다가 흑포괴인은 전혀 사정을 보지 않고서 재차 그녀를 향해 일장을 쳐내고 있었던 것이다.

쾅!

벼락 치는 굉음과 함께 요광성주가 있던 자리, 그 담장이 산산조각으로 박살나면서 흩어졌다.

흑포괴인의 복면 속 눈빛이 묘하게 변했다.

백영 하나가 그 속에서 솟아올라 담장을 넘어가는 것을 발견한 까닭이다.

그의 품에는 늘어진 사람 하나가 안겨 있었다.

그것이 요광성주임은 불문가지.

그녀를 구한 것은 당연히 한효월이다.

하지만 신형을 날리던 한효월은 놀라 안색이 달라졌다.

어느새 흑포괴인이 그가 날아오르는 위쪽에 나타나 무서운 위세의 일장을 눌러오고 있었기 때문이다.

"대단하군!"

한효월의 입에서 절로 감탄성이 터져 나왔다.

빙글 허공에서 팽이처럼 맴도는가 싶은 순간에 그의 신형은 찰나간에 1장여를 옆으로 이동했다. 불쑥 앞으로 다가온 담장을 차면서 그의 신형이 흑포괴인의 머리 위로 날아올랐다.

찰나간에 위치를 바꾼 한효월이 아래로 일장을 쳐냈다.

쾅!

폭음이 터졌다.

맹렬한 회오리바람이 일었다.

쿠콰콰콰······.

그것은 단순한 경풍의 차원을 넘어서 그들 아래에 담장을 마치 장난감처럼 무너뜨렸다. 돌덩이가 지푸라기처럼 그렇게 둥둥 떠 흩어지듯 날아갔다. 옆에 있었다면 튕겨지는 돌덩이에 맞아 어육이 되어버릴 실로 공포스러운 광경.

한효월의 신형이 그 경풍에 휘말려 깃털처럼 날아오른다.

그는 처음부터 흑포괴인과 맞설 생각보다는 그의 힘을 이용, 그 자리를 벗어나려고 했었다.

하나 그것은 그의 생각일 따름,

흑포괴인은 유령처럼 그를 따라붙고 있었다.

'정말 대단하군!'

한효월의 안색이 돌변했다.

흑포괴인은 그의 상상을 초월한 고수였던 것이다.

채 생각을 굴릴 여가도 없이 공포스러운 장세가 한효월을 향해 날아들었다. 천지가 온통 그의 장세에 파묻히는 것만 같다. 아니, 무너져 버리는 것만 같았다.

가공할 위력이었다.

전력을 다해도 이긴다는 보장이 없는 고수. 그런데 지금의 그는 요광성주까지 끼고 있는 상태인 것이다.

상대의 움직임은 너무도 빨라 피할 수조차 없다.

결국 정면 대결밖에는 방법이 없는 최악의 상황.

한효월은 상대에게 일장을 빗겨 쳐냈다.

정면 대결보다는 상대의 힘을 이용하여 그 자리를 벗어날 생각이었던 것이다. 적이 너무 강해서 한 손으로 요광성주를 끌어안은 상태에서는 정면으로 맞서는 것이 무리였기에.

하지만 장세가 맞닥뜨리는 순간에 한효월의 얼굴은 다시 돌변했다. 천지가 무너질 듯 웅장하던 장세가 실제로 맞닥뜨리자 곤두선 칼날과 같이 날카롭게 변했던 것이다. 그것은 한효월이 빗겨쳐 낸 장세를 단숨에 무위로 만들며 그를 덮쳤다.

"절옥장력(切玉掌力)?"

경악과 불신이 가득 찬 음성이 한효월의 입을 비집고 튀어나왔다.

꽝!

맹렬한 폭음이 일면서 답답한 신음 일성.

한효월의 신형이 마치 살에 맞은 꿩과 같이 땅으로 뚝, 떨어져 내렸다. 격렬한 충격을 받은 것이다.

그런 그를 향해 흑포괴인의 신형은 거대한 붕새와 같이 허공에서 한 번 빙글 돌더니 그대로 거꾸로 처박혔다.

한효월의 신형이 바람처럼 옆으로 날았다.

"당신은 누구요?"

그가 소리쳤다.

외침에 서린 것은 다급함과 경악(驚愕), 그리고 의혹(疑惑).

그러나 돌아온 것은 대답이 아니라, 무섭도록 잔혹한 살기 어린 공격뿐이다. 질문도 없고 어떤 망설임도 없다. 오로지 그를 죽이기 위해서 상대는 움직일 따름이었다.

강호에 나온 이래, 저처럼 무서운 상대는 만난 적이 없었다.

쾅! 콰콰쾅!

한효월이 있던 자리가 잇달아 산산조각으로 으스러졌다.

물러나고 따라붙는 두 사람의 궤적을 따라 담장이 평지가 되고 가산이 허물어진다. 누각이 붕괴되고 연못이 온통 늪지로 화해 뒤집어졌다.

실로 인간이라고 하기 어려운 가공할 위력!

그 공격이 얼마나 무서운지 한효월은 한쪽 손으로 허리를 감은 요광성주를 버릴 수조차 없었다. 단 한 순간이라도 허튼짓을 한다면 전신이 어육이 되어버릴 백척간두(百尺竿頭)의 순간이 숨 쉴 틈 없이 이어지고 있었던 것이다.

한효월의 얼굴이 일그러졌다.

더 이상 피할 수가 없었다.

그가 손을 쳐들었다.

붉은 광채가 그 손끝에서 무지개처럼 영롱하게 피어 올랐다.

건곤일척(乾坤一擲)!

연환수인지력으로 적의 공격을 막아보려는 것이다.

바로 그때 한 사람이 나타났다.

*   *   *

어젯밤의 그 참변(慘變)은 아랑곳없이 햇살은 눈부시게 밝다.

하지만 그 폐가(廢家)는 부서진 벽 틈으로 스며드는 햇살을 제외한다면 음침하고도 어둡기만 하다. 사방에 비단처럼 펼쳐진 거미줄에는 거미에 죽어간 곤충들의 잔해가 대롱대롱 매달렸다.

언제부터 사람의 손길이 닿지 않은 것인지 모를 폐가.

지난날에는 제법 그럴듯한 규모였을 이 폐가의 어둠 속, 희미하게 스며드는 빛살 속에 고대한 체구의 그림자 하나가 우뚝하다.

한 사람, 자세히 보면 한 사람이 아니었다.

괴로운 표정으로 앉아 있는 여인 하나.

차고 아름다운 그녀의 얼굴은 고통으로 창백하고 입가로는 핏자국이 선연했다. 흑의를 걸친 그녀는 억지로 앉아 있었고, 그녀의 뒤에는 백의의 서생 한 사람이 손을 내밀어 그녀의 등에 대고 기운을 전해 그녀를 돕고 있었다.

관옥처럼 맑은 얼굴.

바로 한효월이다.

한쪽 무릎을 굽힌 채로 그녀를 돕고 있던 한효월은 이윽고 긴 한숨을 내쉬면서 손을 뗴었다.

"되었소. 잠시 진기만 가라앉히면 될 거요."

창백한 안색의 요광성주의 긴 속눈썹이 파르르 떨렸다.

절대절명의 순간, 그로 인해서 구원을 받았으니 뭐라고 해야 할지 몰랐다. 하긴 지금은 내상을 다스려야 했으므로 눈을 뜰 수도 입을 열 수도 없는 입장이기는 하였다.

그녀를 남겨두고 한효월은 일어나 부서진 창문 틈으로 스며드는 햇살을 쳐다보았다.

뒷짐을 지고서 쏟아져 들어오는 햇살 아래로 간 그의 얼굴은 납덩이처럼 굳어 있었다.

'이해할 수 없는 일이다…… 정말 사문의 무공이라니.'

그의 검미가 짙게 찌푸려져 양미간으로 모여들었다.

그의 머리로써도 이해가 가지 않는 일이었다.

그와 격돌했던 그 흑포괴인.

그는 정말 절세한 무공을 가지고 있었다.

게다가 놀랍게도 그 무공의 노수(路數)는 한효월과 매우 흡사했다. 절옥장력 같은 독문의 무공까지도. 거기에 강력하고 패도적인 힘은 한효월보다 더했고 그 기세는 가히 독보적(獨步的)이었다. 한효월은 그보다 나은 점이 단 하나도 없었다.

정말 그와 싸운다면 생명을 걸고 싸워야 했을 것이었다. 만에 하나 서하곡에서의 기우(奇遇)가 없었다면 그는 처음부터 그의 상대조차 되지 못했을 터였다.

그러나 그가 제천교와 상대하고 있음을 목도한 이상, 그와 생사결(生死決)을 해야 할 이유는 전혀 없었다.

하지만 상대는 한효월과 맞서면서 전혀 사정을 두지 않았다.

뿐만 아니라, 단 한 마디도 묻거나 말을 하지 않았다. 그저 전력을 다해서 그를 공격해 왔을 뿐이었다.

마치 생의 목표가 그를 죽이기 위한 것이나 되는 것처럼.

그 가공할 위력은 한효월을 쩔쩔매게 할 정도였다.

가히 거세무비(擧世無比)!

"그 노인장이 나타나지 않았다면 빠져나오기도 힘들었을 것이다……."

한효월이 중얼거렸다.

그 상황에서 한 사람이 나타났다. 하늘이 무너지는 듯한 위력의 권풍(拳風)과 함께 날아든 것은 뜻밖에도 요동권왕.

그는 한효월이 그 자리에 있음을 몰랐던 듯 그를 발견하고는 놀란 표정이었다. 하나 그가 한효월을 아는 척할 여기는 없었다. 앞을 가로막았는데 흑포괴인이 그냥 있을 리가 없기에.

그렇게 되자 한효월은 요동권왕과 제대로 인사도 하지 않고 슬그머니 그 자리를 빠져나왔다. 그가 요광성주를 구하는 것을 다른 사람들에게 보여서 좋을 것이 없었기 때문이다. 그는 내심 그녀에게 많은 비중을 두고 있었다. 그녀를 통해서 제천교를 상대할 한 가지 안배를 해둔 바 있기에.

그렇지만 않았다면 그는 그 자리에 남아 과연 그 흑포괴인이 누군지 반드시 알아보았을 터였다.

그가 지닌 무공이 너무 낯익었기에.

그리고 요광성주를 치료하면서 그는 더욱 의혹에 빠져들었다.

정말이었던 것이다.

그녀가 입은 내상(內傷). 그것은 바로 한효월 사문의 내공에서 기인하고 있었다. 비록 한 걸음 늦기는 했지만 한효월은 그녀가 흑포괴인의 일장에 날아가 처박히는 것을 분명히 보았었다.

"도대체 이 일을 어떻게 해석해야……!"

중얼거리던 그는 돌연 스치는 한 생각에 전신을 부르르 떨었다.

너무도 가공할, 놀라운 가능성 한 가지를 생각해 냈기 때문이다.

그는 세상이 말하는 소위 천재였다.

그러므로 한 가지 생각이 떠오르자 그에 관련된 것들을 찰나간에 모두 떠올리고 그 생각들을 결합시켜 하나의 가능성을 단숨에 도출해 낼 수 있었던 것이다.

그렇게 만들어낸 결론은 실로 놀라운, 믿기 힘든 것이었다.

"그것이 가능한 일일까?"

잠시 생각에 잠겨 있던 한효월이 다시 중얼거렸다.

"뭐가 가능한 일이란 거죠?"

문득 낮게 가라앉은 음성이 들려왔다.

요광성주가 눈을 뜨고서 그를 바라보고 있었다.

은은한 비쳐드는 햇살 아래 드러난 그녀의 창백한 얼굴은 보기 드물게 아름다웠다. 차갑지만 않으면 하는 생각이 들지만 어쩌면 그것이 그녀의 매력일런지도 몰랐다.

"이제 괜찮소?"

한효월의 물음에 그녀는 고개를 끄덕였다.

"덕분에."

잠시 망설이는 것 같던 그녀가 머뭇, 입을 열었다.

"당신에게 다시 빚을 졌군요."

"굳이 빚이라고 생각할 필요는 없소. 우연히……."

말을 하던 한효월이 미미하게 웃음 지었다.

"하긴 우연이라고 할 순 없겠군. 당신을 찾아가던 길이었으니……."

요광성주의 눈에 놀람의 빛이 반짝 떠올랐다.

"나를? 그럼, 그때 이후에 계속 우리를 따라왔다는 건가요?"

"바로는 아니고……."

말끝을 흐린 한효월은 그녀에게 물었다.

"그 장원에서 당신들을 습격한 것이 바로 그 흑포인이었소?"

"맞아요. 비적이 그렇게나 강할 줄은……."

문득 그녀의 얼굴에 공포의 빛이 떠올랐다.

그 흑포괴인을 생각하자 끔찍한지 절로 어깨를 부르르 떨었다.

"비적? 그럼 그 흑포인이 그 비적이란 단체의 일원이었단 말이오?"

"그래요. 몰랐단 말인가요?"

"음……."

한효월은 침음했다.

그녀의 말에 몇 가지 생각이 스쳐 갔고 또 다른 가능성을 발견해 낸 것이다. 그렇다면 그가 생각하고 있던 계획을 변경해야만 할 것 같았다.

"이제부터 당신은 어떻게 할 작정이오?"

"돌아가서 상황을●알아봐야죠. 당신은……."

또 나와 같이 갈 것이냐고 묻는 것임을 한효월이 모를 리 없다.

"지금 다시 당신의 수하로 가장하는 것은 당신에게 너무 위험할 것 같소. 그보다는 다른 신분이…… 쉿!"

한효월이 갑자기 입에다 손가락 하나를 댔다.

그의 얼굴이 굳어짐을 보자 요광성주가 급히 입을 다물었다.

한효월이 천천히 몸을 일으켜 그녀를 막아서면서 뒤로 손짓을 했다. 그 의미를 알아차린 요광성주는 반쯤 부서진 채 벽에 붙어 있는 문짝의 그늘로 몸을 숨겼다.

순간, 흥얼거리는 소리가 들려왔다.

"어허라~ 하늘은 높고 땅은 넓어리아~ 천하가 넓다 하되 내가 쉴 곳이 없으니 이 빌어먹을 땅덩이가 넓다는 게 맞기는 한가? 하하……
가진 게 없으니 어디에선들 쉬지 못하랴? 천하가 내 집이니 무엇이 부
러우랴. 하늘을 이불 삼고 땅을 베개 삼아 주유천하하니 호호탕탕(浩浩
蕩蕩)……."

도무지 요령부득의 노랫가락이다.

이내 밖에서 우당탕 소리가 들리더니 한 사람이 문을 열고 들어왔
다.

문을 열자마자 퀴퀴한 냄새가 코를 찌른다.

'거지?'

잔뜩 긴장해 문 쪽을 노려보고 있는 요광성주는 기가막힌 지 벌린
입을 다물지 못했다. 한효월만 없었다면 그 자리에서 요절을 내버리고
말았으리라.

나타난 것은 정말 거지였다.

봉두난발이 얼굴을 가려 나이를 제대로 알긴 힘들지만 이십 대 후반
인 것처럼 보였다. 많아도 서른을 넘기지는 않았을 듯.

"호호탕탕…… 호탕…… 호탕호탕……."

그는 한효월이 있는 것도 미처 발견하지 못한 듯 여전히 흥얼거리며
성큼 안으로 들어서다가 노랫가락을 웅얼거리며 입속으로 삼켰다.

드디어 우뚝 선 한효월을 발견한 것이다.

"누, 누구요?"

거지는 어둠 속에 우뚝 서 있는 한효월을 발견하자 혼비백산하여 뒤
로 엉덩방아를 찧으며 넘어졌다.

그리고는 엉금엉금 기어왔던 길을 되돌아가려고 했다.

"허거걱?"

하지만 그는 다시금 뒤로 엉덩방아를 찧으며 뒤로 넘어지고 말았다. 한효월이 어느새 그의 앞에 우뚝 버티고 서 있었던 것이다.

"누구냐?"

"누, 누구라니? 여, 여기는 내 집이오."

거지가 더듬거리며 말했다.

"개방 사람인가?"

"나, 나는……."

"개방 사람이라면 이렇듯 대놓고 돌아다닐 수는 없을 텐데?"

"그, 그냥 거집니다. 요새 거지들이 다 없어져서 저만……."

더듬거리던 그는 갑자기 놀라 비명을 질렀다.

"아이쿠! 살려주세요!"

그가 머리를 감싸며 주저앉는 것을 보자 그를 시험하기 위해서 일장을 내뻗었던 한효월은 손을 거두었다.

"연기를 잘하는군."

"무, 무슨 말씀이십니까요?"

여전히 머리를 감싼 손을 풀지 않은 채 거지가 물었다.

"나는 이미 십 장 밖에서 낙엽이 떨어지는 소리를 들을 수 있다. 그런데 네 발걸음 소리를 들은 것은 불과 오 장 밖인데 어떻게 생각하지?"

"그, 그게 무슨 말씀이신지……."

"나는 한효월이라고 한다. 네가 개방 사람이라면 방주를 찾아서 전해라. 내가 뵙고 싶어한다고."

"……."

거지가 슬그머니 손을 내리고서는 엉거주춤 한효월을 바라본다.

"그, 그렇게 전하면 됩니까?"

"그렇다."

"아, 알겠습니다. 그럼 소인은 이만……."

그는 반쯤은 땅바닥을 짚고서 쏜살같이 기어 그곳을 빠져나갔다. 개도 그렇게 빨리 달리지 못할 정도로 그의 움직임은 재빨라 한효월조차도 보다가 실소를 금할 수가 없었다.

한효월이 자리한 이 폐가는 영보의 외곽에 있었다.

규모는 그럴듯한 사합원(四合院:중국의 전통 가옥)의 형태를 가지고 있었지만 워낙 오래되어 그들이 있는 방 하나만이 그런대로 비를 피할 수 있었다. 그 바깥으로는 잡초가 무성하여 말 그대로 들판이나 다름없다.

그런데 네 발로 막 문밖으로 나선 거지가 몸을 일으키곤 하는 말.

"어디서 만나자고 하면 되겠습니까?"

그렇게 떨던 말투가 돌변했다.

태도 또한 전혀 다른 사람을 보는 듯 침착하기 그지없었다.

헝클어진 머리카락 사이로 보이는 눈빛이 맑고 형형했다.

"역시 개방 사람이었던가?"

한효월의 말에 거지는 정중히 고개를 끄덕였다.

"제가 개방의 영보 지타주(支陀主)인 예진(曳鎭)입니다."

"그렇군……. 그런데 그렇게 돌아다녀도 위험하지 않소?"

한효월의 물음에 그가 문득 씨익 웃었다.

"변복을 한다고 해서 당할 위험을 벗어날 수가 있겠습니까? 오의(汚衣:더러운 옷)는 개방의 상징이니 오히려 적들의 이목을 속이기가 더 쉽습니다. 설마 하니 이렇게 하고 활보할 줄은 생각하지 못하는 것 같더군요."

"과연……."

한효월은 고개를 끄덕여 보이고는 물었다.

"여기 찾아온 것은? 정말 이곳이 거처요?"

"죄송합니다. 여기 누군가가 숨어 있다는 보고를 받았길래…… 확인차 온 겁니다."

"너무 무모한 일이 아니오?"

거지, 예진의 눈가에 미미한 웃음기가 떠올랐다.

"개방은 고래로부터 정보가 빠른 곳입니다. 그 정보는 그저 만들어진 것이 아니지요. 공을 세우려면 그만한 대가를 치러야 하는 게 세상사이지요."

한효월은 그의 말에 내심 감탄을 했다.

'과연…… 개방에는 인재가 많군. 오늘날 개방의 성세가 결코 몇 사람으로 인해 이루어진 것은 아니로구나!'

"그 사람이 요동권왕이었습니까?"

한효월의 말에 개방 요동지타주 예진은 놀라 눈이 커졌다.

"그렇소. 가능하면 그의 행적과 그와 같이 싸운 흑포인의 행방을 같이 알아봐 주시오. 반드시 명심해야 할 것은 이 일이 향후 무림 정세와 대단히 큰 관계가 있을 것이라는 점이오."

"알겠습니다."

예진은 상기된 표정으로 고개를 숙였다.

그가 떠나자 요광성주가 그늘 속에서 나타났다.

"그가 정말 개방 사람인 걸 어떻게 믿죠?"

"무슨 소리요?"

"개방 사람을 가장한 첩자일 수도 있어요. 본 교의 이목은 이미 천하에 깔렸어요. 나는 개방의 제자가 감히 오의를 입고 세상을 활보한다는 것을 믿을 수가 없어요. 만약 그가 본 교의 사람이라면 아마 내가 여기 있는 것을 교중에 보고하게 될 거예요. 그러면 나는……."

그녀의 안색이 납덩이처럼 굳어 있음을 보고 한효월은 고개를 저었다.

"그는 당신을 보지 못했소."

"당신답지 않은 소리군요. 그는 이미 사방을 다 살펴봤어요. 당신만 아니었다면 그를 죽여서 입을 막았을 거예요."

한효월은 암암리에 한숨을 쉬면서 머리를 저었다.

"사람 목숨은 소중하오. 그렇게 쉽게 죽이는 건 옳지 않소."

요광성주의 얼굴에 싸늘한 웃음이 돌았다.

"그래요. 난 사람 목숨을 초개(草芥)처럼 여기는 악녀(惡女)예요. 내가 살기 위해서라면 남의 목숨쯤이야 아주 간단히 생각하죠. 그게 내가 살아왔던 삶이에요. 나는……."

"난 당신과 싸우기 위해서 여기 있는 게 아니오."

한효월이 그녀의 말을 가로채고는 그녀의 어깨에 손을 얹었다.

부르르, 가는 떨림이 그녀의 전신으로 번져 갔다.

"너무 예민하게 반응할 것 없소. 당신의 생각에도 일리가 있으니 내가 그의 뒤를 따라가 보겠소. 우리 다시 만나기로 합시다."

"다시 만나다니? 난 이곳을 떠나면……."

"알고 있소. 명령대로 움직이게 될 테니 어디로 갈는지 알 수 없겠지. 하지만 걱정할 것 없소. 나 나름대로 당신을 찾아갈 방도가 있으니."

그녀의 얼굴이 조금 변했다.

"혹시 내 몸에 무슨?"

한효월은 미미하게 웃었다.

"지금 당신을 잃어버릴 수는 없는 일인지라. 하지만 당신에게 아무런 해가 되지는 않을 거요. 그럼."

요광성주는 그가 자신의 어깨에 얹은 손으로 가볍게 자신의 어깨를 친다고 느꼈다. 그 다음 순간, 한효월의 모습은 그녀의 시야에서 사라졌다.

"하, 한 공자!"

그녀가 다급히 그를 불렀다.

문밖으로 쫓아 나가봤지만 그의 모습은 어디에도 보이지 않았다.

'아직 밖에 나오는 것은 위험하오. 몸을 회복하고 날이 어두워지면 나오도록 하시오.'

한효월의 음성이 은은히 그녀의 귓전으로 파고들었다.

'그의 무공이 이처럼 높다니……'

자신이 처음 그를 만났을 때에 비교해 그의 무공이 또 다른 것을 느낀 요광성주가 나직이 신음을 흘렸다.

그런데 문득 묘한 느낌이 전신으로 스며들었다.

허전했다.

무엇을 잃어버린 것 같기도 하고, 이 세상에 자신 혼자만 남겨진 것처럼 형용하기 힘든 느낌, 가슴이 휑하니 뚫린 것만 같았다.

'대체 이건 무슨…… 말도 안 돼!'

그 의미를 생각하던 요광성주는 갑자기 세차게 머리를 저었다.

정말 말도 안 되는 소리였다.

그가 떠났기에 느끼는 감정이라니!

그러나 부인한다고 그 느낌이 사라지는 것은 아니었다.

'정말 내가 그를 좋아하는 거란 말일까? 정말로?'

요광성주는 입술을 물었다.

피가 나게 그 입술을 깨물었다.

손톱이 손바닥을 파고들어 피가 나도록 주먹을 움켜쥔 채로 그녀는 망연히 그 자리에 서 있었다. 망부석이라도 된 듯.

한 가지 분명한 것은 전과 다르다는 점.

그의 모습이 눈앞에서 사라지지를 않았다. 아무리 부정해도 어느새 그는 그녀의 가슴속에 들어와 있었던 것이다.

보구초현(報仇初現)

—봉황문 나타나다
마침내 비적(秘敵)이 모습을 드러내다

보구초현(報仇初現)

예진은 모퉁이를 돌자마자 몸을 찰싹 담벽에다 붙였다.

호흡을 멈춘 그는 정신을 모아 주위를 살폈다.

아무도 따라오는 것 같지는 않았다.

조용히 고개를 내민 그는 모퉁이 밖을 살펴보았다.

사람의 흔적은 보이지 않는다. 그가 방금 나온 저 폐가는 이 일대에서는 귀신 나오는 집이라고 소문이 나서 낮이라도 사람이 지나가는 법은 별로 없었다. 하긴 그 소문 자체도 그가 필요에 의해서 만들어낸 것이긴 했지만. 그러니 누가 따라온다면 그의 시선을 피하긴 어려울 터였다.

슬쩍 주위를 둘러본 그는 바람처럼 몸을 날렸다.

골목골목을 돌고 때로는 담장을 뛰어넘어 남의 집을 가로지른다. 전혀 이목을 돌보지 않는 것 같지만 실제로는 남의 눈을 완벽히 피하면서도 일직선으로 움직이고 있어 그 전진 속도는 대단히 빨랐다.

그렇게 해서 그가 도달한 곳은 한 주루.

이름은 만선일관루(萬善一貫樓).

무슨 의미를 담은 이름인지 아리송한 그 만선일관루 앞에서 호객을 하고 있던 점소이에게 말을 붙이던 예진은 엉덩이를 한 대 채이고는 쫓겨났다. 투덜투덜 주먹질과 욕을 해대다가 거구의 점소이가 눈을 부릅뜨고 쫓아오자 황급히 줄행랑을 놓았다.

"원 빌어먹을 놈 같으니, 감히 이 야 대야(夜大爺) 앞에서 게겨?"

거구의 점소이는 탈탈 손을 털다가 주위를 슬쩍 둘러본다.

그리고는 슬그머니 안쪽으로 들어가 버렸다.

그런 그의 행색을 암중에서 잠시 지켜보던 한 사람은 잠시 고민하는 표정이었다. 예진과 점소이가 다투는 듯하면서 실제로는 뭔가를 주고 받는 것을 보았기 때문이다.

하지만 그는 이내 방금 사라진 예진의 뒤를 따랐다.

황급히 주루에서 도망친 예진이 설렁설렁 걸음을 옮겨 이윽고 도착한 곳은 그곳에서 한참 떨어진 퇴락한 작은 도관(道觀)이었다. 아주 익숙한 모습을 보건대 아마도 그것이 그의 거처인 듯했다.

뜨락은 그야말로 황량의 극치에다가 더럽기 이를 데 없다. 너무 지저분해서 누구라도 들어가다가 다시 나갈 수밖에 없어 보인다.

콧노래를 흥얼거리며 안으로 들어선 예진은 주위를 둘러본다.

태상노군을 모셨던 대전이라고 예외는 아니었다. 원래 규모가 작았는 데다가 도무지 청소라곤 한 적이 없어 보이는 곳이니 알 만했다.

그 대전에는 한 사람이 앉아 있었다.

그가 입고 있는 것은 아마도 유삼(儒衫)인 듯한데 낡아 그 원래의 모습을 찾아보기 힘들다. 꾀죄죄한 몰골의 그는 50줄에 막 들어선 듯 보이는 초로인이었다.

그는 대전 한 귀퉁이에서 꼬박꼬박 졸고 있었다.

그를 본 예진은 그의 앞으로 다가가 허리를 조금 굽혔다.

"다녀왔습니다."

방금까지 콧노래를 흥얼거리던 그가 아니었다. 정색을 한 모습.

그러자 그 초로인이 고개를 들었다. 방금까지의 그 모습과는 달리 눈을 뜨자 눈빛이 전광이 번뜩이는 듯하다.

"과연 한효월이던가?"

"그렇습니다."

"그가 구한 것은 누구였지? 거기 같이 있던가?"

"그늘 속에 누가 있는 것 같은데 확인하지는 못했습니다. 제가 몇 번 위치를 바꾸면서 보려고 했지만 그때마다 그가 묘하게 움직여서 시야를 가리는 바람에 감히 더 이상 시도할 수가 없었습니다."

"음…… 제천교도를 구했다면…… 누굴까? 그 자리에서 살아남은 자가 누군지 알아보면 드러나겠군. 좋아! 그가 또 무슨 말을 했나?"

"방주께 전하라고 했습니다. 방주를 뵙고자 한다고."

"그것뿐인가?"

"그것뿐입니다."

"흐음……."

잠시 생각을 굴리는 듯하던 초로인은 날카로운 눈빛으로 예진을 쏘아보았다.

"숨기는 것은 없겠지?"

돌연 음성이 싸늘해졌다.

지금까지는 눈빛만 차갑더니 그 음성도 한풍이 휘모는 듯했다.

그러나 예진의 얼굴은 두려움보다는 그저 일그러질 뿐이다.

"없소."

"좋아, 가봐라. 한효월의 종적을 놓치면 안 된다."

초로인이 냉랭히 명했다.

예진을 내보내고 난 다음, 초로인은 일어나 옆에 있는 문으로 들어갔다.

문틀도 제대로 맞지 않는 곳이라 문짝이 성하지 않아 겨우 밖과 안을 갈라놓은 곳이긴 하지만 거기에는 그런대로 마련된 침상 하나가 있고 볼품없지만 탁자도 하나 놓여 있었다. 그 탁자에는 지필묵이 마련되어 있다. 초로인은 그 탁자에 앉아 잠시 생각을 굴리다가 종이에다 급히 몇 자를 적은 다음에 그 종이를 돌돌 말아 쥐고는 밖으로 통하는 문을 나섰다.

그 문밖은 뜰이다.

앞쪽과 마찬가지로 엉망이라 밤이라면 사방에서 귀신이 아우성치고 쫓아 나올 만했다. 그가 문 옆에 허름한 상자를 쌓아둔 곳으로 가서 가운데 있는 상자의 문을 열자 구구…… 소리와 함께 비둘기 한 마리가 그의 팔 위로 훌쩍 뛰어올랐다.

그는 익숙한 솜씨로 그 비둘기의 다리에 매인 동관(銅管)에다가 가지고 나온 쪽지를 집어넣고는 그 비둘기를 훌쩍, 날려 보냈다.

푸드득 소리와 함께 날아오른 비둘기는 그의 머리 위에서 한 바퀴를 돈 다음에 서쪽으로 방향을 잡고 날아가기 시작했다.

비둘기의 모습이 사라짐을 본 그는 다시 안으로 들어갔다.

그런데.

막 안으로 들어가던 그의 안색이 돌연 굳어졌다.

안쪽, 조금 전까지 그가 있었던 대청 쪽에서 뭔가 푸드득거리는 소리가 들려왔던 것이다.

굳은 얼굴로 잠시 생각을 굴리던 그는 어깨에서 힘을 뺐다.

그러자 그의 모습은 금세 평범한 사람으로 변해 버렸다. 전혀 다른 사람이 된 듯한 모습. 그러나 낡은 대전으로 들어선 그의 안색은 찰나간에 흙빛이 되어버리고 말았다.

대전의 중앙에 백의를 걸친 사람이 우뚝 서서 뭔가를 읽고 있는데, 그 어깨에는 비둘기 한 마리가 앉아서 날개를 푸드득거리고 있었던 것이다.

놀랍게도 그 비둘기는 그가 방금 날린, 그 비둘기였다.

게다가 그 백의인이 읽고 있는 것은 초로인이 그 비둘기 편으로 날려 보낸 서신이었다.

"누구냐?"

초로인이 낮게 소리쳤다.

이 마당에 가장을 하는 것이 아무런 소용이 없다는 것은 바보가 아니라면 다 아는 일. 그는 으르렁거리듯 낮게 소리침과 동시에 발끝으로 땅을 밀었다. 찰나 소리도 없이 그의 신형이 앞으로 쏘아져 백의인을 덮쳐 갔다. 그 속도는 그야말로 바람과 같아 한 가닥 바람이 이는가 싶은 순간에 그의 손에서 뻗어난 장세는 백의인을 후려치고 있었다.

펑!

그의 장력을 맞은 벽이 굉음을 울리며 부서져 나갔다.

흙먼지가 풀썩, 하늘로 치솟았다.

'으윽!'

초로인의 안색이 일그러졌다.

귀신이 곡할 일. 방금까지 그의 앞에서 편지를 읽고 있던 그 백의인의 모습이 감쪽같이 사라져 버렸던 것이다.

가슴이 섬뜩해진 그는 번개처럼 뒤로 돌았다.

거기 있었다.

백의인은 별빛처럼 맑은 눈으로 그를 바라보며 조용히 서 있었다. 고요하지만 기태는 사람을 압도하는 바가 있다. 더 놀라운 것은 그의 나이. 그의 나이는 불과 스물이 조금 넘은 듯했다.

"누구의 명령을 받고 있나?"

백의인이 입을 열어 물었다.

"하, 한효월?"

그의 음성에 정신을 차린 초로인이 어깨를 떨며 신음하듯 중얼거렸다.

그러했다. 나타난 사람은 바로 한효월이었다.

"여기 쓴 것으로 보건대, 개방은 아니고…… 제천교도 아니군. 그럼…… 그럴 만한 곳은 그리 많지 않을 듯한데?"

한효월이 전서구에서 빼낸 편지를 들어 보이면서 물었다.

"노, 놈이 배반했구나…… 찢어 죽일 놈 같으니."

초로인이 이를 갈았다.

그가 말하는 것이 예진임을 안 한효월은 미미하게 웃었다.

"쓸데없는 오해를 할 필요는 없다. 난 그의 뒤를 따랐을 뿐이니까."

순간, 초로인이 번개처럼 몸을 돌려 밖으로 도주했다.

그의 뒤를 한효월의 낭랑한 웃음소리가 쫓았다.

사람이 아무리 빨라도 웃음소리보다 빠를 수는 없다. 그리고 한효월은 그 웃음소리만큼 빨랐다.

                    *   *   *

관도(官道).

석양이 깃들다 못해 힘을 잃고 서산 너머로 막 떨어져 온 산이 붉게 물들어갈 때, 한 대의 마차가 저문 석양빛을 받으며 나타났다.

기묘한 형태의 마차였다.

네 마리의 말이 끄는 그 사두마차는 온통 검은빛이었다.

마차도 말도, 거기에 마차의 창을 가린 휘장까지도 모두가 검었다.

그저 단순히 검다면 그러려니 하겠지만 마차의 재질은 검으면서도 윤택이 흘러 단순히 목재에 옻칠을 한 것이 아니라, 그 자체가 흑단(黑檀)임을 말한다. 게다가 만들어진 형태나 새겨진 조각들은 명공(名工)의 손길을 거치지 않으면 결코 보기 힘든 모습이다. 창문을 가린 휘장 또한 얼핏 보면 검은 비단이지만 실제로는 비할 바 없이 얇다. 다시 말하면 밖에서는 안을 보기 힘들지만 안에서는 바깥을 충분히 내다볼 수 있다는 의미이기도 한 것이다.

마차를 호위하듯 좌우로 늘어서 달리는 여덟 명의 기수(騎手)들 또한 흑의를 착용하고 있다. 그들의 어깨 위로 불쑥 솟아오른 검병(劍柄: 검자루)에 달린 검은 수실이 그들이 가르고 달리는 바람에 멋지게 휘날린다.

두두두…….

당당하고도 신비한 모습의 검은 사두마차 일행은 흙먼지를 일으키면서 관도를 지나고 있었다.

필시 바쁜 일이 있는 사람들인 듯한 모습이다.

그때였다.

소 울음소리가 들리는가 싶더니 난데없이 앞쪽에서 소 떼가 불쑥 나타나 몰려나왔다. 몇 마리면 그러려니 하고 스쳐 갈 수 있겠지만 얼핏 봐도 3, 40마리는 넘는 숫자라 소 떼는 단숨에 관도 전체를 메워 버리고 말았다.

"모두 그 자리에!"

앞서 달리던 흑의기수가 고함쳤다.

그러자 달리던 말이 급하게 앞발굽을 들고 크게 울어대면서 마차의 바퀴 주위에서 격하게 흙먼지가 일었다. 마차를 몰고 있는 사람의 솜씨는 발군이었다. 그처럼 달리고 있던 마차가 반 바퀴쯤 비틀어지듯 돌면서 단숨에 그 자리에 멈춰 섰던 것이다.

그것과 동시에 마차의 좌우에서 달리던 여덟 명의 기수가 바람처럼 말을 달려 마차 주위에 산개(散開)했다.

찰나간에 형성된 엄밀한 방어망이었다.

두두두······.

그들이 길을 멈춘 상황에서도 소 떼는 계속 몰려나왔다.

하지만 괴이하게도 소 떼를 모는 사람이 없었다. 그저 몰려나와 길을 막고 있을 뿐, 관도를 건너가는 것도 아니었다. 소 떼가 관도를 건너는 것은 흔히 있는 일이었다. 하나 한 마리 한 마리가 농민에게는 큰 재산인 그 소 떼를 돌보는 사람이 없다는 것은 누가 봐도 이상했다.

"당장 나오지 못할까? 이따위 눈속임으로 누굴 속이려는 것이냐?"

앞서 소리친 흑의기수가 눈을 부라리면서 다시 소리쳤다.

말과 함께 그가 한 손을 들자 그의 좌우로 두 명의 흑의기수가 검을 빼 들고 다가왔다.

"내가 신호하면 소 떼를 흩어버려. 필요하면 모두 죽여도 좋다."

바로 그 순간이었다.

우우훙!

느긋하게 풀을 뜯으며 관도를 막고 있던 소 떼들이 갑자기 흉흉한 울음을 터뜨리면서 마차 쪽을 향해서 달려오기 시작했다. 그 기세는 울음보다 더욱 흉흉했다.

"꽁지에 불이 붙었다!"

그들을 향해 달려오는 소 떼의 미친 듯 내두르고 있는 소꼬리에 불이 붙어 타 들어가고 있음을 본 흑의기수가 소리치다가 갑자기 말을 몰아 그 소 떼를 향해 달려갔다.

다른 두 명의 흑의기수는 그를 도와 달려가는 것이 아니라 말을 몰아 몇 걸음 앞으로 나서며 그가 빠진 공백을 메웠다. 마차를 보호하기 위해서 방위를 점거한 것이다.

크악!

꾸아악!

괴성이 잇달아 이는 가운데 달려오는 소 떼들을 상대로 검광이 무서운 위력을 가지고 덮쳤다.

흑의기수가 가진 무공은 가히 발군이라 할 만했다.

말을 탄 그가 검을 번뜩이자 달려들던 소 떼의 앞선 소들이 짚단처럼 목이 날아가면서 쓰러졌다. 앞선 소가 쓰러지자 뒤에서 달리던 소들이 거기에 부딪혀 튕겨 나가면서 장내는 일시지간 엉망이 되고 말았다.

검을 휘두른 흑의기수는 소 떼의 돌진을 막는 데는 성공했다.

하지만 이내 그는 미간을 찡그렸다.

그럴 수밖에 없는 것이 그 달려오던 소 떼를 사정없이 베어버린 결과, 죽어 넘어진 소 떼가 첩첩이 쌓여 길을 막아버린 꼴이 되었던 것이다.

하지만 그의 얼굴은 여전히 태연했고, 차가운 눈길로 주위를 쓸어본다.

"누구냐? 무엇을 원하는 자들이냐?"

그가 차게 소리쳤다.

호랑이가 포효하는 듯 강한 음성이 일대를 떨어 울렸다. 그가 일부러 내공을 끌어올려 시위를 한 것이다. 관도 주위의 숲에서 메아리가 울릴 정도의 음성이었다.

…….

그러나 그의 말에 아무런 반응도 없었다.

"흥! 길을 막아놓고는 나타날 담량은 없단 말인가?"

흑의기수가 코웃음을 쳤다.

쐐애애애—

순간, 고막을 찌르는 날카로운 음향이 들려왔다.

"향전(響箭)?"

흑의기수가 미간을 찡그렸다.

향전이란 소리나는 화살을 이른다. 화살을 쏴 올리면 날카로운 소음이 일어 신호를 보내게 되는 것이다.

와아아—!

과연 그 향전의 소리가 채 사라지기도 전에 고함 소리가 들리며 숲속에서 사람들이 쏟아져 나왔다. 그들이 쫓아 나오자 섬뜩한 빛이 무섭게 번뜩인다. 귀두도와 철봉, 안령도에다 유성추까지. 그들이 휘둘러 대는 갖가지 무기들이 햇빛에 반사된 까닭이다.

그들의 행색을 보면 산적(山賊)이 분명했다.

그것을 보자 흑의기수는 어이없는 얼굴이 되었다.

산적이 이런 짓을 한단 말인가?

이렇게 소 떼를 희생시키면서…… 뭔가가 이상했다.

그들이 흉흉한 기세로 달려들자 남아서 마차를 호위하던 흑의기수들이 일제히 말을 달려 그들을 맞아 나갔다.

쨍! 쨍그렁…….

정면 격돌이 일자 이내 처절한 비명이 터져 나왔다.

그 비명은 모두 산적들에게서 터져 나온 것이었다. 그들의 무공으로 흑의기수들의 검을 당해낸다는 것은 처음부터 말이 안 되는 일. 숫자는 서너 배나 되니 압도적으로 많았지만 그 형상은 마치 거대한 해일에 허술한 방죽이 무너지는 것 같았다.

"아이고 살려주십쇼!"

단숨에 십여 명이 도륙되자 나머지 산적들이 새파랗게 질려서 그 자리에 무릎을 꿇고 빌기 시작했다. 나타나던 기세에 비한다면 어이가 없는 모습이 아닐 수 없었다.

"누가 너희들을 시켰느냐?"

"무, 무슨 말씀이십니까? 저희들은……!"

흑의기수의 말에 대답하던 산적 두목으로 짐작되던 자가 눈을 부릅떴다. 그의 목을 흑의기수가 내민 검끝이 지그시 찌르고 있었던 것이다.

"한 번만 더 허튼소리를 지껄인다면 죽여 버리겠다."

그 말이 정말임을 의미하듯 산적 두목의 목덜미에서 피가 흐른다.

"그, 그게……!"

그는 더듬다가 눈을 부릅떴다.

검에 목을 꿰뚫린 사람은 말을 하지 못하는 법이다.

흑의검수가 가볍게 손을 떨자 산적 두목의 목이 그의 목에서 굴러 떨어졌다. 피분수가 위로 솟구쳤다.

하지만 흑의기수는 냉정한 모습으로 그 옆에 파랗게 질린 자를 본다.

"봤나?"

"예? 예, 옛! 봐, 봐, 봤…… 봤습니다."

그자는 다급하게 더듬거렸다.

"좋다. 누가 이런 일을 하도록 시켰지?"

"그, 그건……!"

미미하게 더듬던 그의 머리가 갑자기 그의 목에서 굴러 떨어졌다. 피를 뿜어내면서.

"말해 보겠나?"

흑의기수가 그 옆에서 파랗게 질린 자에게로 검을 겨누었다.

"예, 예! 저희들을 시킨 사람은……."

연달아 두목에서 동료의 목이 떨어짐을 본 그자는 혼비백산, 황급히 입을 열었다.

바로 그 순간이다.

"핫하하하……."

낭랑한 웃음소리가 들려왔다.

일단의 회의인들이 숲 속에서 천천히 걸어나오고 있었다.

그들의 움직임은 느릿하고 평범했지만 침착하고 안정되어 있어서 흑의기수는 한눈에 그들이 고수임을 알아볼 수 있었다. 그들의 회의는 흑의기수들처럼 모두 회색에다 형태마저 같았다. 그들은 모두 등에 묘하게 생긴 장도(長刀)를 메고 있어 얼굴만 아니라면 한무리의 쌍둥이를 보는 듯했다.

그들은 일렬로 걸어나오다가 좌우로 벌려 섰다.

그러자 그 가운데 한 사람이 우뚝 서 있음을 볼 수 있었다.

학창의를 걸쳤다. 머리에는 동파건. 손에는 한 자루의 옥골섭선(玉骨摺扇)이 들려 휘적휘적 바람을 몰고 있다. 나이는 40대 정도로 보이는데 가슴까지 늘어진 검은 수염에 깊은 눈빛은 그가 평범하지 않음을 말하는 것 같다.

"너무 급하게 가는 것 같아서 잠시 쉬시도록 한다는 게 결례가 된 것 같구료. 죄송하오. 일이 이렇게 될 줄은……."

그가 입가에 미소를 걸고 하는 말이다.

"당신은……."

흑의기수가 중년 문사의 앞을 가로막으며 입을 열었다.

"나는 그대와 말하기 위해서 여기 나타난 것이 아니다."

중년 문사가 조용히 말했다.

높은 음성은 아니나 그 의미는 명백한지라 흑의기수의 얼굴이 차갑게 굳어졌다. 게다가 그는 자신이 아니라 자신의 뒤에 있는 마차를 보고 있었다. 그들과 마차와의 거리는 4, 5장가량. 그사이에 흑의기수가 버티고 서 있는 상태였다.

"그런가? 나도 당신과 말하고 싶은 생각은 없다."

돌연 흑의기수의 신형이 말 위에서 훌쩍 날아올라 가공할 속도로 중년 문사에게로 날아갔다.

3, 4장의 거리가 한순간에 지척으로 좁혀졌다.

검광이 번뜩이는 순간, 그는 이미 중년 문사의 코앞에 도달했고 떨어지는 유성과도 같이 하늘을 가로질러 중년 문사의 가슴에다 그의 검을 찔러 넣고 있었다.

그런데도 중년 문사는 그것을 보지 못한 듯 피하기는커녕 놀란 모습조차 없었다.

쨍!

날카로운 음향이 터져 나왔다.

어느새인가 중년 문사의 앞은 회의도객(灰衣刀客)들이 막아서 있었다.

두 명의 회의도객들이 뻗어낸 장도는 교차하면서 흑의기수의 검을 막아낸 상태. 뿐만 아니라 좌우의 회의도객들은 모두 손을 치켜 올려 도병(刀柄:칼의 손잡이)을 움켜쥔 상태였다. 도를 뽑아낸 것도 아니었다. 도병을 움켜쥐고 장도를 뽑아낼 태세를 취하자 강렬한 도기가 그들에게서 일었다.

그것은 마치 형체가 있는 듯 흑의기수를 엄습했다.

'으으……!'

흑의기수의 얼굴이 일그러졌다.

마치 도산검림(刀山劍林) 속에 들어가 있는 것 같았기 때문이다.

"물러나라."

그의 뒤에서 차가운 음성이 들려왔다.

차갑기 이를 데 없어서 남자인지 여자인지 알 수 없는 음성이다.

그 음성이 들려오자 흑의기수는 미련없이 뒤로 물러섰다.

"봉황문의 무영도객이 모두 출동한 것을 보니 귀하가 봉황문의 머리라는 문곡인 모양이군……."

흑의기수가 물러나자 예의 음성이 다시 들려왔다.

그 음성은 마차 안에서 들려오고 있었다.

"핫하…… 과연, 과연! 명불허전이외다. 이 보잘것없는 사람의 이름까지 알고 있다니."

중년 문사, 봉황문의 문곡이 너털웃음을 터뜨렸다.

말은 그렇게 하지만 그는 상대가 자신을 알고 있음을 전혀 이상하게 생각하지 않는 것 같은 태도였다.

"하잘것없는 이름이긴 하지. 무영도객을 보지 않았더라면 생각해 내지 못했을 테니까."

검은 마차 안에서 냉랭한 음성이 들려왔다.

"하하하…… 본 문의 무영도객이 그처럼 대단했던가."

문곡은 그 말에 멈칫하다가 다시 길게 웃었다.

…….

문득 냉랭한 공기가 일대를 점거한다.

급격히 어둠이 사방으로 번져 오고 있다. 바람이 밤의 기운을 담고서 숲에서 불어 나와 풀잎을 세차게 흔들어댄다.

쏴, 쏴아아…….

주위가 을씨년스러운 느낌으로 가라앉는다.

마차 안에서는 아무런 움직임도 없다.

그 마차 앞으로 다가갔던 산적들은 감히 움직일 엄두도 내지 못하고 땅바닥에 머리를 박은 채 숨조차 크게 쉬지 못한다. 마차의 주위로는 흑의기수들이 여전히 말 위에서 날카로운 눈으로 문곡을 경계하고 있다.

그가 조금이라도 이상한 행동을 한다면 발동할 태세.

문곡은 여전히 웃음기 떠올린 얼굴로 마차를 바라보고 있을 따름이다.

그 침묵을 깨뜨린 것은 마차 안에서 들려온 차가운 음성.

"내가 누군지 알고 찾아온 건가?"

"누군지도 모르고 찾아왔다면 너무 실례가 아니겠소?"

문곡이 답했다.

그러나 그뿐, 그는 더 이상 입을 열지 않았다. 마치 상대의 말을 기다리는 듯한 모습이었다.

"그런가? 하지만 정작 찾아올 이유는 없었던 모양이니, 더 이상 이 자리에 있을 이유는 없을 것 같군. 가자!"

마차 안의 음성이 차갑게 소리쳤다.

순간,

"독고해는 어디 있소?"

문곡이 소리쳤다.

…….

갑자기 일대에 정적이 찾아들었다.

바람조차 불지 않았다.

사람들은 자신의 숨소리조차 의식하지 못했다. 그저 숨을 죽이고 있을 뿐.

"그게 무슨 소리지?"

잠시의 침묵 끝에 마차 안의 음성이 물었다.

"본 문은 그간 조사 끝에 당금 무림에는 그간 한 번도 활동한 적이 없었던 신비로운 단체가 하나 움직이고 있다는 것을 알아내게 되었소. 그 이름을 보구(報仇)라고 하는 곳인데 들어본 적이 있으시오?'

답은 없다.

문곡은 미미하게 웃음을 입가에 걸고서 말을 계속했다.

"이 신비로운 단체는 현재 암중으로 곳곳에서 제천교에 맞서 그들을 괴롭히고 있소. 제천교는 그들을 잡기 위해서 총력을 기울이고 있지만 그야말로 신출귀몰, 꼬리만 보이고 머리는 보이지 않는 신룡과도 같아 정말 그들이 존재하는지도 모를 지경…… 그래서 제천교에서는 그들을 비적(秘敵)이라고 부르오."

"흥! 봉황곡 순풍이(順風耳)가 발동하면 세상의 모든 소리를 다 듣는다고 하더니 허언(虛言)이 아니었던 모양이군."

마차 안에서 차가운 웃음소리가 들려왔다.

하지만 문곡은 그 말을 듣지 못한 듯 말을 계속했다.

"본 문은 그간 많은 노력을 경주하여 몇 가지 사실을 알아내게 되었는데, 그중 하나가 바로 그 비적이란 자들이 건곤무적 독고해의 시신을 훔쳐 갔다는 것이오."

그는 훔쳐 갔다는 사실을 강조하고 싶은 듯 그 자리에 힘을 주었다.

그리고 그는 마차를 보며 웃음을 지었다.

"내가 알고 싶은 것은 귀 회(貴會)가 왜 독고해의 시신을 훔쳤는가 하는 것이고…… 보구(報仇)라는 명칭이 무슨 의미를 가지고 있는가 하는 것이오."

"아하하핫하하……."

마차 안에서 날카로운 웃음소리가 터져 나왔다.

그 소리는 고막을 찔러드는 듯했고 일대의 공기가 춤추듯 파동 쳤다.

팟팟······.

문곡의 옷자락이 그 파동에 절로 팔락거린다.

하나 그는 미동도 없이 조용히 서서 상대의 답을 기다릴 뿐이다.

"과연 대단하군, 대단해! 하지만 내가 왜 그 말에 대한 답을 해야 하지? 내가 그런 일을 했다는 것을 무엇으로 증명할 텐가?"

"증명은 필요없소. 본좌는 회주의 답변을 듣고 싶을 따름이오."

문곡의 말은 여전히 담담하다.

"내가 하지 않겠다면?"

"그렇다면 사정이라도 해야 할밖에."

문곡이 다시 웃으며 답했다.

사정이라도 해야겠다는 말의 의미는 대단히 묘했다.

협박의 완곡한 표현일 수도 있고, 그게 아니라면 적대 의사가 없다는 말일 수도 있기 때문이다. 하지만 사정을 하겠다는 문곡의 태도는 태연한 가운데 당당하다. 누구라도 사정을 한다는 말의 의미가 단순한 것이 아님을 알 수 있을 터이다.

"흥! 그럼 어디 사정을 한번 해보시지?"

차가운 음성에 문곡은 여전히 웃음 띤 얼굴이다.

"굳이 그래야만 할 필요가 있겠소?"

답은 들리지 않았다.

뭔가 지시를 받은 듯 다시금 마차가 움직이기 시작했다.

그 마차의 주위에 붙어 있던 흑의기수들이 말을 몰아 앞서기 시작한다.

"이런이런! 굳이 권주(勸酒)를 마다하고 벌주(罰酒)를 자청하다니······."

그 광경에 문곡이 미간을 찡그리며 고개를 저었다.

마차가 달려갈 앞쪽은 죽어 넘어진 소 떼로 인해 길이 막힌 상태였다. 하지만 마차는 조금도 망설임없이 앞으로 전진하고 있었다.

아니, 전진을 하려고 했다는 편이 옳을 터였다.

마차와 흑의기수들이 전진하자 무릎을 꿇고 있던 산적 중 대여섯 명이 갑자기 그 자세로 날아올랐다. 그 움직임은 신속한 데다 바람 같아 조금 전까지 그처럼 참혹한 도륙을 당하던 일개 산적이 아니었다.

"홍! 내 그럴 줄 알았다!"

흑의기수가 코웃음을 쳤다.

검은 말들이 교차하는 가운데 기수들은 마치 기다리고 있었다는 듯이 찰나간에 그 앞을 가로막으며 검광이 그들을 찔러갔다.

그러나 정말 놀라운 일은 그 다음이었다.

날아오른 산적들이 흑의기수들의 그 흉흉한 기세의 검을 못 본 듯 그대로 검을 향해서 덮쳐 갔기 때문이다.

서로를 향해서 날아든 것은 두 배 이상의 속도를 가진다.

퍽!

검이 산적들의 가슴을, 배를 꿰뚫었다.

그들이 검을 피하지 않을 것을 생각한 사람은 아무도 없었다.

산적들은 흑의기수들의 검을 자신의 몸으로 받고도 모자라 자신의 몸을 꿰뚫은 검신을 손으로 움켜잡았다. 도무지 고통도 모르는 듯, 죽음이 아무런 의미가 없는 듯한 동작이었다.

경악의 빛이 흑의기수들의 눈에 튀어 올랐고, 누가 시키기 이전에 움찔, 그 동작에 미세한 틈이 일었다.

바로 그 순간에 산적 중 몇이 땅바닥을 구르며 마차를 향해 덮쳐 갔다.

혹의기수들은 대경실색했지만 산적들과 엉겨 몸을 빼낼 수가 없었다. 그들이 몸으로 혹의기수의 검을 움켜잡고 있었기 때문이다.

"이따위 허튼수작으로 감히!"

혹의기수들의 우두머리 기수는 냉소를 터뜨리면서 검을 휘저었다. 피가 튀면서 그의 검에 가슴이 뚫린 자의 가슴이 도끼 맞은 장작처럼 쩍, 양쪽으로 갈라졌다.

"으악!"

참담한 비명이 그 뒤를 따랐다. 검을 움켜쥐었던 손가락이 붉은 꽃송이처럼 피보라를 뿌리며 사방으로 흩어졌다.

그것과 동시에 혹의기수는 말의 등을 떠나 신형을 뒤집으면서 바닥을 뒹굴어 검은빛 마차로 접근하고 있는 산적들에게 허공에서 쏜살처럼 내리꽂혔다.

이미 경험이 있던 그는 가슴이 아니라 산적들의 목을 노렸다.

그의 검은 막 뒹굴어 일어나는 산적의 목을 쳐 날렸다.

"겨우 이따위 무공으로……!"

상대가 자신의 일격도 견디지 못하는 한심한 수준임을 본 혹의기수는 냉소 하다가 눈을 부릅떴다.

몸을 떠난 산적의 목이 날아가면서 웃고 있음을 보았던 것이다.

쾅! 콰콰쾅!!

뒤를 이은 맹렬한 폭음.

섬광에 이어 시뻘건 불빛이 검은 마차를 휘감았고, 사방에서 비명 소리가 합창하듯이 일었다.

놀랍게도 산적 중, 마차를 덮쳐 온 자들은 일신에 화약을 지니고 있었다. 그리고 그것은 언제라도 폭발할 수 있게 장치되어 있었다.

그 폭음 속에서 낭랑한 웃음소리가 들려왔다.

문곡의 웃음소리였다.

졸지에 한 폭의 지옥도(地獄圖)가 펼쳐졌다.

시뻘건 불길이 번쩍이는 순간에 사두마차를 끌던 말들이 어육이 되어 나뒹굴고 그 서슬에 마차도 미친 듯 달려가 관도 옆의 숲 속 나무를 들이박았다. 그 호위였던 흑의기수들도 참변을 면치 못했다.

죽어 넘어진 사람들의 모습은 가히 참혹(慘酷).

화약 냄새가 매캐하게 코를 찌르는 가운데 폭발로 인한 불꽃이 사방으로 튀면서 흩날렸다.

그곳으로 회색 빛 바람이 날아들었다.

문곡의 좌우에 늘어서 있던 회의인들, 바로 무영도객들이었다. 그들은 이러한 상황을 기다리고나 있었다는 듯이 폭발이 일어나자마자 마차를 향해 전력으로 날아든 것이다.

그 모습을 문곡은 차가운 눈길로 바라보고 있었다.

이미 모든 것을 계산해 두고 있었다는 표정.

"크윽!"

쥐어짜는 신음이 들려왔다.

기수(騎手) 중 살아남은 자들이 마차의 앞을 가로막다가 그중 하나가 무영도객의 장도에 피를 뿌리고 쓰러졌다.

무영도객이란 이름처럼 그들의 움직임은, 칼 씀씀이는 정말 신속했다. 칼날이 보이지 않도록 그들의 장도는 바람처럼 허공을 갈랐다. 그들은 그렇게 앞을 가로막는 흑의기수들을 짚단처럼 베어 넘기고 폭발로 인해 숲 속에 처박힌 마차를 향해 덮쳐 갔다.

그들이 나무를 들이박고 반쯤 기울어진 마차를 덮친 순간,

펑!

돌연 맹렬한 폭음과 함께 마차의 문이 폭발하듯 터져 나갔다.

그 바람에 막 문을 열려고 거기에 다가선 두 명의 무영도객이 그 폭발하듯 부서지는 문짝에 얻어맞고 나가떨어졌다.

동시에 검은 그림자 하나가 마차 안에서 불쑥 솟구쳐 올랐다.

사방에서 삼엄한 도광이 그 그림자를 향해 날아들었다. 마치 노한 파도가 고립된 암초를 향해 몰려오는 것 같았다.

"흥!"

차가운 코웃음 소리가 흑영(黑影)에게서 터져 나왔다.

흑영이 손을 쓰자 나직한 신음 소리와 함께 앞선 무영도객 둘이 삽시간에 거꾸러졌다. 흑영은 무기도 들지 않았지만 그 손과 소매에서 이는 경풍은 열 명의 무영도객을 압도하는 듯했다.

"과연 보구회(報仇會)의 주인답군……"

그 광경을 보고 문곡이 감탄한 듯 중얼거렸다.

그 순간이다.

갑자기 그 흑영이 내려서면서 비틀거렸다.

"이런 비겁한…… 독이구나!"

흑영이 이를 갈듯 소리치자 문곡이 낭랑히 웃었다.

"생명에는 지장이 없는 독이오. 당신의 목을 취하려 했다면 폭약이 아니라, 진천뢰를 써서 폭사시킬 수도 있었을 것이니 그렇게 노할 필요는 없소. 그러게 잔은 권할 때 받는 것이 예의지……."

찰나, 흑영은 긴 소매를 휘둘러 강력한 강풍(罡風)을 일으켜 무영도객의 도막(刀幕)을 막아내면서 그 탄력을 빌어 훌쩍 뒤쪽으로 날아

갔다.

"도주하지 못하게 막아라!"

그것을 보고 문곡이 다급히 소리쳤다.

그러자 흑영이 날아가는 숲 앞쪽에서 돌연 몇 명의 회의인들이 나타나 흑영을 막아섰다. 기다리고 있었음이 분명했다.

바로 그 순간에 고함 소리와 함께 좌우에서 두 사람이 나타나 그 회의인들을 공격했다.

"회주님, 어서 이곳을 피하십시오!"

그들은 피투성이가 된 마부와 흑의기수들 중 우두머리였다.

그들의 무공은 여전히 놀라워 그들이 목을 내놓고 덤비자 그들을 무시하고 흑영을 잡으러 갈 수가 없었다.

펑!

뿐만 아니라, 마부가 뭔가를 집어 던지자 검은 안개가 폭발하듯 일어나 방원 4, 5장을 뒤덮어 버렸다. 지척을 분간하기 힘든 안개가 삽시간에 숲 속을 뒤덮는 것을 본 문곡이 다급하게 소리쳤다.

"쫓아! 놓치면 안 된다!"

말과 함께 그도 숲으로 몸을 날렸다.

그의 얼굴은 괴이하게 변해 있었다.

"여자란 말인가?"

그가 믿기지 않는 얼굴로 중얼거렸다.

흑영의 모습을 얼핏 본 그는 정말 믿기지 않았다. 보구회의 주인이 여자라니…… 상상조차 하지 못했던 일이었다.

쫓고 쫓기는 일단의 무리들이 사라지자, 관도는 다시 정적을 되찾았다.

하지만 그 자리에 남은 사람들은 참혹했다.

기세 좋게 창칼을 휘두르면서 나타났던 산적들은 하나도 살아남지 못했다. 그들 가운데 숨어 있던 자들이 몸에 지니고 있던 폭약이 폭발하면서 그 주위에 있던 그들마저 모조리 저승 길동무로 삼은 까닭이다. 그만큼 폭발의 위력은 강했고, 그로 인해 초래된 것은 한 폭의 지옥도.

피비린내와 매캐한 화약 내음이 코를 찌르는 가운데 문득 그 자리에 한 사람이 나타났다.

그의 신법은 놀라운 바가 있어서 누가 옆에서 보고 있었어도 그가 어떻게 그 자리에 나타나는지 알아보기 힘들 정도였다.

관옥 같은 그 얼굴은 굳어 있다.

뜻밖에도 그 얼굴은 한효월의 것이었다.

"그녀라니……."

한효월이 중얼거렸다.

그는 흑영의 모습을 알아보았던 것이다.

그 흑영은 뜻밖에도 그가 몇 번이나 본 사람이었다.

검은 면사를 썼던 여인.

처음 조양동에서 만났었고 그 뒤에는 절에서도 만났던…… 그 흑의의 귀부인이 비적이라는, 보구회라는 단체의 주인으로 나타나다니? 실로 믿기지 않는 일이 아닐 수 없었다. 더더구나 그녀가 맹주부에서 사형 독고해의 시신을 훔쳐 간 장본인이라니…….

사실일까? 그것이?

한효월은 굳은 얼굴로 그들이 사라진 곳을 바라보다가 몸을 날렸다.

그대로 있을 수 없는 까닭이다.

원래 그는 그 도관에서 초로인을 다그쳐 그가 봉황문의 사람임을 알아내고 그가 어디로 연락을 해야 하는지까지 알아낼 수 있었다. 그간 소식없어 보이던 봉황문. 과연 그들이 무슨 일을 꾸미고 있는지, 어떤 생각을 가지고 있기에 개방에까지 간세(奸細)를 파견한 것인지 알아봐야 할 것 같았다. 그렇게 해서 초로인에게서 알아낸 연락처로 간 그는 문곡이 이동하는 것을 보고 그 뒤를 따라 여기까지 이르렀다.

그리고 그는 놀라운 사실을 목도하게 된 것이다.

쫓고 쫓기는 추격전은 어두워지면서 점점 급박해졌다.

하지만 한효월은 그 뒤를 어렵지 않게 따를 수 있었다. 그렇듯 싸우면서 쫓고 쫓기는 데 놓칠 리가 없는 것이다.

뒤를 따르면서 그는 갈등하고 있었다.

그리고 결정을 내렸다.

흑의부인을 찾아 그녀와 이야기를 나누어봐야 할 것 같다는. 그러기 위해서는 봉황문이 그녀를 추격하지 못하게 하고 그 이목을 따돌린 다음에 자신이 그녀를 만나봐야 했다.

그러나 상황은 돌변해 버렸다.

홍낭재견(紅娘再見)

—비왕이 나타나다
폭우 속의 실종(失踪)은 의혹을 더하다

홍낭재견(紅娘再見)

어둠은 이미 짙었다.

이런 어둠에서, 더구나 숲 속에서 적을 추격한다는 것은 매우 힘든 일이었다.

그럼에도 문곡은 전혀 초조하지 않았다.

문곡이 습격 장소를 대강 택했을 리는 없었다.

그는 이런 상황을 염두에 두고 사방에다 천라지망(天羅地網)을 깔아 두었던 것이다. 상대가 제아무리 죽을힘을 다해 도주하고 있다 할지라도 그가 포설한 독에 중독이 된 그녀가 오래 버틸 수는 없을 터였다. 조용히, 그러나 다른 변수가 생기지 않도록 그녀 일행을 몰아서 덫에다 집어넣기만 하면 되었다. 지금까지는 계획대로라고 해도 좋았다. 그녀의 움직임은 그가 깔아둔 감시망을 벗어나지 못했다.

이제 마지막 공격을 가하면 될 것이었다.

그가 포진했던 곳은 습격하기 좋고, 적이 도주하더라도 그 경로가 뻔한 곳이었다. 만약의 경우를 대비하여 그 경로에다 제이의 포위망을 포설(鋪設)해 두었으니 혹시 적이 도주한다 할지라도 어차피 스스로 덫에 뛰어드는 격에 불과했다.

그런데 그 포위망을 송두리째 뒤흔드는 일이 생겼다. 전혀 뜻밖의 변수(變數)가.

"으악!"

비명과 함께 숲 속으로 들어갔던 부하들이 튕겨져 나온 것이다.

천장 절벽에서 떨어진 듯 반신이 으스러진 채로.

공포(恐怖)가 숲을 휩쓸기 시작했다.

사방에서 비명 소리가 꼬리를 물고 일어났다.

"흩어지지 말고 모두 모여라!"

마침내 문곡이 다급히 소리쳤다.

수하들을 한곳으로 모은다는 것은 그가 배치한 진형을 포기한다는 의미다. 그처럼 침착하던 그가 다급해서 일단 스스로를 지켜야 하도록 상황이 심상치 않게 돌아가는 것이다.

"으악!"

흑의인 하나가 다시 휴지 조각처럼 구겨져 튕겨졌다.

피분수가 그의 궤적을 따라 어둠을 수놓았다.

"으음……."

문곡이 신음을 흘렸다.

검은 그림자 하나가 숲 속 어둠을 뚫고 천천히 앞으로 나서고 있음을 본 까닭이다.

당당한 체구에 전신에 어둠의 너울과 같이 걸친 흑포(黑袍). 그의 얼굴은 짙은 어둠으로 보이지 않았다. 그럴 수밖에 없는 것이 그 얼굴은 흑포와 마찬가지로 흑건(黑巾)으로 가리고 있어서 어둠 속에서 횃불과 같이 번쩍이는 강렬한 눈빛만이 보일 따름이었다.

흑포괴인은 그 무서운 눈길을 들어 문곡을 쏘아보았다.

그 눈빛을 마주한 문곡은 절로 가슴이 떨려왔다.

한 번도 그처럼 패도적(覇道的)인 기세를 본 적이 없었기에. 아니, 그보다는 그처럼 무심(無心)하고 공포스러운 눈빛을 마주한 적이 없었다. 아무런 감정이 없는 눈. 하지만 그 눈에서 이글거리고 있는 것은 보는 것만으로도 숨이 막힐 것 같은 살기(殺氣)!

팡!

"으악!"

"끄아아……."

흑포괴인이 양손을 쭉 펴자, 그를 향해 달려들던 문곡의 부하 둘이 한꺼번에 비명을 지르며 튕겨져 나갔다.

그들도 분명히 약자는 아니었다. 아니, 봉황문 무영도객이 어찌 약자일 것인가. 연수합격(聯手合擊)을 한다면 지닌 바 능력의 열 배가 되어 어떠한 고수라도 상대한다는 그들이 단 일 초를 견디지 못하고 피떡이 되어 나가떨어졌다.

세상을 떨게 만들었던 그 무영도(無影刀)가 산산조각으로 부서진 채로.

"일견경혼(一見驚魂) 재견사지(再見死之)…… 비왕(秘王)이란 말인가? 정말 보구회가 제천교의 비적(秘敵)이었군!"

그 광경에 문곡이 신음을 흘렸다.

예상을 하고 확인을 위해 움직이긴 했지만 실제로 사실을 확인하게 되자 절로 가슴이 떨렸다.

비적이라 불리는 보구회의 제일고수.

홀연히 나타난 비왕의 신위는 예상을 십 배 능가하고 있었기 때문이다. 가히 만부막적이라고 해야 옳을 그 가공할 힘을 상대할 수 있는 방법은 아예 찾아볼 수가 없었다. 사방에서 날아들었던 도검이 그의 몸에 부딪치고서 튕겨 나가는 것을 본 문곡은 오늘의 일이 흉다길소(凶多吉少)하여 자신이 이미 주도권을 상실했음을 인정할 수밖에 없었다.

매복했던 고수들이 종이 인형처럼 튕겨져 나가는 가운데 흑포괴인이 무서운 속도로 자신에게 짓쳐들어오고 있음을 본 문곡은 가슴이 섬뜩했다.

그때였다.

"흥! 다시 한 번 큰소리를 쳐보시지?"

냉소가 들려왔다.

문곡의 계책에 걸려서 허둥지둥 도주했던 마차 속 흑의여인이었다.

그녀가 흑포괴인이 나온 그 숲에 서서 문곡을 비웃고 있었다.

이제 보니 그녀는 이곳으로 오기 위해서 채 싸우지도 않고 그들을 끌고 이곳까지 달려온 것 같았다. 문곡의 예상대로 부상을 당하고 숨도 쉬지 못하고 쫓기는 것보다는 오히려 그들을 함정으로 끌어들인 것 같은 상황이다.

그것을 짐작하자 문곡의 얼굴이 일그러졌다.

"으아악!"

바로 그 순간, 그의 앞쪽에서 처절한 비명이 터졌다.

흑포괴인의 앞으로 가로막으며 진세를 펼치려던 무영도객들 중 하나가 흑포괴인의 권풍에 얼굴을 얻어맞아 얼굴을 움켜쥔 채로 허공을 둥둥 떠 날아가고 있었다.

"후, 후퇴!"

문곡이 다급히 소리치며 등을 돌렸다.

오는 것은 쉽지만 가는 것은 쉽지 않았다.

문곡의 눈에 공포의 빛이 떠올랐다.

그의 앞으로 사신(死神)이 덮쳐 오고 있는 까닭이다.

절대절명(絶對絶命)! 도검이 통하지 않는 괴물이 그를 덮쳐 오고 있음에도, 아무것도 할 수가 없었다. 무영도객이 죽기를 무릅쓰고 그를 향해 달려들어도 그저 귀찮은 파리를 떨어내듯 날려 버리면서 폭풍처럼 덮쳐 오고 있으니 무슨 수로 당해낼 것인가.

"이렇듯 강하다니……!"

믿기 힘든 위력에 문곡이 신음을 흘렸다.

한순간의 실수가 돌이킬 수 없는 패착이 될 것은 미처 상상치 못했던 일이었다.

그런데.

"으핫하하…… 여기에 있었더냐?"

굉량(宏量)한 웃음소리와 함께 한 사람이 날아들어 흑포괴인을 공격하는 것이 아닌가.

쾅!

폭음이 일며 흑포괴인이 처음으로 뒤로 물러났다.

흑포괴인의 눈빛이 침잠(沈潛)이 가라앉았다.

그의 앞에는 한 노인이 나타나 있었다. 갈의장삼을 입은 그의 등은 낙타 등처럼 튀어나왔다. 그러나 구부정한 모습임에도 그 체구는 당당하고 부릅뜬 두 눈은 횃불을 켜놓은 듯 이글거린다.

늘어뜨린 두 팔은 무릎까지 닿을 듯 길어 참으로 특이한 모습.

"권왕……."

부지중에 문곡이 중얼거렸다.

힐끗, 그를 일별한 갈의노인, 요동권왕은 흑포괴인을 향해서 차갑게 입을 열었다.

"오늘은 도망가게 그냥 두지 않겠다. 너의 정체를 밝혀라!"

"……."

그러나 흑포괴인은 그의 물음에 답하지 않았다.

바로 그 순간, 흑포괴인이 돌연 괴성을 지르며 일장을 쳐왔다.

"놈! 겨우 암습이냐?"

요동권왕이 코웃음을 치면서 양 주먹을 풍차와 같이 휘둘러 오히려 흑포괴인을 공격해 갔다. 그의 일권 일권은 마치 천신이 지상으로 벼락을 내리치는 듯 강렬무비하여 일권 일권이 모두 산을 쪼개고 바다를 갈아엎는 위력을 가지고 있었다.

가공할 대결이 시작되었다.

쾅! 콰콰콰…….

권장이 교차할 때마다 가공할 권풍이 획획— 일고 아름드리 나무가 뚝뚝 부러져 나갔고, 바위가 모래처럼 허물어졌다.

"저건 도대체……."

한효월은 암중에 숨어 그 광경을 보면서 안색이 점점 굳어지고 있었다.

그러던 그는 문곡의 도주에 이어 뒤에서 상황을 지켜보고 있던 흑의부인이 슬그머니 숲 속으로 사라지는 것을 보고 잠시 생각을 굴리다가 그 뒤를 따르기 시작했다.

흑포괴인은 요동권왕에게 맡겨두고서 그녀를 따라가기로 한 것이다.

은밀히 뒤를 따를 예정이었지만 그럴 필요는 없을 듯했다.

그가 숲으로 들어서자마자 검은 그림자들이 공격해 왔다. 흑건으로 복면을 해 진면목을 알아볼 수 없었지만 한효월은 그들이 비적이라는 보구회의 일원임을 알아볼 수 있었다.

"비켜라!"

한효월이 침중한 어조로 소리쳤다.

그러나 흑의인들이 그의 말을 들을 리 없었다.

어둠 속에서 날아드는 흑의인들의 공격은 위협적이었다.

그들이 한효월을 해칠 수는 없었다. 하지만 지금 한효월에게 중요한 것은 그들을 상대하는 것이 아니라 그들과 상대하는 사이에 숲 속으로 사라지고 있는 흑의부인이었다. 그녀가 누구인지를 안 이상, 그녀를 놓칠 수는 없는 일이다.

다급해진 한효월은 그들의 공격을 피해 날아올랐다.

그들의 머리 위를 날아 넘어갈 생각인 것이다.

그 응변(應變)은 신속하기 이를 데 없어서 아예 처음부터 숲 속으로 들어서면서 신형을 날려 떠오른 것처럼 보일 정도였다.

쉭쉭—!

그러자 마치 기다렸다는 듯이, 날아오르는 그를 향해서 흑의인 둘이 좌우에서 떨어져 내렸다. 그들의 손에는 차가운 빛을 뿌리는 장검이 들려 있어 유성처럼 한효월을 공격했다. 그 배합은 놀라워서 한효월은 졸지에 그들의 공세 속으로 뛰어든 것처럼 되어버리고 말았다.

"타앗!"

찰나, 일성 기합과 함께 한효월은 양손을 나누어 그들에게 쳐냈다. 그것과 함께 그는 한쪽 발을 들어 허공을 세차게 후렸다. 순간, 날아오르던 그의 신형이 누가 옆에서 세차게 돌린 듯 팽이처럼 맴돌았다.

파팡!

세찬 파공음과 함께 한효월의 신형은 풍차처럼 돌면서 흑의인들의 검광 사이를 번개처럼 통과했다. 그의 신형이 돌기 직전에 그의 발이 곁의 나뭇가지를 들이차 탄력을 얻었음을 알아보기 힘들 정도로 그 움직임은 신속무비하였다. 뿐만 아니라 그는 두 흑의인의 사이를 통과하면서 양손을 나누어 검광을 뚫고 그들의 가슴에다 일격을 가하기까지 했다.

그가 순간적으로 일 장을 전진하여 앞의 나무 위에 몸을 세울 때, 그의 뒤로는 방금 일격을 받은 흑의인들이 땅으로 굴러 떨어지고 있었다.

"거기 서시오! 나는……."

한효월은 고함치면서 신형을 날렸다.

흑의부인이 이미 7, 8장 앞의 숲 속으로 사라짐을 발견하고 소리친 것이다. 숲 속의 그 거리는 평지에서와는 큰 차이를 가진다. 더더구나 지금처럼 어둠이 깃든 숲이라면 말할 나위가 없다.

흑의부인은 힐끗 그를 돌아보는 듯했지만 이내 숲 속으로 사라져 버렸다.

"이런……."

한효월의 얼굴이 일그러졌다.

다급히 그녀의 뒤를 쫓고 있기는 하지만 그녀의 신수는 결코 약하지 않아 금세 종적이 묘연했던 것이다.

'문곡에게 당한 암산이 예상보다 심각한 모양이군…….'

한효월은 그녀가 그처럼 급하게 뒤도 돌아보지 않고 사라짐을 보자 전력을 다해 그 뒤를 따랐지만 그녀의 모습은 찾아볼 수가 없었다. 그 뒤를 따르던 흑의인들까지 뒤로 처져서 보이지 않았다.

어두운 숲을 타고서 은은히 호각 소리가 들려왔다.

귀를 기울였지만 메아리가 생겨서 어디에서 들리는지 알아낼 수가 없다. 한효월은 우뚝 서서 그 소리가 어디서 들리는 것인지 찾기 시작했다. 모든 소리가 그의 귀를 향해서 달려들었다.

"서쪽?"

잠시 눈을 감았던 그가 중얼거림과 함께 그의 신형은 쏜살같이 어둠을 뚫고서 서쪽을 향해 달리기 시작했다. 그 속도는 질풍과도 같아서 순식간에 30여 장을 가로지른 그는 마침내 한 사람을 발견해 낼 수 있었다.

"게 서라!"

한효월은 낭랑히 소리치면서 어둠 속의 인영을 덮쳐 갔다.

이미 작정을 한 터라 그의 신형은 놀랍도록 빨라서 삼엄한 위세의 일장은 찰나간에 그 희끗한 그림자를 덮쳤다.

파파파—

그 일장의 위세는 심히 놀라워 경풍이 스치는 나뭇가지와 나뭇잎들이 우박처럼 사방으로 쏟아졌다. 가히 풍운변색의 위력이라 할 만했다.

그런데.

"감히 암습이란 건가?"

상대는 코웃음을 치더니 빙글 몸을 돌리는 사이에 한 주먹을 내질러

오는 것이 아닌가.

불쑥 쳐낸 것 같은 일권(一拳)의 위력은 실로 가공하여 밤하늘에서 뇌공(雷公)이 벼락을 쳐내는 것 같아 맹렬한 질풍이 권세를 따라 일었다.

그것을 본 한효월의 안색이 돌변했다.

그는 원래 상대가 피할 수 있는 방위를 차단하면서 상대의 앞을 막는 것이 목적이었던지라 상대가 이렇듯 가공할 위력으로 반격을 해오자 당황하지 않을 수가 없었다. 그러나 이 상태에서 대결을 회피하면서 물러나고 상대가 계속해서 공격해 오면 그는 선기(先機)를 잃어버리고 연달아 몰려야 할 판이다. 고수와의 대결에서 선기가 얼마나 중요한가는 불문가지. 더구나 상대의 저 일격은 그가 만나본 어느 누구보다 강력해 사실상 피하기가 불가능할 정도였다.

게다가 결정적인 것은……

펑!

두 사람의 권풍장세가 마주치자 고막을 울리는 폭음이 터져 나왔다.

사방으로 맹렬한 경풍이 일었다.

"으핫하…… 제법이로구나! 다시 한 번 받아보아라!"

상대는 그 부딪침에서 전혀 충격을 받지 않았는지 고함을 치면서 재차 한효월을 향해 일권을 쳐냈다.

"선배님! 접니다!"

한효월이 곤두박질치듯 물러나면서 다급히 소리쳤다.

우지끈! 쐐, 쐐아악…….

그가 물러난 자리에 있던 나뭇가지들이 상대가 쳐낸 권풍의 경기에 스쳐 뚝뚝 부러져 나갔다. 하지만 그것이 그가 한효월의 외침을 듣고

경력을 회수하여 그 정도에 그친 것이니 어찌 놀랍다 하지 않으랴.

"너, 넌?"

상대도 놀라 눈을 꿈벅거렸다.

상대는 뜻밖에도 갈의를 입은, 요동권왕이었다.

"네가 어떻게?"

"선배께선 어떻게 여기에? 비왕과 싸우고 계셨지 않습니까?"

한효월의 물음에 요동권왕 막풍은 미간을 찡그렸다.

"비왕? 그놈이 비왕이냐? 놈이 갑자기 도주해 버려서 그 뒤를 쫓던 중이었다. 그런데 넌…… 너도 그 자리에 있었더냐?"

한효월의 말에 깃든 의미를 느낀 요동권왕 막풍이 되물었다.

"그렇습니다. 저들의 수령이 도주하는 것을 보고 뒤쫓느라고 인사도 드리지 못하고 떠났었습니다. 그런데 선배께선 왜 그들을 쫓고 계십니까?"

"전에 말하지 않았더냐? 시신을 훔친 놈들, 그놈들을 쫓아 여기까지 온 게다."

그 말에 한효월의 안색이 달라졌다.

"그럼 그들이 정말?"

무공이 뛰어나다 함은 단순히 힘만 세다는 이야기가 아니다.

물론 단순히 수련을 통해 이루는 무공도 있지만 요동권왕과 같은 절세의 고수는 수련이나 노력만으로는 될 수가 없다. 평범한 사람이라면 결코 그와 같은 경지에 오를 수가 없는 것이다. 고수(高手)가 되는 것은 노력만으로 가능하지만 절세(絶世)라는 이름이 붙으려면 그만큼 뛰어난 천품(天稟)을 타고난 사람이라야만 한다는 이야기다.

그렇기 때문에 요동권왕과 같은 고수가 움직인다는 것은 당연히 보통 사람이 움직이는 것과는 다르다.

요동권왕은 한효월과 헤어져서 귀왕을 찾는 일방, 계속해서 시체를 훔친 자들의 뒤를 쫓았고, 그로 인해서 그들이 사사건건 제천교와 맞서는 것을 알아내게 되었다.

제천교의 세력이 상상 이상으로 강대하여 천하에 퍼져 있음도 알 수 있었다. 그런 제천교를 상대하는 그들의 행적은 매우 은밀하여 가히 신출귀몰이라 할 수 있어 그들의 뒤를 쫓으면서 애를 먹어야 했다. 그가 아니라면 누구도 그들의 뒤를 쫓을 수는 없었을 것이 분명했다.

요동권왕이 곳곳에서 나타난 것은 우연이 아니었다. 그는 보구회를 쫓고 있었기에 그가 나타난 자리에는 늘 보구회가 있었던 것이다.

얼마 전 나타났던 것도 마찬가지.

"놈이 그런 말을 했단 말이냐?"

한효월이 문곡이 한 말을 전하자 요동권왕의 안색이 달라졌다.

"놈들이 독고 노제의 시신을 가져간 것이 확실하다면……."

그는 미간을 찡그린 채 잠시 한효월을 쳐다보다가 말을 이었다.

"너도 알고 있느냐?"

"무슨?"

"그 무슨 보구회라는 놈들…… 그들 중 상당수가 살아 있는 자들이 아니다."

"그렇다면?"

"귀왕이 손을 써서 살려낸 시체들 같다."

"귀왕을 다시 만나셨습니까?"

"만나지 못했다. 찾아오라고 해놓고는 도망치고 없어서…… 하지만 여러 가지 정황으로 미루어 보아, 저 보구회라는 놈들의 상당수는 귀왕의 구마회혼대법으로 살아난 시체들이 분명하다. 놈들이 훔쳐 간 시체들은 거의가 다 무공을 아는, 그중에서도 강자들이었다."

그는 미간을 찡그리면서 말을 이었다.

"그런 놈들이라면, 독고 노제의 시신을 훔쳐 갔다고 해도 이상할 것은 없겠지……."

"으음……."

한효월이 신음을 흘렸다.

그 신음은 무거웠다. 무엇인가 실로 놀라운 일이 구체적인 형상으로 그의 머리 속에 그려지고 있었다. 이제부터 그 일을 조사해야만 했다.

"아무래도 이 일은 우리가 생각하던 것보다 더 복잡한 것 같군!"

중얼거린 요동권왕은 한효월을 쳐다보았다.

"놈들을 잡으면 수수께끼가 풀릴 것 같다. 같이 가겠느냐?"

"그들을 찾는다는 것은 매우 중요한 일이니 일단 같이 찾아보시지요."

두 사람은 샅샅이 숲 속을 뒤졌다.

단순히 숲을 뒤진 것이 아니라, 그들의 행적을 따라 추적을 시작한 것이다. 그런 면에서 요동권왕의 추적술은 탁월했다. 그런 능력이 있기에 그처럼 집요하게 보구회의 뒤를 따를 수 있었으리라.

하지만 밤이 밝아올 때까지도 그들을 찾아내지 못했다.

머리를 맞댄 두 사람은 일단 서로 헤어져서 요동권왕이 그들을 계속 추적하고, 한효월은 다른 방향에서 조사를 해 단서를 찾기로 했다. 누구든지 먼저 알아내는 것이 있다면 그때 연락을 하기로 하고 두 사람은 헤어졌다.

*   *   *

개봉(開封).

하남성에 위치한 중국의 유서 깊은 육대고도(六大古都)의 하나이다.

황하의 남쪽에 위치한 이 개봉은 비록 지난날보다는 그 규모가 줄어들었지만 아직도 성 주위가 24리나 되어 지난날 수많은 왕조의 도읍이었던 영광이 남아 있었다. 각종의 산물(産物)이 발달한 이 개봉에는 특히 변주(汴綢)라 불리는 비단이 천하에 유명했다. 북송의 유적인 용정(龍亭)이나 철탑(鐵塔), 우왕대(禹王臺) 등의 명승고적이 산재하며 특히 성내에 자리한 상국사(相國寺)는 그 규모나 역사가 오래되어 향화(香火)가 번성하여 사람의 발길이 끊이지 않는다.

나른하게 졸고 있던 햇살이 조금씩 빛 바래가는 오후.

상국사의 앞에는 여느 때와 마찬가지로 사람들이 북적거렸다.

사람이 많은 곳에는 장사가 되기 마련, 그렇게 해서 상국사의 입구에 이르는 길은 사람들의 발길로 넓은 길이 되고 그 길 좌우로는 하나둘 상점이 들어서더니 이제는 아예 시장터가 되어버리고 말았다. 난전(亂廛)이라고나 할까.

먹거리에서부터 문방사우, 필요한 모든 것이 거기 있었다.

"싸요! 사세요! 팔아요! 팔아, 막 팔아……!"

"여기 천하에서 유명한 고려산삼이 있어요."

옷 장사가 비단을 펼쳐 놓고 고함을 지르자 그 건너에서 산삼을 판

다고 젊은이가 맞고함을 지른다. 하지만 사람들은 원 저런 사기꾼 같
은 놈…… 하며 장사꾼들을 아래위로 쳐다보기만 하지 실제로 사는 사
람은 없었다.

그런 와중에 누가 뭐라던 웅크리고 앉아서 꼬박꼬박 졸기에 여념이
없는 사람이 하나 있었다.

거적을 방불케, 아니, 말 그대로 거적을 깔고 팔짱을 낀 채로 조는
그의 옆에는 때묻은 깃발이 양쪽으로 꽂혀 가끔 불어오는 바람에 펄럭
인다.

〈상통천문(上通天文)〉〈하달지리(下達地理)〉
〈무불통지(無不通知)〉〈천하제일(天下第一)〉

양쪽 깃발에 적힌 그 댓귀에 그의 앞에 놓인 산통 등은 그가 점쟁이
임을 잘 말해 준다.

꾀죄죄한 유삼에 염소수염을 턱에다 붙인 그는 손님이 오든 말든 햇
살을 받으며 연신 고개를 끄덕거리고 있었다. 가끔 파리가 달라붙지만
그는 냉큼냉큼 고개를 끄덕거려 파리를 쫓는 절묘한 피신법을 구사하
고 있어 실소를 금치 못하게 했다.

그렇게 졸고 있던 그는 문득 끄덕거림을 멈췄다.

따듯하던 햇살이 차단되었기 때문이다.

"음?"

고개를 든 그의 앞에 한 사람이 우뚝 서 있었다.

"사람을 찾고 싶소."

그의 앞에 선 사람이 말했다.

눈을 꿈벅거리며 바라보자 나타난 사람은 깨끗한 유생복을 입은 잘 생긴 젊은이였다. 맑은 눈빛에 관옥과 같이 수려한 얼굴. 군계일학이라 할 만한 모습이라 점장이 노인은 다시 한 번 눈을 꿈벅거렸다.

저런 사람이 자신에게 점을 치려고 오다니 하는 표정이다.

"어떤 사람을 찾으슈?"

하지만 그의 입에서 흘러나온 말은 뜻밖에도 퉁명스럽기조차 하다.

그러나 그 청년 유생이 그의 앞에 앉으며 손바닥을 쳐들어 보이자 그의 안색은 돌변했다. 청년의 손에 비천옥녀상이 조각된 한 치가 조금 넘어 보이는 작은 옥패 하나가 들려 있음을 보았기 때문이다.

"찾을 수 있겠소?"

"복채를 한번 놔보시우."

딸랑.

청년 유생의 손에서 은정(銀錠) 하나가 떨어져 맑은 음향을 낸다.

한 냥은 되어 보이는 은이다. 길거리의 점쟁이 노인이 받을 복채로 쓰는 지나치게 많은 금액이었다. 그것을 보자 흠칫했던 점쟁이 노인은 누가 볼세라 황급히 그 은정을 소매 속에다 쑤셔 넣었다. 그 움직임은 그야말로 매가 토끼를 덮친 듯 빨라 눈부신 손속이라 할 만했다.

단숨에 은정을 갈무리한 점쟁이 노인은 누가 보지 않았나 주위를 슬쩍 돌아본 다음에 험험, 헛기침을 하곤 소리를 낮추어 빠르게 말했다.

"해질 녘에 상국사의 남쪽 탑에 가서 소원을 빌어보시오. 그럼 불등(佛燈)이 길을 밝혀줄게요."

말을 마친 노인은 가보라는 듯 손을 저었다.

잠시 그를 보던 청년 유생이 그 자리를 떠나자 그는 뒤돌아 앉아서 청년이 준 은정을 꺼내 누런 이빨로 그 은정을 깨물어본다. 혹시라도 가짜가 아닌가 확인을 하는 것이다. 진짜 은임을 확인한 그 점쟁이는 회희낙락하여 은정을 깊이 갈무리한 다음에 주섬주섬 판을 걷기 시작했다.

돈이 생겼으니 어디 가서 술이라도 걸칠 참일 터이다.

청년 유생은 점쟁이 노인의 말을 듣자 망설이지 않고 상국사 안으로 들어갔다. 아직 시간이 남아 있지만 개봉이 초행길인 그는 주위를 둘러볼 참인 듯하였다.

상국사의 경내를 잠시 둘러본 청년 유생은 대웅전으로 들어가 향을 사른 다음에 그 앞에서 결가부좌를 한 채로 조용히 눈을 감았다.

평일이라 사람들이 그리 많지 않았지만 그렇다고 적은 숫자는 아니었다. 그럼에도 조용한 예불 소리만이 법당을 울릴 뿐, 주위는 조용하기 이를 데 없었다. 문밖의 그 소란한 난전과는 전혀 다른 분위기였다. 역시 수도장다웠다.

청년 유생은 바로 한효월이었다.

요동권왕 막풍과 헤어진 그는 잠시 망설이다가 바로 개봉으로 달려온 것이다. 그가 이곳으로 온 이유는 홍 낭랑을 만나기 위해서였다.

점쟁이를 찾은 것은 그녀를 만나기 위한 절차였다.

저녁때까지는 시간이 좀 있으니 잠시 생각을 정리할 참이었다.

화산대회가 눈앞에 다가와 있었다. 자칫하면 시간에 대지 못할런지도 몰랐다. 그런 상태에서 그가 군이 홍 낭랑을 찾은 것은 보구회의 흑포괴인 때문이었다.

좀 더 정확히 말한다면 그의 신분에 대한 의혹.

한시도 쉬지 않고 달려온 그는 생각을 정리하는 일방, 조용히 숨을 고르자 그간 쌓였던 피로가 풀렸다. 그가 수련한 주천무애신공은 이런 부분에서 탁월한 무공이었다. 공격을 위한 무공이라기보다는 섭생(攝生)을 위한 무공이 바로 주천무애신공인 까닭이다.

날이 어두워졌다.

상국사의 남쪽 탑은 다른 곳에 비해 규모가 조금 작았다.

하지만 거기에 새겨진 정치(精緻)한 조각은 실로 뛰어난 점이 있었다. 연꽃 하나하나가 살아서 피어나는 듯했다.

잠시 주위를 둘러보았지만 시간이 묘한지 사람들은 별로 보이지 않았다. 저 멀리서 청소를 시작한 사미승이 하나 보일 따름.

한효월은 망설이지 않고 탑의 오른쪽에 있는 석등으로 다가가 좀 전에 살펴본 바대로 그 석등 속을 살펴보았다. 과연 그 속에 아까는 없었던 쪽지가 한 장 있었다.

역시 불등이 길을 밝힌다는 말은 그가 짐작한 대로였다.

〈성 서남쪽에 있는 포목상 금수(錦繡)로 가서 변주 한 필 반을 사시오.〉

은밀히 펼쳐 본 쪽지에 적힌 글이었다.

석양이 무너져 내리고 어둑어둑한 어둠이 거리를 메우기 시작하지만 저잣거리는 오히려 이제 활기를 찾는다. 소란스러운 사람들의 외침이 뒤섞여 들리는 소음은 대체 그것이 무슨 소리인지 알 수 없게 하지만 분명한 것은 그 소리들에 생기가 넘치고 있다는 것이라고 할까.

개봉성의 남쪽에는 상가(商街)가 조성되어 있었다.

특히 저자의 서남쪽으로는 포목점들이 줄줄이 들어서 개봉의 비단을 세상에 내보내고 있었다.

겉으로 보자면 한심해 보이는 규모다.

하지만 그 포목점들의 힘은 매우 커서 지방 관아를 마음대로 주무를 정도임을 모르는 사람이 없다. 그런 만큼 그들 포목점의 규모는 겉보기와는 달리 매우 컸다.

포전(包田)은 그 포목점 중에 금수포전(錦繡布廛)이라는 비단 가게의 주인으로서 이 바닥에서는 입지전적인 인물이었다. 아무런 기반도 없이 남의 가게 종업원에서부터 장사를 시작해서 오늘날 스스로의 가게를 가졌고, 그 업계에서 상당한 영향력을 행사하고 있는 까닭이다.

포전은 주판을 튕기며 잔뜩 미간을 찡그리고 있었다.

"망할…… 이놈들은 도대체 물건을 받아 처먹기만 하고 돈은 줄 생각을 안 하는군. 이 포 나으리가 그렇게 만만하게 물러설 줄 알았단 말이지?"

그는 냉소를 터뜨리면서 장부책을 잡아먹을 듯 노려보았다.

바로 그때, 조카인 아포(阿包)가 머리를 내밀었다.

"손님이 찾아왔습니다."

"무슨 손님인데 그래? 큰 건이냐?"

"아닙니다. 겨우 변주 한 필 사겠다는 사람인데……."

"이런 망할 놈! 그런 걸 왜 나한테까지 가져와? 네놈들이 그냥 처리하고 말아야지…… 도대체 일을 어떻게 그 따위로……."

금방이라도 불호령을 내릴 듯하던 포전의 안색이 달라진 것은 뒤이은 아포의 말 때문이었다.

"안 계신다고 해도 그 손님이 반드시 주인에게서 변주 한 필 반을 사야겠다고 떼를 써서…… 어딘지 모르게 범상치 않은 기품이 있는 선비인지라 어떻게 하면 좋을지 싶어서…… 그냥 보낼까요?"

"지금 뭐라고 했냐? 변주 한 필 반?"

"예."

"이런 육시랄 놈! 그럼 진작 그렇게 말했어야지……. 당장 이리 모셔와!"

포전이 황망히 소리쳤다.

"대체 누굽니까?"

포전이 손님을 전송하고 나자 아포가 궁금증을 참지 못하고 물었다.

포전을 찾아온 손님이 정말로 변주 한 필 반만을 사가지고 갔고, 큰 거래가 아니면 아예 취급하지 않던 포전이 최대한의 예의로 그에게 변주 한 필 반을 팔고 직접 나서서 그를 전송까지 하는 걸 보았던 까닭이다.

"알 거 없어. 일이나 해."

손님을 전송한 포전은 냉담히 말하곤 안으로 들어가 버렸다.

'원 성질하곤…….'

아포는 투덜거렸지만 일이나 해야 했다.

금수포전을 나선 한효월은 그곳에서 산 비단 한 필 반을 들고 성 북쪽으로 천천히 걸어갔다. 금수포전의 주인에게서 성 북쪽에 있는 주택가로 가라는 이야기를 들었기 때문이다.

뜻밖에도 홍 낭랑을 만나는 절차는 복잡했다.

그것은 그녀가 이곳에서 독자적인 세력을 구축하고 있음을 의미하는 것이었다.

맑았던 날씨가 갑자기 흐려졌다.

어둔 하늘에서는 바람이 일고 구름이 바람에 쫓겨 이리저리 밀려다니다 한데 뭉치는가 싶더니, 이내 세상을 뒤덮었다. 어둠이 밀리는 초저녁이 아닌 대낮이라 하더라도 해를 가릴 만한 구름이었다.

"잘못하면 소나기를 만나겠군."

천색을 살펴본 한효월은 나직이 중얼거렸다.

걸음을 빨리하자 그는 어느새 목적지에 도달해 있었다.

포전이 가르쳐 준 집은 개봉성 북쪽 주택가에 있는데 길이 넓은 가운데, 집들의 규모도 모두 컸다. 소위 부호들이 모여 사는 곳인 듯했다. 굳게 닫힌 대문의 양쪽에는 구리로 된 사자가 장식되어 커다란 쇠고리를 위엄스레 하나씩 물고 있었다.

그가 문에 달린 쇠고리를 잡고 탕탕 두드리고 잠시 있자 귀에 거슬리는 소리를 내면서 문이 조금 열렸다.

거기서 눈을 꿈벅거리는 것은 칠순은 되어 보이는 노인.

"......?"

그가 왜 왔느냐는 듯 눈을 꿈벅거리면서 자신을 바라보자 한효월은 수중의 비천상을 내어 보이면서 말했다.

"홍 낭랑을 만나뵈러 왔습니다."

그는 누구인지 묻지도 않고 들어오라는 듯 옆으로 조금 물러났다.

한효월이 들어서자 그는 문을 닫고는 주척주척 앞서 걷기 시작했다. 따라오라는 말도 없었다.

문 안은 그럴듯한 화단이 조성되어 향기가 가득했고, 그 가운데로 조약돌이 깔린 길이 곧게 뻗어 있었다. 담장 하나를 지나자 한효월의 앞에는 이층의 누각 하나가 모습을 드러냈다. 옆으로는 가산과 작은 연못을 대동한 전형적인 모습이었다.

제법 큰 집이었지만 사람은 거의 없는 것 같았다.

화광루(花珖樓)라 이름된 그 누각에 이르자 노인은 한효월을 그 자리에 남겨두고 말도 없이 되돌아가 버렸다.

"한 공자이십니까?"

맑은 여인의 음성이 들려왔다.

누각의 입구에서 시비 차림의 여인 하나가 그에게 허리를 굽히고 있었다. 나이는 스물이 채 안 되어 보이는데, 어딘지 모르게 날렵한 차림이다.

"채련(採蓮)이라 합니다. 안으로 드시지요, 낭랑께서 기다리고 계십니다."

그렇게 안내된 곳이 대청이었다.

거기에는 이미 차가 준비되어 있어 그가 올 것을 알고 있었음을 말해 주는 듯했다. 그러나 기다리고 있다던 홍 낭랑은 일각여가 지나도 나타나지 않았다.

우르르…… 콰쾅!

저 멀리서 천둥이 우는 소리가 들리고 바람이 부는 소리가 창문을 통해 들려왔다. 곧 비가 쏟아질 것 같았다.

그런 외중에 다시 반 각 정도의 시간이 더 지났다. 옷자락 스치는 소리가 들리며 안쪽 문을 통해서 그 채련이라는 시비가 다른 시비와 함께 바람처럼 나타났다. 그녀들의 등에는 한 자루의 보검이 메어 있고 얼굴은 굳어 있어 긴장된 모습이 역력했다.

"낭랑께서 오십니다."

들어오자마자 그녀들은 문 옆으로 갈라섰다.

"죄송해요. 기다리게 했군요."

뒤를 이어 홍 낭랑이 문으로 들어섰다. 뜻밖에도 그녀는 날렵한 경장(輕裝)을 하고 있었다. 얼굴은 굳어 있어서 무엇인가 좋지 않은 일이 있는 것처럼 보였다.

"별말씀을, 그런데 무슨 일이라도?"

한효월이 그녀를 맞으면서 물었다.

홍 낭랑은 그의 맞은편에 앉으면서 고개를 저었다. 머리에 꽂은 노리개가 서로 부딪치면서 맑은 음향을 토해냈다.

"아직 잘 모르겠어요. 수상한 사람들이 갑자기 출몰한다는 보고를 받았어요. 이곳은 매우 은밀해서 아무도 알지 못했는데……."

그녀의 얼굴 화장이나 옷차림 등으로 보아 편한 상태에서 갑자기 무슨 일이 일어나 급히 옷을 갈아입은 것이 분명해 보였다. 싸우거나 긴장할 큰일이 있다면 저렇듯 성장(盛裝)을 했을 리는 없을 것이기 때문이다.

번쩍! 짜짜자아— 콰쾅!

바깥에서 다시 천둥 치는 소리가 요란했다.

어디 가까운 곳에 벼락이 떨어진 듯 대청이 크게 울렸다. 세찬 바람한 가닥이 닫혔던 창문을 밀어젖히고 사납게 안으로 불어 들어왔다. 촛불이 금방이라도 꺼질 듯 펄럭거렸다.

"날씨가 이상하군요. 역시 한 공자는 풍운 인물인가 봐요. 한 공자가 나타나자 이렇듯 날씨가 변색하고 조용하던 개봉성에 신비한 자들이 출몰하는 것으로 봐서……."

그녀의 말에 한효월은 쓴웃음을 머금었다.

하지만 이내 그는 그녀의 말에 깊은 뜻이 있음을 경각하고 안색이 달라졌다. 그녀의 말은 그들이 자신을 따라온 것일지도 모른다는 의미인 것이다.

"나타난 자들이 어떤 사람인지 알아내셨습니까?"

"지금 사람을 풀어 은밀히 조사를 하고 있는 중이에요. 그들이 과연 한 공자를 따라온 것인지는 명확하지 않아요."

말을 받은 그녀는 비로소 어느 정도 마음이 안정되는지 한효월을 향해서 미소를 지어 보였다.

"좋지 않은 소식이 들려서 걱정을 했었는데, 무사했군요? 다행이에요."

"덕분에……."

한효월도 고개를 끄덕여 보였다.

"내게 무슨 할 이야기가 있어서 온 거겠죠? 화산대회가 있는데도 이렇게 나를 찾은 것을 보면?"

"그렇습니다. 한 가지 여쭙고 싶은 게 있어서 찾아뵈었습니다."

"무슨 일이지요?"

"지난날 홍 낭랑은 감 사질에게 청룡장을 알려주셔서 그곳에서 괴이한 일을 목도하게 되었었습니다. 어떻게 해서 그곳을 알아내신 것인지, 또 그곳의 배후가 누군지 알고 계시다면 알려주십사 하고 찾아왔습니다."

홍 낭랑은 미간을 찡그렸다.

"갑자기 왜 그것이 궁금한 건가요?"

한효월은 잠시 생각하다가 그녀에게 상황을 이야기해 주었다.

"비적이라면 나도 들은 적이 있어요. 그들이 독고 맹주의 시신을 가져갔다는 건가요?"

"봉황문의 문곡이 그런 말을 했습니다."

한효월의 말에 미간을 찡그렸던 홍 낭랑은 문득 안색이 돌변했다. 그의 말투에서 한 가지를 짐작해 낸 것이다.

"설마…… 그 흑포괴인이 독고 맹주라고 생각하는 건가요?"

실로 믿을 수 없는 말이 그녀의 입에서 흘러나왔다.

"의혹을 가지고 있는 건 사실입니다."

그 말에 대한 한효월의 답변 또한 점입가경. 천하가 경동(驚動)하고도 남을 말을 그는 거침없이 해대고 있었다.

"말도, 말도 안 되는 일이에요……."

그녀는 머리를 저었다. 패옥 소리가 짤랑거렸다.

"그건 불가능해요! 설혹 강시대법을 써서 그를 살려낼 수 있다고 할지라도 그 본래의 무공을 사용케 하기는 힘들 뿐더러, 그 대법을 성사시키려면 몇 달이 아니라 몇십 년이 필요해요. 더구나 성공할 수 있을런지도 모를……."

번쩍!

콰짜짜자…….

번개가 그녀의 말을 끊더니 천둥이 거세게 포효를 터뜨렸다.

그 위세가 얼마나 가공하던지 대청이 떨어 울리고 촛불이 금세라도 꺼져 버릴 듯이 흔들렸다. 문 옆에 시립해 있던 홍 낭랑의 시비들이 놀라 얼굴이 파랗게 질렸다. 사방이 새파란 번갯불로 일순 하얗게 물들어 일순 가물했던 촛불이 다시 밝아지면서 시비들의 얼굴이 드러났다.

뒤를 이어 빗줄기 쏟아지는 소리가 요란하게 울려 퍼지기 시작했다.

그 가운데 먼저 입을 연 것은 한효월이었다.

"한 사람은 가능하지 않을까 합니다."

"한 사람이라면…… 귀왕 말인가요?"

"……."

한효월은 묵묵히 고개를 끄덕여 보였다.

"아무리 그라고 할지라도…… 아무리 그라도 그럴 수는 없을 거예요."

"그것을 알아보기 위해서, 낭랑의 도움이 필요합니다."

"……."

한효월의 말에 홍 낭랑은 입술을 물었다.

쏴아아…….

빗소리를 들으며 잠시 생각에 잠겼던 그녀가 이윽고 입을 열었다.

"당시, 나는 몇 군데의 세력을 동원했는데, 그중에는 봉황문도 있었어요."

"봉황문?"

"그래요. 그때 나는 봉황문과 접촉해서 몇 가지 요구할 수 있는 권리를 가지고 있었어요. 하지만 상황이 어딘지 모르게 심상치 않아서…… 그래서 그때 공…… 천기선생을 찾아갔던 거예요. 봉황령을 빌리기 위해서."

"심상치 않다면? 그게 무슨 의미이신지?"

한효월의 질문에 그녀는 과연, 하듯이 한효월을 바라보았다. 그녀는 말을 얼버무리기 위해서 상황을 그저 심상치 않다는 것으로 표현했는데 한효월은 뭔가 다른 의미가 있음을 단숨에 알아차린 것이다.

"한 공자 앞에서는 그냥 다 털어놓는 게 피차에 편할 것 같군요. 당시 나는 사람을 풀어서 다각도로 조사를 했었는데…… 독고 맹주의 시신 반출에는 맹주부 내부의 도움이 있었어요."

"역시…… 그게 누군지도 아십니까?"

"명확하지는 않지만, 당시에 내응(內應)한 자는 구대문파와 관련이 있어요."

"감 사질도 그런 사실을 알아낸 적이 있었습니다."

"그게 개인의 일이 아니라, 구대문파와 관련이 있다는 것도요?"

그 말에 한효월의 안색이 달라졌다.

"그게 무슨 말씀이신지?"

얼음보다 더 차가운 웃음이 홍 낭랑의 얼굴에 떠올랐다.

"내 말은……."

"으악!"

그녀가 막 입을 여는 순간, 밖에서 갑자기 처절한 비명이 빗소리를 뚫고서 들려왔다.

"무슨 일이냐?"

홍 낭랑이 놀라 벌떡 일어났다.

그 말이 채 끝나기도 전에 다시금 비명이 들려왔다.

쏟아지는 빗소리를 뚫고서 들려온 비명 소리는 심야에 올빼미가 울부짖는 듯 매우 처절했다.

번쩍거리는 번갯불에 일렁이는 촛불.

홍 낭랑의 명령이 떨어지기도 전에 문 옆에서 대기하고 있던 시비 둘이 급히 밖으로 사라졌다. 평소의 훈련이 잘되어 있다는 의미다.

하지만 그녀들이 나간 다음, 다시 참혹한 비명이 빗소리를 뚫고 들려왔지만 그녀들은 돌아오지 않았다.

삽시간에 분위기가 무섭게 가라앉았다.

"무슨 일이 일어난 것 같군요. 잠시……!"

안색이 굳어진 홍 낭랑은 슬쩍 탁자를 짚는 서슬로 바람처럼 밖으로 뛰쳐나갔다. 상황이 상황인지라 일신의 무공을 발휘하여 그 신법은 신속하기 이를 데 없었다.

굳은 표정이 된 한효월은 잠시 망설이다 그녀의 뒤를 따랐다.

그는 손님이라서 주인의 허락없이 자리를 뜨는 것은 실례이다. 그러나 상황이 심상치 않아 그대로 있는 게 옳지 않다는 판단이 섰기에 움직인 것이다. 더구나 그녀의 언질대로라면 이 사태는 자신으로 인해 발생한 것인지도 모를 일이었다.

쏴아아—

밖으로 나와보니 제법 굵은 빗줄기가 쏟아지고 있는 가운데 홍 낭랑이 화광루의 앞에 서서 주위를 돌아보고 있었다.

빗속에 몇 사람이 쓰러져 있는 것이 보였다.

하지만 괴이하게도 움직이는 사람은 아무도 없었다.

방금 나간 두 명의 시비조차 보이지 않았다.

그때였다.

어둠 속에서 한 사람이 비틀거리면서 앞으로 다가오다가 쓰러졌다.

"등노(瞪老)!"

홍 낭랑이 다급히 소리치며 그에게 날아갔다.

한효월을 맞아들였던 그 노인이었다.

"어떻게 된 거에요? 누가 이런 짓을 한 거죠?"

그를 부축한 홍 낭랑이 다급히 소리쳤다.

"크, 큭…… 그, 그가 왔어…… 어, 어서 피……!"

노인의 얼굴은 피투성이였고 입에서는 내장 토막이 섞인 피가 연신 쿨럭거리며 튀어나왔다. 안간힘을 다해 부릅뜬 눈에는 공포의 빛이 역력했다. 그는 피 묻은 손을 다급히 휘저었다.

"누구냐?"

순간, 한효월이 호통 치면서 땅을 박찼다.

검은 그림자 하나가 화단의 가산(假山) 쪽으로 날아가고 있음을 보았기 때문이다.

"으악……."

잘못 본 것이 아님을 증명이라도 하듯이 가산에서 비명이 터져 나왔다.

촤악! 촤촤…….

빗줄기가 한효월의 몸에서 무서운 속도로 튕겨져 밀려났다.

가산의 규모는 별로 크지 않았다. 그저 산의 모양새만 갖추어놓은 상태라서 기암괴석과 나무들이 조화를 이루고 있을 따름이었다.

거기에 한 사람이 쓰러져 있는데, 흑의에 검을 쥔 그는 얼핏 보기에도 앞에 쓰러져 있던 사람들과 복장이 같아서 이곳의 호원무사(護院武士)임을 알아볼 수가 있었다.

하지만 그뿐, 사람의 그림자는 보이지 않았다.

"어떻게 되었어요?"

뒤에서 홍 낭랑의 말소리가 들려왔다.

"내가중수(內家重手)에 의해서 내부가 완전히 으스러져 즉사했습니다."

엎어져 있는 흑의무사를 살펴보며 한효월이 말했다.

흑의무사의 상태는 앞선 노인과 거의 같았다. 칠공(七孔)에서 피가 흘러나오고 있는데 다른 점이 있다면 본신 공력의 차이를 말하듯 즉사해 버린 것이 다를 뿐이었다.

다시 말해서 손을 쓴 사람이 같을 수 있다는 의미.

"지독한 공력이군……."

잠시 그의 상태를 살펴본 한효월이 중얼거렸다.

호원무사가 당한 것은 가히 마공이라 할 만했다.

한 가닥의 성력이 미처 피하지 못한 그의 가슴을 쳤고, 그것은 이내 그의 심장을 토막토막으로 만들어 버린 듯했다. 쌍방 능력의 차이를 말하듯 그는 검을 채 뽑지도 못하고 겨우 검에 손을 대다가 앞으로 엎어져 죽은 상태였다.

"낭랑?"

몸을 돌리던 한효월의 안색이 달라졌다.

방금 그에게 어떻게 되었느냐고 물었던 홍 낭랑의 모습이 보이지 않았던 것이다. 마치 그 자리에 전혀 없었던 사람인 것처럼.

쏴아아…….

빗소리만 요란했다.

하늘은 이미 먹장구름으로 완전히 뒤덮여 사물을 분간한다는 것이 어려울 정도였다. 이런 마당이니 누가 빗속을 철퍽거리면서 뛰어간다고 해도 발각해 내기 어려울 것이었다. 그러나 아무리 그렇다고 할지라도 금방 뒤에 있었던 사람이 없어지다니?

더구나 이런 상황에서 그에게 아무런 기별도 하지 않고 홍 낭랑이 사라질 리는 만무였다.

하지만 누가 그녀를 납치했다고 생각하기는 더 더욱 어려웠다. 아무리 빗줄기가 쏟아진다고 할지라도 바로 뒤에서 사람이 납치되는 것도 모를 한효월이 아닌 것이다.

주위를 살피던 한효월은 땅을 박찼다.

그는 바람처럼 조금 전에 노인이 쓰러진 곳으로 돌아왔다.

혹시나 했지만 그 자리에는 노인의 시신만이 있을 뿐, 홍 낭랑의 모습은 보이지 않았다.

"낭랑! 어디 계십니까?"

한효월이 공력을 끌어올려서 소리쳤다.

하지만 대답은 없었다.

주위를 쓸어보았지만 그녀의 모습은 보이지 않는다. 소리쳐 불러봐도 대답도 없다. 그냥 불렀다면 빗소리에 묻힐 수도 있다. 그러나 그가 공력을 운기하여 소리친 음성이니 못 들었을 리가 없었다.

참으로 기괴(奇怪)하였다.

질식할 듯한 침묵만이 빗소리에 묻혀 속절없이 부서지고 있었다.

번쩍, 콰콰광!

문득 어두웠던 주위가 새파란 번갯불에 일시 밝아지면서 이내 요란한 천둥이 사방을 온통 뒤흔들었다.

한효월의 신형이 빗속을 뚫고 날았다.

주위를 돌아보다가 화광루의 지붕에 올라가 사방을 살피던 그는 어둠이 번갯불에 산산이 찢겨지는 찰나에 그림자 하나가 담을 넘어가는 것을 발견했던 것이다.

얼핏 보기에 그 모습이 홍 낭랑과 비슷해 보였다.

하지만 한효월은 그녀를 부르지 않고 그 뒤를 따랐다.

상황이 어딘지 모르게 괴이하기 때문이다.

빗줄기는 가늘어지지 않고 천둥 번개도 여전했다.

누구의 뒤를 쫓는다는 것은 그야말로 최악일 수밖에 없는 상황이었다. 이런 날씨에는 은밀히 미행한다는 것은 거의 불가능이라 무조건 상대를 쫓아가서 잡아야만 할 판이었다.

그가 전력을 다하자 거리가 순식간에 좁혀졌다.

그러자 앞서 가던 상대는 힐끗 뒤를 돌아보다가 놀란 듯 길가 골목으로 뛰어들었다.

이런 주택가에서의 골목은 구획 정리된 곳일 수가 없다.

그야말로 미로와 같아서 자칫 놓치기 쉬울 터였다.

그것을 보자 한효월은 골목으로 뛰어드는 것이 아니라 오히려 달려가던 탄력으로 신형을 솟구쳤다. 그의 신형이 빗줄기를 뚫고 날아올랐다.

담장 너머로 뻗어 나온 큰 버드나무 가지 위로 날아오른 한효월은 그 나뭇가지를 발로 차는 탄력으로 거대한 붕새와 같이 허공을 가로지르면서 골목 위로 날아올랐다.

그렇게 7, 8장 높이로 솟구친 한효월은 골목을 질주하는 검은 그림자 하나를 발견할 수 있었다.

비가 쏟아지자 골목길은 금세 진창이 되었다.

그 골목길을 달리는 흑의인의 발걸음은 그야말로 나는 듯하여 물방울조차 튀지 않았다. 마치 한줄기 바람이 빗줄기를 휘몰고 달려가는 듯했다.

"……!"

하지만 그는 다급히 걸음을 멈추어야 했다.

표표히 백의를 날리는 한 사람이 자신의 앞에 서 있음을 발견한 까닭이다. 형형히 빛나는 눈으로 그를 쏘아보고 있는 그는 놀랍게도 그 쏟아지는 빗속에서도 전혀 비를 맞지 않고 있었다. 빗줄기가 그의 주변에서 마치 무형의 막에 튕겨 나가는 듯 그렇게 사방으로 튕겨 나가고 있었던 것이다.

"귀하는 누군가?"

앞을 가로막고 선 백의인, 한효월이 물었다.

큰 음성은 아니다. 그러나 그가 한 걸음을 내딛으면서 묻자 흑의인의 안색이 돌연 달라졌다. 한효월이 한 걸음을 내딛는 순간에 압도적인 기세가 일어나 그를 짓눌러 오는 것을 직감한 것이다.

한효월이 다시 다가온다면 그 기세는 더욱 강해질 것이고 그가 물러선다면 그 순간에 한효월의 공세는 마치 자석에 끌리는 쇠붙이처럼 그를 향해서 날아들 것이 분명했다. 이렇게 기선을 제압당하면 손도 써볼 수가 없게 된다.

한효월이 다시 한 걸음을 내딛는 찰나, 흑의인이 상체가 살짝 흔들렸다.

동시에 창! 하는 소리와 함께 차가운 빛이 빗줄기를 가르면서 무서운 속도로 한효월을 향해 날아들었다.

한효월의 눈에 놀람이 어렸다.

상대의 발검(拔劍)이 놀랍도록 빨라 일곱 자 정도의 거리가 한순간에 지척이 되어 검이 그의 가슴을 찌르고 있었던 것이다. 흡사 유성이 하늘을 가르고 떨어지는 것 같았다.

순간 한효월의 신형이 옆으로 슬쩍 돌았다.

검이 그가 있던 자리를 찌르며 지나갔다.

한효월은 옆으로 돌면서 손을 들어 흑의인의 손을 쳐갔다.

"검을 놓아라!"

"흥!"

흑의인에게서 냉소가 터져 나왔다.

그리고 그의 검은 한효월의 신형을 놓치는 순간에 이미 부챗살처럼 퍼지면서 벼락같이 한효월을 쫓아 덮어오고 있었다. 그 속도의 빠름은 전광과도 같았다. 그 변초의 속도가 하도 신속하여 한효월의 신형은 그 검세에 덮이고 말았다.

그의 검은 신랄(辛辣)하고도 빨라 실로 무서웠다.

"놀라운 쾌검(快劍)이군!"

한효월의 입에서 탄성이 터져 나왔다.

그 순간, 흑의인의 검이 무서운 속도로 한효월의 목을 찔렀다.

그의 검은 그가 검을 뽑는 순간에 이미 한효월의 목에 도달하고 있어서 아예 처음부터 한효월이 그의 검에다 목을 내놓고 있었던 것처럼 보일 지경이었다.

쨍!

날카로운 음향이 일었다.

"크윽!"

나지막한 신음과 함께 흑의인이 뒤로 물러섰다.

술 취한 듯 비틀거리며 물러서는 그의 손에 들린 검은 반 토막밖에 남아 있지 않았다.

"어, 어떻게?"

그는 믿을 수 없는 듯 눈을 부릅떴다.

위기의 순간에 한효월은 손가락으로 그의 검신을 퉁겼고, 그 순간 막대한 잠력(潛力)이 검신을 통해 그를 공격했던 것이다. 당연히 흑의인은 본신의 공력으로 그 힘을 뿌리치려고 했지만 순간적으로 밀려든 그 강대한 힘을 이기지 못하고 검은 부러져 버리고 말았던 것이다. 그

여력을 견디지 못하고 흑의인은 빗속을 철벅거리면서 비틀비틀 물러나야 했다.

그것이 끝이었다.

한효월은 그가 물러서는 것을 그냥 두지 않고 바람처럼 뒤따르면서 손을 휘둘러 그의 가슴팍 몇 개 대혈을 단숨에 봉쇄해 버렸기에.

흑의인이 힘을 잃고 그 자리에 주저앉았다.

덩그렁, 반 동강의 검이 그의 손에서 바닥으로 떨어지면서 둔중한 음향을 토해냈다.

"당신의 신분은?"

한효월이 그를 내려다보면서 다시 물었다.

흑의인이 고개를 들어 한효월을 보았다.

40대 후반이나 50대 초반으로 보이는 나이. 네모진 얼굴은 근엄해 보였지만 매부리코와 날카로운 눈빛은 음사한 빛으로 빛난다. 그는 한효월을 쳐다보곤 눈을 감아버렸다.

"말을 하지 않을 수 있을 것 같은가?"

흑의인은 대답하지 않았다.

"죽는 것은 쉽지만, 입을 열지 않는 것은 어렵다. 귀하는……."

그때 흑의인이 눈을 떴다. 그 눈은 괴이하게도 활활 타오르고 있는 듯 보였다.

"그렇다. 죽는 것은 쉽다. 너 또한 내 뒤를 따를 테니까!"

그가 음산하게 웃으며 말했다.

동시에 비에 젖은 그의 머리카락이 마치 살아 있는 것처럼 들고일어났다. 눈이 커지고 있었다. 금방이라도 튀어나올 듯 눈자위에 붉은 핏줄이 툭툭 튀어나오고 있는데, 공포스럽기 이를 데 없는 모습이었다.

뿐만 아니라 전신 근육이 모조리 부풀어 오르는 것처럼 보였다.

삼척동자라도 심상치 않은 것을 알아볼 상황이었다.

'대체 이건?'

경악의 빛이 한효월의 눈에 튀어 올랐다.

쾅!

폭음이 일었다.

콰쾅!

폭발이 일어났다.

담장이 터져 나가고, 쏟아지던 빗줄기들이 폭풍을 만난 듯이 사방으로 비산(飛散), 흩어졌다. 그 폭발의 강력함을 의미하듯 담장이 몽둥이에 맞은 유리처럼 터져 나가고 그 뒤에 있던 나무들은 파편에 구멍이 펑펑 뚫렸다.

그것은 마치 천둥이 친 듯했지만 쏟아지는 폭우에다 천둥이 치는 악천후로 인해서 사람들은 또 가까운 데 천둥이 친 모양이라고 치부한 듯 아무도 나와보는 사람이 없었다. 만약 이곳이 골목 안쪽이 아니라 거리였다면 또 달랐겠지만.

"도대체 이건……."

한효월은 굳은 얼굴로 폐허가 된 자리를 바라보았다.

심상치 않음을 경각하고는 그처럼 빨리 몸을 피했음에도 그의 옷자락 몇 군데에는 혈흔(血痕)이 묻어 있었다. 좀 더 정확히 말한다면 그 흑의인의 몸이 산산조각으로 터져 나가면서 그 파편에 구멍이 나버린 것이었다.

조금만 늦었더라면…….

한효월은 머리를 저었다.

'그가 스스로 죽음을 택한 것이 아니라면 이것은 적에게 제압되면 적과 함께 죽도록 만들어진 금제(禁制)다. 이토록 무서운 금제가 있었던가?'

잠시 생각을 굴리던 한효월의 안색이 더욱 굳어졌다.

쏟아지는 빗줄기는 더 굵어지는 것 같지만 그것조차 느껴지지 않았다.

그의 뇌리에 떠오른 생각이 너무도 가공할 것이었기에.

쏴아아……

빗줄기는 여전히 쏟아 붓고 있었다.

조금 전보다는 약간 그친 듯도 했지만 으르릉거리는 천둥은 여전했다.

한효월은 그 빗속에서 다시 화광루로 돌아왔다.

그러나 그 자리에는 시신들 몇 구뿐, 내심 기대했던 홍 낭랑의 귀환은 이루어지지 않았다. 집 안을 조사해 보았지만 단서가 될 만한 것은 거의 없었다. 남겨진 물건들도 언제라도 사들일 수 있는 것들뿐이었다.

그것은 그녀가 몹시 조심성있게 움직였다는 반증(反證)이다.

집 안을 살펴본 한효월은 다시 찾아오겠다는 한 장의 편지를 대청에 남겨두고는 그곳을 떠날 수밖에 없었다. 다른 사람이 보면 누군지 알지 못하겠지만 홍 낭랑이라면 그게 자신인 줄 알 수 있을 것이었다.

화산대회가 임박하여 어쩔 수 없이 떠나긴 하지만 그의 심중은 의문투성이였다.

대체 홍 낭랑은 어디로 간 것일까?

그리고 그녀를 공격해 온 자들은 대체 누구인 것일까.

만약 제천교라면, 그들이었다면 한효월을 앞에 두고서 그렇듯 종적을 감추지 않았을 것이다. 그것은 상대가 봉황문이라고 할지라도 마찬가지.

아무리 생각해도 그녀의 실종은 이해가 되지 않았다. 그의 뛰어난 재지(才智)로써도 그 답을 찾아낼 수가 없었다.

쏴쏴아……

빗줄기는 개봉을 벗어나자 더 심해지는 것 같았다.

바람까지 불었다. 거기에 더해 귀청을 찢는 천둥 소리.

이런 악천후 속에서 길을 재촉한다는 것은 무리였다. 그러나 한효월은 신법을 전개하여 몸을 날리고 있었다. 이런 정도의 비라면 호우(豪雨)라 할 만했다. 일찌감치 객잔을 잡고 비가 그치기를 기다려야 했지만 화산대회가 눈앞에 닥쳐온 터라 그럴 수가 없었다. 그렇지 않다면 홍 낭랑이 실종되었는데 그냥 개봉을 떠나진 않았을 것이었다.

개봉에서 화산까지는 천여 리 길이니 일반인이라면 족히 열흘은 쉬지 않고 가야 할 길이다. 그런 거리를 하룻밤에 주파해야 하니 무리할 수밖에. 그야말로 불피풍우(不避風雨)하면서 관도를 지나 숲을 가로지르며 계곡을 날아 넘어야 했다. 보통 사람들이 다니는 길을 가기에는 시간이 너무 모자랐다.

세상사의 공교함은 늘 사람의 생각을 뛰어넘는다.

그가 심중의 의문을 풀기 위해서 없는 시간에도 불구하고 홍 낭랑을 찾고, 그로 인해 소비된 시간 때문에 이 악천후 속에서 길을 재촉하지 않았다면 모르고 지났을 일을 그로 인해 알게 될 것임은 누가 짐작이라도 했을까.

그렇게 알게 될 그 거대하고 무서운 진실(眞實)을.

이일대로(以逸待勞)

—함정에 빠지다
어둠 속의 적은 천하(天下)를 향해 웃다

이일대로(以逸待勞)

태양이 구름 속으로 숨은 지 이미 한참이 흘렀다.

어둠은 점점 짙어지고 있었다. 아직 해가 지려면 시간이 남아 있음에도 어둠은 급하게 달려와 세상을 덮었다. 마치 세상이 어둠 속으로 곤두박질치는 듯한 모양이다.

저 멀리 암울하게 천둥이 운다.

곧 비라도 쏟아질 모양.

노승(老僧) 한 사람이 힐끗 무거운 눈길로 그 하늘을 쳐다본다.

"생각보다 비가 일찍 쏟아질 것 같구료……."

"어쩌면 잘된 것인지도……."

중얼거림이 들려왔다.

노승의 옆에는 속가(俗家)의 노인 한 사람, 다시 그 옆으로 노도사(老道士) 두 사람이 애써 무표정한 빛으로 묵묵히 앉아 한곳을 바라보고 있었다. 모두 나이가 고희를 넘긴 듯 보인다. 동안학발(童顔鶴髮)이라는 말 그대로 오랜 연륜이 그들에게서는 느껴진다. 한가로이 주변 경치를 구경이라도 하는 듯하지만 실제로 그들의 모습에는 알지 못할 긴장이 은밀히 숨 쉰다. 울울(鬱鬱)한 숲 속에 몸을 담은 그들은 모두 눈을 모아 한곳을 응시하고 있다.

널따랗게 펼쳐진 계곡.

거기에는 십여 채의 집이 자리한다. 얼핏 느끼기에 세상을 버린 옛 선비들이 모여 있음직한 고요한 모습이지만 그곳을 바라보는 그들 노인들의 손바닥에는 진땀이 고일 만큼 그들은 긴장하고 있었다.

지난 수십 년 간의 수도로도 진정키 어려운 긴장(緊張)!

그럼에도 그들의 주위에는 아무런 기척도 느껴지지 않는다. 그것은 그들이 자신의 기운을 마음대로 갈무리할 수 있는 능력을 가진 고수라는 의미인 것이니 어찌 간단한 일이랴.

"주변은 깨끗하오."

낮은 음성이 들려왔다.

다시 한 노인이 나타났다. 그들과 비슷한 연배. 나이 일흔은 넘어 보이지만 눈에서는 정광(精光)이 빛나 젊은이를 압도할 기태가 늠연한 속가의 노인이다. 그의 등에는 한 자루 고검(古劍)이 걸려 그가 검도에 수십 년을 바친 사람임을 알게 한다.

"깨끗하다고?"

노도인 한 사람이 미간을 살짝 찡그린다.

"그러하오. 어쩌면 우리가 너무 과민(過敏)했던 것이 아닌가 싶기도 하오만……."

나타난 회삼노인이 말했다.

"과민이라······."

그들의 앞에 앉아 있던 노승이 중얼거렸다.

"과민이라면 좋겠지. 그렇다면 모든 걱정이 다 기우일 것이니 무슨 걱정이겠소? 아니라면 그가 아직 우리가 이곳을 알아낸 것을 알지 못하는 것일런지도······ 나무아미타불······. 대경(大鏡)!"

"예, 사백."

중년의 승려 한 사람이 뒤에서 모습을 드러냈다. 마치 금강나한이 현신한 것 같은 모습.

"일러둔 대로 일단 움직이게 되면 살계(殺戒)를 펼침에 결코 주저함이 없어야 할 것이다."

"아미타불, 알겠습니다."

그가 고개를 숙이자 그 뒤 숲 속에 늘어선 승려들도 고개를 숙였다. 숲 속에 몸을 은신한 상태라 숫자는 명확히 드러나지 않되, 그들의 기상이 삼엄함은 알고도 남음이 있었다. 그들이야말로 소림사의 정예라는 나한전의 고수이니 너무 당연한 일이기도 했다.

"일뢰(一雷)!"

"예, 사숙!"

노도인의 부름에 옆에서 중년의 도사 한 사람이 나타났다. 눈에서 정광이 빛나는 것이 그의 성취 또한 대경이란 승인에 못지 않은 것처럼 보였다.

"너 또한 살계를 주저하지 말아야 할 것이다. 손에 사정을 남긴다면 천하가 도탄에 빠질런지도 모름을 명심토록 하거라."

"명심하겠습니다."

일뢰라 불린 도사가 허리를 굽혔다.

그의 뒤쪽 숲 속에도 일단의 도사들이 기척을 죽이고 있었다. 그들이야말로 무당파의 정예라는 진무궁(眞武宮)의 고수들.

"자, 그럼 이제 가보도록 합시다."

말과 함께 노승의 어깨가 살짝 흔들리자 그의 몸은 이내 둥실 떠올라 퉁, 선장(禪杖)을 짚은 채 앞으로 내려섰다. 그 한 수 연대좌불(蓮臺坐佛)의 경공만 하더라도 세상에 드문 것이라 여기 모인 노인들의 무공이 어떠한 것인지는 알고도 남음이 있을 정도였다.

"좌 도우께서는 이 자리를 잘 지켜주시오. 만약 이상이 있다면 바로 발동하여 진격해 들어와야 할 테니 잠시라도 눈을 떼지 마시구료."

노승의 옆에 서 있던 학발노도인의 말에 방금 나타난 회삼노인은 무거운 표정으로 고개를 끄덕였다.

"걱정 마시오. 구대문파의 정영(精英)이 이 자리에 모였는데, 누가 감히 당적할 수 있겠소?"

"……."

노도인은 그를 향해 미소를 머금은 채로 고개를 끄덕여 보였다. 그리곤 신형을 돌린 그의 얼굴은 전혀 수도인답지 않게 납덩이처럼 굳어 있었다. 전혀 다른 사람이 된 듯한 모습이었다.

노승이 앞서고 옆에 있던 속가노인과 노도인이 그 뒤를 따랐다. 그들이 사라져 가자 회삼노인은 암암리에 길게 한숨을 내쉬었다.

"부디 기우였기를……."

그의 중얼거림은 거의 들리지도 않았다.

하지만 앞선 그들 세 사람이 사라짐을 보고 있는 그들의 바램은 누구라도 틀리지 않을 것이었다. 그들이 떠남과 보고 있는 숲 속의 사람들 또한 마찬가지라 할 수 있을 터였다.

"모두 준비하고 신호를 기다리도록 하라."

뒤도 돌아보지 않고 한 노인의 말에 숲 속에 은신하고 있던 그들은 소리도 없이 다시금 숲 속으로 자취를 감추었다. 그리고 조용한 움직임이 숲 속으로 번져 가기 시작한다.

한두 명이 아니었다. 열 명, 스무 명도 아니었다. 근 백 명에 이르는 고수들이 숲 속에서 대형을 짠 채로 신호를 기다리고 있었다.

풀벌레도 숨을 죽였다.

계곡.

노승 일행은 바람처럼 앞으로 전진했다.

그들이 목적하는 곳은 계곡에 있는 집들 중 가장 큰 곳. 그들은 남의 이목도 상관하지 않는 듯 거침없이 신형을 날려 거의 단숨에 그 큰 집의 후원으로 날아들었다. 집의 담은 나지막했고 그 담장 안은 아주 평범하여 전원 하나와 후원 하나로 구성되어 있지만 실제로는 집 한 채가 전후로 나뉜 정도라 말이 후원이지 규모로는 조촐하기 그지없다.

그들이 그처럼 거침없이 움직임에도 사람이 살지 않는 것처럼 그들을 제지하는 사람은 보이지 않았다.

'아무도 없단 말인가?'

노승이 미간을 찡그린 채 앞을 본다.

후원에는 연못에 면한 정자 하나가 위치한다.

권선재(勸善齋)라고 이름된 정자에는 한 사람이 의자에 앉은 채로 연못을 보고 있었다. 보이는 것은 뒷모습이긴 하지만 표표한 느낌이 흐른다. 백의의 그는 이따금 부는 바람에 옷자락을 날릴 뿐, 생각에 잠긴 듯 움직이지도 뒤를 돌아보지도 않았다.

그를 발견한 노승 등 세 사람은 서로를 돌아보곤 몸을 날려 조용히 조용히 정자에 올랐다.

"차를 올려라."

백의인은 여전히 뒷모습을 보인 채로 말했다.

그 바람에 정자에 들어선 세 사람은 멈칫, 입을 다물었다.

아무도 보이지 않았건만 백의인의 말에 채 스물이 되어 보이지 않는 여인 둘이 홀연히 나타나 탁자 위에다 세 잔의 찻잔을 올려놓았다.

졸졸······.

소리조차 들리지 않게 찻물을 따른 여인들은 뒷걸음으로 그 자리에서 사라졌다.

고요가 여인들이 사라진 자리를 채운다.

그러나 누구도 그 찻잔을 드는 사람은 없다.

주인은 여전히 연못을 바라보고 있을 따름.

'우리가 올 것을 이미 알고 있었다는 말인가? 하긴 그의 능력이라면 불가능한 일도 아니겠지······.'

노승이 깊숙이 가라앉은 눈으로 암중에 신음을 흘렸다.

잠시 침묵이 흐르자 먼저 입을 연 것은 백의인. 여전히 등을 보인 채다.

"세 분이 오늘 이곳을 찾아오신 이유는 어디에 있습니까?"

"설마 몰라서 묻는단 말이오? 근래, 시주의 행보(行步)를 부인할 작정이오?"

노승이 딱딱한 어조로 입을 열었다.

문득 낭랑한 웃음이 일었다.

"어디가 이상한단 말씀이오? 나는 모르겠는데?"

"언제까지 그렇게 등만 보이고 있을 작정이오?"

탕!

찻잔이 튕겨 오르고 탁자가 고함을 질렀다. 속가노인, 회삼을 차려 입은 그는 탁자를 내려친 채로 눈을 부릅뜨고 있었다.

"하하하…… 점창의 선대 장로인 창궁일검(蒼穹一劒)의 위명은 오래 전부터 천하를 경동하였지. 그 오랜 세월에도 불구하고 아직까지 그 조급한 성미를 버리지 못하였으니 어찌 선대의 절학을 대성하였다 말할 수 있겠나?"

백의인이 어깨를 흔들며 웃음을 터뜨렸다.

"뭣이라고!"

회삼노인, 창궁일검이라 불린 그가 노해 검을 움켜잡았다. 그의 검세는 전광(電光)과도 같은 빠르기로 유명하다. 검을 잡는 순간에 그의 검은 이미 용음(龍吟)을 토해내면서 검집을 벗어나 허공을 가르고서 백의인에게 도달했다.

"도우!"

노도인이 놀라 그를 만류하려 하였다.

하지만 창궁일검의 발검은 너무도 신속하여 그가 손을 내밀었을 때는 그 일검은 이미 백의인을 찌르고 난 다음이었다.

와장창!

등을 보이고 있던 백의인은 그의 일검을 미처 피하지 못하고 그대로 난간을 부수면서 앞으로 굴러 떨어지고 말았다.

"이건……!"

뜻밖의 사태에 노승의 눈빛이 굳어졌다.

"말도 안 돼!"

백의인을 찔러 거꾸러뜨린 회삼노인이 당황한 빛으로 중얼거렸다. 그가 자신의 일검에 거꾸러질 것은 전혀 생각하지도 못한 표정이 역력했다. 자신의 앞에 있던 사람은 그 일격에 쓰러질 존재가 아니었기 때문이다.

그가 망연자실할 때 노도인이 바람처럼 정자 밖으로 날아 내렸다.

그 밖은 작은 연못.

노도인은 일신의 높은 경공으로 연못에 뜬 개구리밥을 밟고서 연못에 뜬 채로 주위를 살펴보았다. 그의 앞쪽으로 물속에 반쯤 잠겨 엎어진 흰옷의 사람이 보인다.

물속에 잠긴 흰옷, 그 옷 위로 떠오르는 붉은빛의 선연함.

'어떻게 이런 일이……'

괴이함에 내심 머리를 저으면서 노도인은 손을 뻗어 그 사람을 뒤집었다.

순간, 천만 뜻밖의 일이 일어났다.

펑! 하는 소리와 함께 그 사람이 터져 버린 것이다. 삽시간에 희뿌연 연기가 주변을 삼켰다.

"위험하오!"

노승이 소리치면서 일장을 갈겨냈다.

연기가 치솟음과 함께 연못 속에서 회백색 옷을 입은 자들이 노도인을 향해 치솟아오름을 보았기 때문이다. 그 손에서 번뜩이는 사악한 검광의 빛줄기들.

"감히 노도(老道)를 노리고서 함정을 판단 말인고?"

노도인의 노성이 흩어지는 연기 속에서 터졌다. 소용돌이치는 검광이 연기 속에서 전광과도 같이 번쩍인다.

쨍그랑거리는 금속성이 터지면서 연기 속을 뚫고서 노도인이 솟구쳐 올랐다. 구름을 가르고 날아오르는 신룡과도 같이 당당하기 이를 데 없는 모습이다.

그것으로 끝이었다.

더 이상의 습격도 다른 움직임도 보이지 않았다.

긴장된 빛으로 주위를 살펴보던 노승의 눈빛이 괴이하게 굳어졌다. 정자의 지붕 위로 날아오른 그의 옆으로 노도인과 회삼노인이 내려서 주위를 쓸어본다.

뭉클거리는 연기가 일대를 덮고 있었다.

방금 쳐낸 노승의 웅위한 일장 때문에 잠시 밀려나는 듯했지만 연기는 짙은 안개처럼 다시 주변을 온통 뒤덮은 상태였다.

"괴이하군······."

잠시 주위를 살펴본 노승이 중얼거렸다.

"그렇구료. 이자가 함정을 팠다면 이런 정도로 끝나지 않을텐데, 어떻게 해서 방금 그 공격 이후에 아무런 움직임도 없는 것인지······!"

중얼거리던 노도인의 안색이 갑자기 달라졌다.

"설마······!"

놀란 그가 번쩍 고개를 들었다.

그에게 이끌리듯이 다른 두 사람도 시선을 돌렸다.

그들이 바라보는 곳은 바로 그들이 조금 전에 떠나왔던 곳.

괴이했다.

연막이 터짐과 동시에 신호가 발출되었다. 그렇다면 대기하고 있던 고수들이 일제히 밀려들었어야 했다. 그런데 아무런 움직임도 없다니?

그것을 경각(警覺)한 노도인은 가슴이 섬뜩하여 고개를 들었고, 이내 숲 속에서 번뜩이는 검광예기(劍光銳氣)에 은은히 금속성이 들리는 것을 보고 안색이 대변했다.

"맙소사!"

말소리가 채 끝나기도 전에 그가 지붕을 박차고 날아올랐다.

"무슨 일이오?"

그와 함께 노승까지 날아오름을 보고 회삼노인이 외쳐 물었다.

"오히려 우리가 습격을 당한 것 같소!"

노승의 음성에 청삼노인의 안색이 하얗게 질렸다.

"어떻게 그런 일이……."

몸을 날려 다시 숲으로 향하려던 세 사람은 목적을 달성하지 못했다. 정자를, 아니, 후원을 벗어나기도 전에 그들을 기다리고 있는 흑의인들을 만났기 때문이다.

아무런 소리도 말도 없었다.

그저 그것만이 할 일인 양 그렇게 그들을 향해 밀려오는 검은 무리들을 보아야 했다. 그들의 숫자가 몇인지 제대로 살필 여가조차 없이 참혹하고 무서운 싸움은 시작되었다. 그것을 알리듯 은은한 천둥 소리와 함께 빗방울이 떨어지기 시작했다.

멀리 숲 쪽에서 날카로운 호각 소리가 들린다. 애를 끊는 비명이 그 호각 소리에 묻혀 어둠 속으로 잦아들고 있었다.

*   *   *

세상의 종말이라도 오려는 것일까.

도무지 쏟아 붓는 빗줄기는 그칠 줄을 몰랐다. 이따금 번쩍거리는 번갯불이 세상을 호령하지 않으면 사물을 분간한다는 것은 아예 불가능할 정도였다.

개봉을 떠난 한효월은 그 비를 무릅쓰고서 어둠을 가로질러 숭산(嵩山)을 지나고 있었다. 얼마나 시간이 지난 건지 알 수 없지만 대충 한두 시진은 달린 듯했다. 그런 정도의 시간을 쉬지 않고 전력 질주하다시피 달렸으니 쇠가 아닌 이상, 제아무리 한효월의 무공이 고강하다 해도 무리가 가지 않을 리가 없었다.

잠시 숨을 가다듬고자 하지만 산속이라 쉴 곳도 마땅찮았다.

주위를 살펴보던 한효월은 주변 나무 중 거대하게 팔을 벌리고 있는 오동나무 아래로 걸음을 옮겼다. 가지가 무성해서 대충 비는 막아줄 것 같았기 때문이다.

그러나 오동나무 앞에 도달한 그는 주춤 걸음을 멈추었다.

한 사람이 그 나무 아래에서 놀란 빛으로 그를 쏘아보고 있었던 것이다.

때마침 번쩍거리는 번갯불이 아니었다면 그를 발견하지 못했을 터였다. 하나 그렇게 드러난 그의 모습은 참혹하기 이를 데 없다. 피투성이라는 말로는 형용이 모자란다. 전신에 피칠을 한 그의 배를 움켜쥔 손가락 사이로 선혈이 끊임없이 흐르다 못해 내장까지 흘러나오고 있었다. 회삼(灰衫)이었던 그 옷은 혈의(血衣)가 된 지 오래다.

보기 좋았을 턱밑의 수염도 피에 젖고 비에 젖어 참혹하다.

그는, 그 회삼의 노인은 일그러진 눈빛으로 한효월을 노려보고 있었다. 한효월이 그 노인을 향해 막 입을 열려는 순간, 노인에게서 섬광(閃光)이 뻗어 나와 한효월을 덮쳤다.

검이었다.

그의 공격은 너무 뜻밖이었다.

그리고 자칫 화를 당할 뻔할 만큼 그의 공격은 위협적이었다.

한효월이 그를 발견한 것은 나무 밑에 당도해서였다. 짙은 어둠과 비, 무성한 숲이 그렇게 만든 것이다. 그렇게 그와 채 대여섯 자의 거리가 떨어지지 않은 상태에서 받은 공격이다. 더구나 그를 발견하고 흠칫, 놀라는 순간에 시작된 그의 공격은 마치 한효월이 나타나길 기다렸다가 발동한 것처럼 빠르고도 무서웠다.

마치 시체처럼 보였던 그 회삼노인이 한쪽 손에 들렸던 검을 휘둘러 그를 공격한 찰나, 한효월의 어깨가 흔들리면서 그의 신형이 누가 밀어 버린 듯 옆으로 돌아갔다.

노인의 일검이 허공을 갈랐다.

마음만 먹는다면 그 빈틈을 노려 노인을 공격할 수도 있었다.

그러나 그럴 상황이 아니라고 판단한 한효월은 낮게 소리치면서 물러났다.

"멈추시오."

그것이 끝이었다.

노인은 한차례 검을 뻗어낸 것으로 힘이 다한 듯 그 자리에 엎어지듯 털썩 무릎을 꿇었다. 가쁜 숨을 토하면서…… 그 숨결을 따라 핏덩이가 쏟아졌다. 체외의 상처뿐만 아니라 극심한 내상도 같이 입고 있는 것이 분명했다.

"놈들…… 과 일당이…… 쿨럭쿨럭…… 아, 아닌가?"

노인이 안간힘을 쓰면서 물었다.

"전 이곳을…… 위험!"

입을 열던 한효월이 소리치면서 신형을 날렸다.

노인의 뒤에 검은 그림자가 나타난 것을 보았기 때문이다.

그 검은 그림자는 마치 어둠 속에서 불쑥 솟아난 것 같았다. 뿐만 아니라 노인의 뒤에서 나타난 그 흑영은 조금도 망설이지 않고 손을 휘둘러 노인의 머리를 치고 있었다.

그 손에 들린 것은 갈고리처럼 생긴 귀조(鬼爪).

거기에 찍힌다면 결과야 불문가지.

한효월의 몸짓에 회삼노인은 자신의 뒤에 누군가가 나타난 것을 직감했다. 평소라면 십 장 이내의 낙엽 떨어지는 소리도 듣는 그였지만 지금은 달랐다. 다급히 몸을 굴리려 했지만 그가 채 움직이기도 전에 흑영의 귀조는 사정없이 노인의 목을 찍어버렸다.

"크악!"

단말마의 비명이 엇갈렸다.

흑영이 튕겨져 나갔다.

흑영의 일격이 노인을 치는 순간에 한효월이 손을 휘둘러 흑영의 가슴을 쳐버렸던 것이다. 평소라면 그가 그렇게 중하게 손을 쓸 리가 없었다. 하지만 흑영은 복면을 하고 있었다. 복면을 했다는 것은 무엇인가 감출 것이 있다는 의미, 게다가 그 상대는 죽어가는 노인이었다.

"노인장!"

흑영을 날려 버린 한효월이 노인을 부축해 안았다.

노인은 이미 죽은 것과 다름이 없는 상태였다.

살아난다는 것은 불가능했다. 전설의 대라신선(大羅神仙)이 살아 나온다 할지라도 그를 살려낼 수는 없을 터였다. 귀조는 강철로 만들어진 것이었다. 그것이 머리를 찍으려다 한효월의 일격으로 인해 머리가 아닌 노인의 목덜미를 찍어 즉사는 면했지만, 한효월의 일격에 흑영이 튕겨 나가면서 목에 박힌 귀조로 인해 목덜미가 왕창 뜯겨져 나가 버린 까닭이다. 아직도 피가 남아 있었던지 선혈이 분수처럼 쏟아지고 있었다.

"노인장! 노인장, 정신……!"

다급히 노인의 응급 혈도를 몇 군데 점하면서 소리치던 한효월이 입을 다물었다.

숨 쉴 틈도 없이 예의 흑영이 재차 공격해 왔기에 더 이상 노인을 돌볼 수가 없었던 것이다. 그는 한효월의 일격에 가슴을 얻어맞고는 일장여 밖에 있던 바위로 나가떨어졌었다. 거의 사경을 헤매고 있어야 정상이었다. 그럼에도 그는 선불 맞은 멧돼지와 같이 다시 달려들고 있었다.

"멈추지 못할까!"

한효월은 침중히 소리치면서 일장을 쳐냈다.

빗속을 뚫고 질주하느라 지친 그였지만 그 일장은 여전히 막강하였다.

그런데 그 순간, 달려들던 흑영은 한효월의 일장은 본 척도 않고 수중의 귀조를 쓰러져 있는 노인을 향해 집어 던지는 것이 아닌가?

처음부터 한효월을 공격한 것은 허초였던 것이다.

귀조가 무서운 기세로 쓰러진 노인을 향해 날아갔다.

"이런 지독한……!"

그의 일초가 출기불의한 것이었지만 한효월은 이미 방비하고 있어 흑영이 귀조를 날려 보내는 순간, 지력을 날려 날아가는 귀조를 쳤다.

카캉!

방향이 틀어진 귀조는 옆에 있던 바위에 부딪쳐 파란 불꽃을 튕겨내면서 놀랍게도 바위에 절반쯤 박혀들었다. 그것이 노인에게 날아갔으면 어떻게 되었을런지는 불문가지.

"그, 그를 죽이시…… 오! 신호를 보내면 일당들이 몰려…… 몰려……."

들릴 듯 말 듯한 음성이 쥐어짜듯이 들려왔다.

죽은 줄 알았던 노인이 한효월을 향해서 소리치고 있었다. 그는 몸을 일으키려고 했지만 마음뿐, 몸이 말을 듣지 않아서 부들부들 안간힘만 쓰고 있을 뿐이었다.

펑!

한효월의 일장이 사정없이 흑영을 날려 보냈다.

너무 악독한 흑영의 행태에 반감이 생긴 그가 수중에 사정을 두지 않고 진력을 토해 그를 날려 보낸 것이다. 설사 죽지는 않더라도 쉽게 일어날 수는 없을 타격이었다. 과연 흑영은 더 이상 일어나지 못했다.

"그, 그들을…… 그들을 도와주시오……."

노인의 꺼져 가는 음성이 빗줄기에 묻히며 띄엄띄엄 들려왔다.

한효월은 다급히 그에게 다가가서 그를 부축했다.

"노인장, 말을 마십시오. 지금은……."

그를 부축한 한효월의 말에 회삼노인이 메마른 쓴웃음을 떠올렸다. 웃음이라기보다는 얼굴이 일그러졌다는 표현이 맞을 것 같다.

"난 틀렸…… 쿨럭! 그들을 도와주시……."

그의 입에서 선혈이 쏟아졌다.

"그들이 누굽니까?"

그가 얼마 견디지 못할 것임을 알아본 한효월은 더 이상 그를 돌볼 생각을 포기하고 물었다.

"구대문파…… 장로오(長老)……."

그의 말에 한효월의 안색이 돌변했다.

"구대문파의 장로란 말씀입니까?"

노인이 미미하게 고개를 끄덕였다.

"노인장께서는?"

"노, 노부…… 점창 고창룡(古蒼龍)……."

"맙소사! 그럼 노인께서 점창파의 선대 장로이신 창궁일검(蒼穹一劒) 고 선생이란 말입니까?"

설마 하면서 물었던 한효월이 입을 벌렸다.

아무리 평소에 침착한 그일지라도 놀라지 않을 수가 없었다. 창궁일검 고창룡은 점창파에 몇 남지 않은 선대 장로다. 괄괄하고 야심 많았다고 알려졌던 그는 이미 오래전에 은거하여 점창산을 떠나지 않는다고 알려졌었다. 그런데 그런 그가 여기에서 이렇게 죽어가고 있다니 어찌 놀라지 않을 것인가.

하나 그의 말을 의심할 수는 없었다.

좀 전 그가 공격했던 그 번갯불 같은 검법은 바로 점창검의 정화(精華)인 분광검법(分光劒法)이었던 것이다. 그것을 알아보았기에 그는 중하게 손을 써서 흑영을 물리쳤고 노인을 구했던 것이기도 했었다.

"화산으로…… 가서…… 전하…… 우리는 모두 놈들에게…… 당해…… 틀렸다고……."

그의 눈에 빛이 꺼져 갔다.

"누구에게 당했다는 말씀이십니까? 저들은 누굽니까?"

다급해진 한효월이 소리쳤다.

"소, 소협은?"

그의 외침에 정신을 차린 듯 눈을 꿈벅거리며 한효월을 쳐다본 창궁일검 고창룡이 되물었다. 한효월이 그의 등에 댄 손으로 끊임없이 진기를 주입시켜 주지 않았다면 이렇듯 오래 견딜 수는 없었을 터였다.

"소생은 한효월이라 합니다."

"한……?"

갑자기 고창룡의 꺼져 가던 눈에 경악(驚愕)이 튀어 올랐다.

그는 누가 잡아당긴 듯 그렇게 몸을 일으키면서 다시 물었다.

"그, 그럼 독고 맹주의 사제라던 그……?"

"맞습니다. 제가 바로 그 한효월입니다."

"맙소사……!"

그는 고개를 절레절레 흔들더니 갑자기 고개를 떨구고 말았다. 놀라 숨을 거두고 만 것이다.

실로 괴이하기 이를 데 없는 태도였다.

'무슨 의미였을까?

한효월은 굳은 얼굴로 창궁일검 고창룡의 주검을 내려다보고 있었다.

맙소사! 라는 그의 마지막 말이 귀에 생생했다.

그는 부릅뜬 눈을 감지 못하고 죽었다. 그 눈에 어린 것은 경악과 곤혹스러움이었다. 최소한 한효월이 볼 때는 그러했었다. 단순히 한효월을 만났다는 것만으로 그런 태도를 보인 것일까?

아무리 생각해도 쉽게 납득이 가는 태도가 아니었다.

필유곡절(必有曲折).

무엇인가 그가 알지 못하는 어떤 것이 있는 듯했다.

하지만 여기 계속 그렇게 있을 수만은 없는 일, 그의 눈을 감긴 한효월은 좀 전에 자신이 쓰러뜨린 흑영을 찾았다.

그는 이미 죽어 있었다.

다급한 김에 과하게 손을 쓴 것 같았다.

내심 혀를 찬 한효월은 그의 품을 조사해 보았다. 작은 호각(號角) 하나, 그리고는 아무것도 없었다. 은자 부스러기 하나 없는 걸로 보아 단체로 움직이고 있음이 분명했다. 이 호각으로 서로 신호를 하는 것이리라.

호각을 갈무리한 한효월은 고창룡의 시신을 나무에 기대 두고는 그 자리를 떠났다. 그의 말투나 행색으로 보아 나머지 일행들이 지금 어떤 처경(處境)에 있는지는 보지 않아도 알 수 있었기 때문이다.

*   *   *

우르릉…… 쾅! 콰쾅!

어둠 속에서 쏟아지는 빗줄기는 여전히 거세고, 천둥은 세상을 날려 보낼 듯이 그렇게 요란하다. 이따금 세상을 산산조각으로 갈라내는 저 서릿발 같은 번갯불의 위력만이 그 어둠을 간헐적으로 찢어놓을 뿐.

보이는 것은 아무것도 없었다.

그 상황에서 창궁일검 고창룡이 말한 그들이 어디 있을지 찾아낸다는 것은 처음부터 가당치 않은 일이었다. 가만히 서 있기만 해도 단숨에 전신이 폭포 속에 들어간 듯 젖어버린다. 그런 상황에서 어떤 흔적이 남아 있을 리가 없는 것이다.

처음에는 쫓고 쫓긴 흔적을 발견할 수 있었다.

그러나 채 10장을 가지 않아 그 종적은 희미해졌고, 조금 더 가자 아예 찾아볼 수가 없었다. 빗줄기가 너무 굵었다. 바닥에서 물방울이 송곳처럼 사방으로 튀어 달아났다. 폭포가 위에서 내리쏟는 것만 같았다.

혹여 추격자들이라도 만날 수 있을까 하고 신경을 곤두세웠지만 그들도 악천후에 추격을 포기한 것인지 보이질 않았다.

그냥 돌아다녀도 길을 잃을 판인데 그렇게 정처없이 사람을 찾아 헤매다 보니 한효월 스스로가 길을 잃어버렸다. 어디가 어딘지 분간이 가질 않았다. 날이라도 맑아 하늘이 보인다면 길을 짐작이라도 할 수 있을 텐데 그것조차 여의치를 않았다.

품속의 호각을 만지작거렸다.

신호를 보내면 저들과 연락이 될 것이다. 그로 인해 어떤 사태가 벌어질지 모르지만 지금은 그것을 감수해야만 할 때인 듯했다.

그런데 바로 그 순간, 한효월의 눈앞에 검은 괴물처럼 버티고 선 사찰 하나가 나타났다.

화산지우(華山之憂)

—의혹은 끊임없다
마침내 비약(秘約)은 그 모습을 드러내다

화산지우(華山之憂)

화산.

어둠은 아직 세상을 덮고 있다.

그러나 그 어둠 속에서 화산은 깨어 있었다. 내일 날이 밝으면 화산
대회다. 대외비로써 시작된 모임이지만 실제적으로는 천하무림맹의
새로운 주인을 선출하는 큰 의미를 가진 행사.

홀로 우뚝 일어서 천하를 질타한 건곤무적 독고해라는 걸출한 영웅
이 사라지면서 그를 둘러싼 채 포진했던 무림의 숱한 군웅들은 믿기
힘들게 지리멸렬했다. 그가 사라진 지금에 그 자리를 메울 힘을 가진
것은 오랜 세월 그 자리를 지켜왔던 구대문파가 유일했다.

오늘이 지나면 천하무림맹은 구대문파 중심으로 재편될 것이다.

일단 구심점이 마련된다면 제아무리 제천교가 신비롭고 막강하다
해도 지금처럼 마음대로 설치지는 못할 것이었다. 천 년을 이어온 소

림사를 필두로 한 구대문파의 저력은 어느 누구도 결코 만만히 볼 수 있는 것이 아니기에.

하지만 그 중심에 선 화산장문인, 진자양의 안색은 무거웠다.

내일을 위해서 자거나 잠시라도 운기조식에 들어가 있어야 할 것이지만 그럴 마음의 여유가 없었다.

발 아래 밟히는 풀잎이 조심스레 느껴진다.

그만큼 신경이 곤두서 있다는 증거였다.

지금 그가 향하는 곳은 선심재(善心齋).

바로 얼마 전에 흑포괴인에게 당한 구대문파의 선대 장로들이 안돈하여 상세를 다스리고 있는 곳이다. 선심제는 화산파 내에서도 경치가 좋은 곳에 위치한다. 그 건물의 원래 용도 자체가 마음을 다스리고 수양을 쌓는 곳이라 조용히 치료하기에는 더없이 좋은 곳이라 할 수 있었다.

암중에 구대문파의 고수들이 번을 서고 있었지만 그의 앞을 가로막지는 않았다.

주위를 돌아보았다.

달빛은 고즈넉하고 바람은 조용히 풀잎을 흔든다.

평소라면 더없이 고요하고 편안한 분위기였을 터이다.

진자양은 암암리에 한숨을 내쉬고는 선심제 안으로 들어섰다.

선심제는 대청 하나와 별채 세 개로 구성된다.

대청에 딸린 방이 여섯 개이고 별채에는 각기 방이 두 개씩이다.

그가 선심제 대청에 들어서자 그 자리에는 뜻밖에도 세 명의 노인들이 자리에 앉아 그가 들어서는 것을 보고 있었다. 노승 한 사람에 노도사 한 사람, 그리고 속인 차림의 노인 한 사람. 그들 모두의 나이는 이미 칠순을 한참 전에 넘긴 듯했다. 얼굴은 백지장처럼 창백해 마치 중병을 앓고 있는 사람들처럼 보였다.

"괜찮으십니까?"

진자양이 그들 앞에 이르러 포권해 보였다.

"어서 오시오, 맹주 대행."

그들이 일어나 그를 맞았다.

선심제에서 진자양을 맞이한 세 노인은 구대문파의 선대 장로들이었다. 바로 얼마 전 흑포괴인에게 당해 사경을 헤매고 있다는…….

노승은 소림사의 장로인 혜원(慧元)이며, 노도사는 무당파의 장로인 고양자(古陽子)였다. 마지막 청삼(靑衫)의 노인은 점창파의 삼로 중 한 사람인 운한검노(雲漢劒老) 풍청도(馮靑濤)였다.

소문과는 달리 그들의 상세는 그렇게 심하지 않은 듯했다.

"소식은?"

진자양이 자리에 앉자 점창파의 운한검로 풍청도가 급히 물었다. 몸져누운 상태는 아니라 할지라도 그의 안색은 매우 창백해 정상이 아닌 것은 분명해 보였다. 그와 같은 고수의 얼굴은 불그스름하게 혈색이 도는 것이 정상이기 때문이다. 말 그대로 동안(童顔)에 학발(鶴髮)이라는 것이 내가고수들의 표징이라고 해도 과언이 아니기에.

"아직……."

"아직이라니? 이미 기별이 있을 때가 넘지 않았소?"

진자양의 말에 운한검로 풍청도의 얼굴이 일그러졌다.

"그렇습니다. 이미 돌아왔어야 했는데, 소식은커녕 아예 연락이 끊어져 버렸습니다. 아무래도……."

"아무래도 뭐요? 설마 그들에게 무슨 변고가?"

"여기 계신 선배들께 변고가 생겼듯, 아니라고 단정할 수는 없는 일인 듯합니다. 상황이 심상치 않아 보입니다."

"상황이 심상치 않다니? 그럼 그들이 정말 변이라도 당했다는……"

"이미 사람을 파견하여 수색을 시작했습니다만……"

"으음……!"

"아미타불…… 이런, 이런……"

"무량수불, 업보(業報)로군, 업보야……"

세 노인이 일제히 탄식을 흘려냈다.

그렇지 않아도 창백했던 그들의 얼굴에는 더욱 핏기가 사라졌다.

……

잠시 침묵이 흘렀다.

아주 무겁고도 무거운 침묵이었다.

"어떻게 할 작정이오? 내일…… 대회를 그대로 진행하겠소?"

먼저 입을 연 것은 무당파의 고양자였다.

"이 상황에서 대회를 연기한다면 정말 큰 문제가 생기고 걷잡을 수 없는 혼란이 일어날런지도 모릅니다. 그렇게 된다면 사태를 수습하기 어렵게 될 수도 있습니다."

"다른 장문인들의 의견은 어떻소?"

"비약(秘約)의 실체를 아는 사람은 아주 적습니다. 아시다시피 그 일은 너무 엄중하여 다른 장문인들과도 공개적으로 논의할 수는 없습니다. 만에 하나 이 일이 새어 나가기라도 한다면……"

진자양이 말끝을 흐렸다.

"으음……."

나머지 노인들의 입에서 절로 신음이 새어 나왔다.

잠시 말을 끊었던 진자양은 굳은 얼굴로 다시 말을 이었다.

"비약의 전모(全貌)를 아는 사람은 극소수입니다. 그 일을 주도했던 혜도 선사(慧濤禪師)를 비롯한 분들이 모두 그쪽으로 가신 이상, 만약 그쪽에 변고가 생긴 것이 확실하다면 상황은 걷잡을 수 없이 험악해질 런지도 모릅니다."

"그게 무슨 의미요?"

운한검노 풍청도가 안색이 변해 물었다.

진자양은 길게 탄식하며 말했다.

"비약의 전모를 아는 분들이 전몰(全歿)하면, 우리는 모든 것을 상실 했다는 의미가 됩니다. 그렇게 되면 그 결과는……."

"말도 안 되오! 어떻게 그런 일이……."

운한검노 풍청도가 머리를 흔들어 부정했다.

그러나 그의 음성이 은연중에 떨리고 있음은 그 의미가 얼마나 큰 것인지를 말하고 있는 듯했다. 뿐만 아니라, 나머지 두 노인들의 얼굴 또한 납덩이와 같았다.

"무량수불, 어쩌면 이 일은 처음부터 잘못된 것인지도……."

무당파의 고양자가 길게 탄식을 불어냈다.

"나무아미타불……."

혜원 선사가 무겁게 머리를 저었다.

살쩍까지 늘어진 백미 아래 자리한 주름진 두 눈이 깊은 고뇌로 침 잠이 가라앉아 있었다.

"잠시 기다려 봅시다. 노납의 사형은 호승심이 강하긴 하지만 걸출한 능력을 가진 분이고 무당의 고령자(古靈子) 도우께서도 마찬가지. 어떤 어려움이 있다 할지라도 그러한 능력을 가진 그분들이 전몰하지는 않을 것이오. 그 두 분은 비약의 주창자였으니 그분들이 돌아온다면, 모든 것이 달라질 것이오."

"비약은 이미 깨졌습니다."

진자양의 말은 크지 않았다.

그러나 그의 말은 끓는 물처럼 뭔가 가슴속에 있던 말을 토해내려던 세 노인의 입을 단숨에 닫아버렸다. 무엇인가 말을 하고 싶은 듯했지만 입만 벌린 채 그들은 일시지간 아무 말도 하지 못했다. 그만큼 충격이 큰 것이다.

"그들은 이미 우리의 통제를 벗어났습니다."

"아미타불……."

혜원 대사가 머리를 저었다.

"불가(不可)! 불가한 일이오. 어떻게 그런 일이……."

"그렇지 않다면 현재의 상황은 설명될 수 없습니다. 그렇게 생각하고 앞으로의 일에 대한 대처를 해야 합니다."

"으음……."

세 노인의 입에서 다시금 신음이 흘러나왔다.

그들의 얼굴은 너무 창백해서 백지장을 보는 듯했다.

"당연한 응보(應報)일 수도 있겠지요……."

진자양의 음성이 음울하게 식은 찻잔 위로 대청을 떠돌았다.

바삭.

발 밑에서 이슬에 젖은 풀잎이 나직이 비명을 지른다.

발등을 타고 흘러내리는 달빛은 무심하기만 하다. 검푸른 하늘에는 세찬 바람이 일어 구름들을 사정없이 휘몰고 있다. 그 바람에 달은 구름에 가렸다가 튀어나오길 반복하고 있었다. 아무래도 비가 쏟아질 모양이다.

얼굴에 와 닿는 밤바람은 이제 새로운 계절이 오고 있음을 말한다.

밤바람이 옷자락을 펄럭인다.

선심재를 나선 진자양은 하늘을 올려다보면서 암암리에 한숨을 내쉬었다. 내일이면 천하를 건 도박(賭博)이 벌어질 터이다. 도박이라기보다는 힘겨운 싸움이 시작되는 것이다.

원래 그는 그 싸움에 자신이 있었다.

하지만 상황은 그가 생각했던 것과는 전혀 다른 방향으로 흐르고 있었다.

그때였다.

"어떻게 여기에 계십니까?"

문득 그의 뒤에서 나직한 음성이 들려왔다.

진자양은 흠칫, 뒤를 돌아보았다.

그의 무공으로 누가 뒤에 나타난 것을 알지 못했다는 것은 그의 심경이 그만큼 복잡하다는 의미에 다름이 아니다.

"감 당주?"

진자양의 얼굴에 뜻밖이란 표정이 떠올랐다.

나타난 것이 병상에 누워 있어야 할, 감천형이었던 것이다.

"감 당주야말로 어떻게 이렇게? 상당히 심하게 다친 것 같더니."

감천형의 얼굴에 쓴웃음이 흘러갔다.

"견딜 만합니다. 내일이 대회인데 명색이 총당주라는 자가 자리보전하고 누워 있을 수는 없는 일이지요. 무슨…… 걱정이라도?"

진자양의 얼굴에도 쓴웃음이 떠올랐다.

"내일이 대회일이거늘 어찌 걱정이 없겠소? 더구나 선배 고인들이 일패도지하여 사람들이 내심 매우 불안해하고 있소. 싸움을 시작하기도 전에 심리적으로 지고 들어간다면 그 싸움은 해보나 마나가 아니겠소? 후우…… 그나마 감 당주가 이렇게 움직일 수 있으니 천만다행이오."

"별말씀을……."

감천형이 가볍게 고개를 숙였다.

고개를 숙이던 감천형의 어깨에 흠칫, 가는 떨림이 일었다.

진자양이 손을 내밀어 그의 손을 부여잡았기 때문이다. 고개를 들자 그를 바라보는 진자양의 뜨거운 눈길이 거기 있었다.

"어려운 싸움이 될 거요, 감 당주. 잘 부탁하오."

감천형은 그의 눈빛이 떨리고 있음을 보았다.

'이 사람은 진정으로 무림을 걱정하고 있다…….'

암암리에 고개를 끄덕인 그는 마주 손을 잡으며 말했다.

"제 능력이 닿는 한 최선을 다할 겁니다."

"고맙소……."

진자양이 고개를 끄덕였다.

진자양과 헤어진 감천형은 독고경의 거처로 향했다.

갑자기 이상하게 변해 버린 그녀는 늘 그의 걱정거리였다. 그것은 사부의 위업(偉業)을 지키지 못한 제자로서의 자책이기도 했고, 책임감이기도 하였다.

검푸른 하늘에는 구름이 모였다 흩어지고 있었다. 짙은 구름이 이리
저리 흩어지고 있어서 달빛이 드러나는 시간은 그리 많지 않았고 어둠
은 넓게 하계를 내리누르고 있어 어딘지 모르게 분위기가 음산했다.

요소요소를 빈틈없이 감시하고 있는 고수들의 움직임에도 긴장의
빛이 역력하게 서려 있었다. 그럴 수밖에 없는 것이 낮의 변고 이후에
내일 대회 이전까지 특별 경계령이 내려 모두가 신경을 곤두세우고 있
는 것이다.

주위를 돌아본 감천형은 문득 미간을 찡그린 채 가슴을 눌렀다.

잠시 숨을 고른 그의 얼굴은 어두웠다.

그의 내상은 아직 나은 것이 아니었다. 그가 받은 타격은 막대하여
아마 앞으로도 열흘은 조섭을 해야만 정상으로 돌아갈 수 있을 터였다.
그러나 한 가지 의문이 그를 자리에 있을 수 없게 했다.

아직은 아무에게도 이야기할 수 없는 깊디깊은 의혹…….

독고경의 거처에 들어선 감천형은 잠시 멈칫했다.

그녀는 침상에 누워 있었다. 아직 정신을 차리지 못한 듯했다. 그런
데 그녀의 곁에는 또 한 사람이 더 있었다.

그녀의 옆에 놓인 의자에 기대앉은 채 졸고 있는 여인 하나.

바로 화산옥녀 진가기였다.

그녀를 확인한 감천형의 얼굴에 미소가 감돌았다.

'경아를 간호하다가 잠이 든 모양이군…….'

하지만 다음 순간, 문득 그의 안색이 달라졌다.

흐릿한 등불 아래 곤히 잠들어 있는 진가기. 그녀의 곁으로 급히 다
가선 감천형은 미간을 찡그린 채 가볍게 그녀를 흔들었다. 하지만 그

녀는 잠시 움찔했을 뿐, 잠에 취해 일어나지 않았다.

보통 사람이라면 곤하게도 자는군, 하고 넘겨 버렸을 일.

그러나 감천형은 달랐다. 아무리 곤해도 무공을 익힌 사람이 흔들어도 깨지 않는다는 것은 있을 수 없는 일임을 알기에.

'수혈(睡穴)을 짚였다!'

신음을 흘린 그는 다급히 침상으로 가서 독고경을 살폈다.

그녀는 여전히 혼수상태에서 벗어나지 못하고 있었다. 안색은 여전히 백지장처럼 창백했다.

하지만 그녀의 손목을 짚어본 감천형의 안색은 괴이하였다.

'내상이 다 나았다……'

호흡도 고르고 맥박도 정상으로 돌아와 있었다. 조금 느린 듯했지만 분명히 상처를 입은 사람은 아니었다. 그런데 이해하기 힘든 것은 그녀의 백지장처럼 창백한 안색. 이런 상태라면 안색도 정상이라야 했다.

그럼에도 그녀의 몸은 얼음처럼 찼다.

'누군가가 왔다 갔다는 것인가?'

감천형은 다급히 창가로 갔다.

별다른 흔적은 보이지 않았다. 세심히 창가를 살펴본 감천형은 진가기를 깨웠다.

"어머? 언제 오셨어요?"

수혈이 풀린 진가기는 그를 발견하자 깜짝 놀라 일어났다.

"죄, 죄송해요. 언니를 보살핀다는 게 피곤했나 봐요. 그, 그런데 많이 다치셨다고 하던데……."

그녀는 졸고 있던 모습을 그에게 보인 게 당황스러워서 어쩔 줄을

몰라 했다. 하긴 어떤 여자라도 그럴 것이었다. 평소 좋아하던 감천형
이었다. 스물을 바라보는 사춘기의 소녀인 그녀로서는 너무도 당연한
일일 수밖에.

"혹시, 이상한 일은 없었소?"

감천형이 물었다.

"무슨 일이요?"

진가기가 의아한 빛으로 되물었다.

밝고 명랑한 성품이었다. 일견 수다스럽게도 느껴지지만 그냥 단순
히 수다스럽기만 한 여자라면 어떻게 화산칠수 가운데 하나가 되었으
랴. 밝고 명랑한 가운데 기경(機警)한 천품을 타고난 것이 그녀였다.
그것은 이런 시기에 그냥 앉아서 졸고 있을 그녀가 아니라는 의미다.
더구나 그녀는 무공을 수련한 젊은 여자였다. 하룻밤 정도는 그냥 새
도 끄떡도 하지 않을 것이고, 정히 졸린다면 그렇게 앉아서 졸지 않고
운기조식으로 졸음을 쫓았을 것이다. 그런 그녀가 전혀 느끼지도 못한
사이에 수혈이 짚여 잠이 들었다면 나타난 사람은 절세의 고수임이 분
명할 것이었다. 하긴 그렇지 않다면 어떻게 독고경의 상세를 단숨에
고쳐 놓을 수가 있겠는가.

'대체 누가? 무슨 목적으로……'

잠든 독고경을 돌아보던 감천형의 뇌리에 문득, 좌백이 이야기한 사
모가 떠올랐다. 사매의 생모라는 그녀라면?

바로 그때였다.

"사형! 안에 계십니까?"

밖에서 다급한 음성이 들려왔다.

"누구? 좌 사제인가?"

"예, 잠시 밖으로 나오시겠습니까?"

그의 음성에 다급함이 서려 있음을 직감한 감천형은 진가기를 돌아보았다.

"우리 경아 때문에 고생이 많소, 진 소저."

"별말씀을요, 언니를 도울 수 있다면 당연히 도와야죠. 우린 한가족이나 마찬가지인데요."

맑은 눈을 깜박이는 그녀의 밝은 음성에 감천형은 머리를 끄덕였다.

"염치없지만 잘 부탁하겠소."

"무슨 일이지?"

밖으로 나온 감천형은 굳은 얼굴로 서 있는 좌백을 보고 물었다.

"같이 가실 수 있겠습니까?"

"가지."

뒤를 한번 돌아본 감천형은 더 이상 묻지 않고 고개를 끄덕였다.

어둠 속.

화산의 본관이 바라보이는 숲 속에 감천형은 좌백과 같이 서 있었다.

"여기 있던 사람들이 사라졌단 말이냐?"

감천형의 물음에 좌백이 고개를 끄덕였다.

"그렇습니다. 여기서 들어오는 사람들을 감시하던 고수들이 어디론지 사라져 버렸습니다. 격투를 한 흔적도 없었고……."

"몇 사람이나 되지?"

"여기 있던 사람들은 모두 셋입니다. 저쪽에서 저기까지 삼각형으로 서로를 옹위하고 있어서 누구라도 그들 모두를 한꺼번에 쉽게 처리할 순 없었을 겁니다."

"그런데 그들이 모두 사라졌단 말이냐?"

"그렇습니다. 더구나……."

좌백의 얼굴이 더욱 굳어졌다.

"여기에 문제가 생긴 것을 발견하고 바로 수색을 보냈는데, 그들마 저 돌아오지 않습니다."

"어떤 사람들을 보냈느냐?"

"화산파와 의논해서 위사 셋과 화산파의 고수 둘이 같이 갔습니다."

좌백답게 그는 그 순간에도 철저하게 일 처리를 한 것으로 보였다.

감천형은 그들이 갔다는 앞쪽 숲을 바라보았다.

사람 다섯을 삼킨 숲은 무심한 모습으로 볼 테면 보라는 듯 당당히 버티고 있었다.

스멀스멀…….

밤안개가 계곡을 타고 흘러 숲을 휘감고 있었다.

괴기(怪奇)한 분위기가 일대를 뒤덮고 목을 조여오는 것만 같았다.

'사매의 방에 나타났던 자와 관련이 있는 것일까?'

감천형은 미간을 찡그렸다.

"제가 직접 가볼까 합니다만……."

"그럴 필요는 없을 것 같다."

"예?"

"동이 트려면 한 시진이 채 남지 않았다. 적이 만약 저 숲에서 기다 리고 있다면 우린 함정으로 자진해서 뛰어드는 꼴이 될 게다. 조금 기 다렸다가 수색을 시작하도록 하자. 지금은 과연 어떤 자들이 무슨 목

적으로 이런 짓을 했는지, 또 대회장으로 스며든 자들은 없는지 내부를
먼저 살펴보는 게 좋을 것 같다."

"제천교 외에 또 다른 자들이란 말씀입니까?"

"글쎄, 어쨌든 지금은 신중해야 할 때일 것 같다는 느낌이다."

"알겠습니다! 일단 내부 수색을 암중으로 하도록 지시는 내렸었습니
다만, 제가 직접 가보겠습니다. 사형께선?"

"난 맹주 대행에게 가 상황을 의논해 보고 돌아오마."

"몸은…… 괜찮으시겠습니까?"

감천형은 좌백을 보며 쓰게 웃었다.

"녀석, 날 벌써 폐물로 만들고 싶으냐? 걱정하지 않아도 된다."

"무리하진 마십시오."

좌백이 고개를 끄덕였다.

고사경변(古寺驚變)

─음모와 마주하다
거대한 진실(眞實)은 참혹함으로 숨 쉬다

고사경변(古寺驚變)

쏴아아……

얼마 전까지 간간이 뿌리던 빗줄기는 갑자기 굵어져 폭우로 변했다. 천둥과 번개를 동반한 폭우는 산속의 어둠을 휘몰면서 앞을 분간할 수 없는 암흑 천지를 만들었다.

하늘을 향해 쳐들린 빛 바랜 처마에 매달린 풍경(風磬)은 금방이라도 부서져 버릴 듯이 사방으로 춤을 추며 비명을 질러댄다. 낡은 문루 위에 걸린 현판은 반쯤 부서져 거기 새겨진 커다란 금자횡서(金字橫書) 중 겨우 상(相)이란 글자와 사(寺). 두 글자만 알아볼 수 있을 따름이다. 문루에 이어진 담장조차 여기저기 무너지고 잡초가 그 담장을 덮었다. 하지만 그것만으로도 폭우와 어둠에 묻힌 그 건물이 사찰임을 짐작하기 어렵지 않았다.

부서진 석등(石燈).

여기저기 반쯤 허물어진 석탑(石塔)에는 잡초가 무성하게 자라 폭우에 흔들리고 있었다. 그 안쪽으로 몇 채의 전우(殿宇)가 거대한 괴물처럼 빗속에 웅크리고 있었다.

번쩍, 콰콰쾅!

새파란 번갯불이 거대한 신검(神劍)과 같이 세상을 갈랐다.

〈대웅보전(大雄寶殿)〉

그 서슬에 희미한 글자가 얼핏 보인다.

어둠 속에 한 사람이 웅크리고 있었다.

찢어진 도포(道袍)는 불어닥치는 바람에 펄럭거리지만 그는 죽은 듯 미동도 하지 않았다. 이제 보니 찢겨진 도포는 피투성이였다. 결가부좌를 한 채로 앉아 있는 그의 옆 바닥에는 한 자루의 보검이 꽂혀 불어오는 바람에 검수(劍綬)를 펄럭인다.

눈을 반개한 노도인, 그의 턱에 서린 흰 수염에도 선혈이 맺혀 있다.

그는 눈을 반쯤 감은 상태에서 운기조식을 하고 있는 중이었다.

마치 대전의 문을 가로막은 듯한 모습인 그의 뒤쪽으로는 제법 큰 불상이 놓인 불단(佛壇)이 자리했고, 그 앞에는 붉은 가사를 걸친 노승 한 사람이 가부좌를 한 채로 눈을 감고 있었다. 그의 무릎에는 길게 선장(禪杖) 한 자루가 놓여 있었고, 정갈했을 가사 또한 피 범벅이라 심상치 않은 일이 일어난 것을 누구라도 일견해서 알 수 있을 정도였다.

바깥의 소란스러운 천둥과 번개 외에는 이따금 낡은 대전의 천장에서 떨어져서 바닥을 두드리는 빗소리 외에 아무런 소리도 들리지 않는다.

숨을 쉬지 않는 듯 호흡조차 느껴지지 않는 그들의 모습.

분명히 죽은 것이 아님에도 옆에다 귀를 갖다 대도 숨 쉬는 소리를 들을 수 없을 정도로 호흡이 깊다는 것은 그들이 보통 사람이 아님을 의미했다.

그러던 어느 순간, 노도인의 긴 눈썹이 꿈틀거렸다.

거의 감은 듯 반개했던 눈에서 신광이 일고, 그와 때를 같이하여 그의 뒤에서 운기조식하고 있던 노승도 마치 기다리고 있었다는 듯이 감았던 눈을 떴다.

쏟아지는 빗소리.

천둥이 울고, 그처럼 폭우가 대지를 후려치는 마당에 바깥에서 무슨 소리가 나도 그것을 들을 수가 없다. 하지만 그들 두 사람은 달랐다. 무엇인가 기척을 느낀 두 사람에게서 호흡이 죽었다. 인기척이 사라졌다.

바로 그 순간, 펑! 하는 소리와 함께 노승 위쪽의 천장이 무너져 내렸다. 낡았던 천장이 부서진 듯 썩은 나무 기둥과 흙먼지가 아래로 쏟아졌고, 빗물이 폭포수처럼 불단 아래 정좌해 있는 노승에게로 쏟아져 내렸다.

노승이 그 빗물을 피해 옆으로 옮겨갔다.

그 소동에 노도인이 흠칫, 그곳을 돌아보았다.

펑!

그 순간에 겨우 닫아두었던 반쯤 부서진 불당의 문짝이 갑자기 왕창 터져 나갔다. 그곳을 통해서 검은 그림자들이 바람처럼 날아들었다. 바닥을 뒹굴어 날아드는 그들의 손에서는 음산한 빛이 번뜩였다. 그

동작은 놀랍게 빨라 찰나간에 문 앞에 앉아 있던 노도인을 난자해들었다.

창, 차창!

금철이 부딪는 소리와 함께 그들이 뒤로 튕겨졌다.

한줄기 검광이 맹렬한 기세로 그들을 쫓아갔다.

그것이야말로 노도인의 옆 바닥에 꽂혀 있던 보검이었고, 번개처럼 그 보검을 움켜잡은 노도인은 흑영들을 물리침과 동시에 숨 돌릴 여유를 주지 않고 그들을 공격했다.

다시금 금철이 부딪치는 소리가 들림과 함께 피보라가 피어났다.

그를 공격했던 두 명의 흑의인이 그 자리에서 두 쪽 나 쓰러졌다.

노도인의 검을 막았던 그들의 단도(單刀)는 두 동강이 나버렸고 그렇게 파고든 노도인의 보검은 그들을 양단해 버리고 만 것이다. 앉아 있던 상황에서 검을 뽑아 들고 그들을 물리침과 동시에 물러나는 그들을 땅을 박차면서 쫓아가 처리하는 그 과정은 그야말로 일순간, 자로 잰 듯한 상황에다가 놀랍도록 신속무비했다.

그가 흑영 둘을 막 처리하는 순간, 그의 뒤에서 싸우는 소리가 들려왔다.

무너진 지붕에서 흑영이 날아 내려 노승을 공격하고 있었다.

노승은 심한 부상을 당한 듯 일어나지 못한 채로 무릎에 올려두었던 선장을 휘둘러 그들을 물리치고 있는데, 그럼에도 그 위세는 막강하기 이를 데 없어서 흑영들이 곁으로 가지 못하는 상태였다.

"가증한 놈들……."

노도인이 노호하면서 그쪽으로 덮쳐 갔다.

순간, 콰작! 소리와 함께 허공을 가로지르는 노도인의 아래쪽 바닥을 뚫고서 흑영 둘이 솟아올랐다. 기다리고 있었다는 듯이 솟구쳐 오른 그들의 손에 들린 도광은 절묘한 배합으로 노도인의 허를 찔렀다.

"흥!"

노도인은 냉소를 터뜨리면서 솟아오른 장도(長刀)를 검으로 치며 그 자리를 벗어나려 했다.

찰나, 다른 흑의인 셋이 줄에 꿴 듯이 바닥을 뚫고 솟구쳐 올라 그를 밑에서부터 공격했다.

피할 수가 없었다.

제아무리 절세의 고수라 할지라도 공격해 온 자들의 도검을 치고 허공에서 방향을 바꾸는 순간에 그것을 기다리고 있었다는 듯이 날아든 공격에서 자유로울 수는 없다. 더구나 그가 피하는 방향을 예측한 공격인데다, 바닥을 뚫고 치솟은 공격이라 방비하기조차 힘든 상황이었다.

위기일발!

노도인의 얼굴이 돌연 한 가닥 맑은 빛줄기[淸光]가 치밀어 올랐다.

동시에 그의 손에서 검이 호선(弧線)을 그리며 아래로 길게 그어졌다. 한줄기의 호선이었음에도 그것은 달무리와 같이 사방을 덮었고, 그를 공격했던 자들의 전신을 덮어버렸다.

창창— 차차창!

고막을 두드리는 금속성에 이어 피보라가 사방을 덮었다.

노도인이 옷자락을 펄럭이며 바닥으로 내려섬과 동시에 그를 공격했던 세 명의 흑의인들이 그의 뒤에서 피를 뒤집어쓰고서 나뒹굴었다. 그들의 손에 들었던 좁은 검날의 검[狹鋒劍]은 노도인의 일검을 건디지 못하고 모조리 반 토막이 나 있었다.

그것이야말로 무당이 자랑하는 무당의 진산(鎭山) 구전현공(九轉玄功)을 운용하여 펼친 절세의 태극혜검(太極慧劍) 가운데 건곤일기(乾坤一氣)의 일초였으니 너무도 당연한 일이었다.

하지만 노도인도 무사하지 못했다.

바닥에 내려선 노도인은 휘청거렸고, 그의 몸에는 두 군데의 검상이 더 생겨났다. 그중 하나는 부러진 검이 가슴을 꿰뚫고 있어 평범한 사람이라면 즉사를 했을 정도로 엄중하였다.

"도우(道友)!"

그것을 본 노승이 소리쳤다.

그를 공격하는 자들이 그 틈을 놓칠 리가 없다.

노승은 자리에서 일어나지 못한 채로 수중의 선장을 휘둘러 그들을 막고 있으나, 무공을 씀에 있어서 움직이지 못한다는 것이 얼마나 큰 장애인가는 굳이 설명할 필요도 없는 일.

비틀거리던 노도인은 이를 악문 채로 수중의 검을 던졌다.

쒀아앙!

검이 한 가닥 섬광(閃光)으로 화해 무섭게 날아갔다.

노승을 공격하던 흑의인 하나가 문득 심상치 않은 느낌에 번개처럼 뒤를 돌아보았다.

"크악!"

그 순간, 그의 입에서 단말마의 비명이 터져 나왔다.

검은 찰나간에 그의 등을 뚫고서 가슴으로 튀어나왔고, 그도 모자라 그를 매단 채로 날아가 맞은편 불단의 불상에다 산 채로 박아버리고 말았다. 한차례 버둥거렸을 뿐, 그 흑의인은 그대로 숨이 끊어져 버렸다.

그 변고에 노승을 포위 공격하던 흑의인들 진영에 혼란이 일었다.

"쓰러져라!"

돌연 노승이 양손을 앞으로 쳐내면서 사자후를 내질렀다.

고막을 치는 고함은 큰 종을 울리는 듯 대전을 울렸고, 대전은 금방이라도 무너질 듯 그 사자후에 뒤흔들렸다.

그리고 선장을 내던지며 노승이 양손을 쳐내자, 일대에는 가공할 경기가 일었다. 그 무서운 힘은 주위 공기를 모조리 밀어낸 듯했다. 숨을 쉬기 힘든 진공 상태가 일순간 노승의 장세 주변 1장여의 거리로 몰려들었다.

"흐윽!"

노승을 공격하던 나머지 두 명의 흑의인이 주춤하더니 비틀비틀 술취한 사람처럼 뒤로 물러나다가 풀썩, 주저앉더니 모로 쓰러졌다. 그들의 손에서 장도가 떨어져 나뒹굴었다. 그들의 칠공에서 선혈이 흘러내렸다.

그것을 보자 노도인의 얼굴에 감탄한 빛이 돌았다.

"아직까지도 반야장(般若掌)을 시전할 수 있으니 도우의 공력은 과연 절세하오……."

내밀었던 손을 천천히 거두는 노승의 얼굴에 쓴웃음이 맴돌았다.

"고령자 도우야말로 아직도 이기어검을 시전할 수 있으니……!"

말하던 그가 갑자기 입을 닫았다.

검을 던져 자신을 구한 노도인, 무당파의 선대 장로인 고령자가 무릎을 꿇는 것을 본 까닭이다.

"도우!"

그의 부르짖음에 고령자가 쓴웃음을 머금었다.

"아무래도 빈도는 더 이상 버틸 수 없을 것 같소."

"무슨 소리요? 우리가 어떻게 사선(死線)을 뚫고 여기까지 왔는데……."

고령자는 머리를 저었다.

"빈도는 더 이상 체내의 독기를 제어할 수가 없소. 여기까지가 한계인 모양이오."

그의 입에서 선혈이 흘러내려 흰 수염을 핏빛으로 물들이고 있었다. 그의 얼굴은 창백하기 이를 데 없었다. 창백하다 못해서 푸른빛이 서리고 있었다.

"도우……."

노승, 혜도 선사의 얼굴이 괴로움으로 일그러졌다.

"내 죽음은 아무렇지도 않으나, 한순간의 잘못으로 일을 이 지경으로 만들었으니 죽어도 어찌 눈을 감을 수 있을꼬……."

고령자는 장탄식을 했다.

핏물이 그의 입에서 도포를 물들이면서 뚝뚝 떨어졌다.

피시시…….

그의 입에서 흘러내리는 핏물이 도포에 닿자 도포가 몸서리를 치면서 연기를 피워 올렸다. 놀랍게도 핏물에 도포가 타 들어가고 있었다.

그것을 보자 고령자는 다시 머리를 흔들었다.

"실로…… 무서운 독이오. 한 번도, 한 번도 세상에 이와 같이 무서운 독이 존재하고 있으리라고는…… 쿨럭, 생각조차 해보지 못했소……."

"당연한 일이지……. 그것이야말로 독왕(毒王)의 걸작인 무형지독이니까."

돌연 대전의 바깥에서 음산한 음성이 대꾸하듯이 들려왔다.

그 말이 들려오자 고령자와 노승, 혜도 선사의 안색이 돌변했다.

"독왕이라니!"

독왕(毒王).

천하십왕 중 하나.

묘강(苗疆)에 살면서 그 모습을 보이지 않는다.

하지만 그의 무서움은 이미 천하를 떨게 하고도 남음이 있었다.

묘강은 중원무림에서 소외된 곳이다. 그곳에서 어떤 사람이 어떤 일을 하든 중원과는 관계가 없다. 수만 리 떨어진 변방(邊方)에서 그의 존재가 어떻다 한들, 그것이 중원에 어떤 영향을 끼칠 까닭이 없는 것이다. 거기에 누가 사는지 알지 못하는 것은 너무도 당연했다.

그러한 독왕 우특(于特)의 존재가 알려진 것은 우연한 기회에서 비롯되었다.

사천(四川)의 당가(唐家)는 예로부터 알려진 독의 명가(名家)이다. 그들은 독에다가 그들만의 암기로써 세상에 이름이 높았다.

남만(南蠻)의 오지로 독을 찾아 나섰던 당가의 장로인 칠보추혼(七步追魂) 당가위(唐駕衛)가 실종되고, 그를 따라갔던 제자 하나가 반죽음이 되어 겨우 돌아오자 당가는 발칵 뒤집혔다. 그리고 그것이 묘강의 하잘것없는 만인(蠻人)과의 시비에서 비롯되었다는 것을 알게 되자 체면상으로도 그냥 넘길 수가 없게 되었다.

독에 관한 한 천하제일이라는 자부심을 가진 당가였다.

그런 그들 가운데 장로가 만인에게 독사(毒死)를 당하다니…….

당가의 명예를 걸고 결코 좌시할 수 없는 일이었다.

그렇게 되어 당가에서는 장로들을 소집하여 정예고수들을 남만으로 파견하였다. 누구도 그들이 그 남만의 가소로운 오랑캐 무리들을 핏물로 녹여 버릴 것을 의심하지 않았었다.

하지만 그렇게 호호탕탕히 떠난 당가의 고수 열두 명은 다시는 돌아오지 않았다.

대신 당가에 나타난 것은 작달막한 키에 옷도 제대로 걸치지 않은 만인(蠻人) 한 사람. 주렁주렁 괴상한 주머니를 온몸에 걸친 데다 대머리에 맨발까지, 그들이 그처럼 비웃던 오랑캐였다. 그러나 그의 가공할 위력을 본 사람은 어느 누구도 감히 그를 비웃지 못했다. 비웃을 수가 없었다. 그것이 세상의 마지막이 되고 싶지 않다면…….

유서 깊은 천하제일의 암기 명문, 독의 가문인 당가가 그 오랑캐 한 사람의 손에 의해 무너졌다. 당세를 오시한다던 당가의 가주 천수앙신(千手殃神) 당가패(唐駕覇)가 그의 앞에 무릎을 꿇어야 했다.

그것이 50년 전이었다.

독왕이란 이름은 그렇게 독에 관한 한 천하제일이라던 당가를 딛고서 천하에 알려졌다.

공포로써…….

독왕의 이름을 듣자 혜도 선사와 고령자의 안색은 흙빛이 되었다.

절로 손발이 떨려왔다.

두렵다기보다는, 어떤 방법으로도 이 난관을 벗어날 수 없다는 것을 직감한 때문이다. 그들을 중독시킨 독이 다름 아닌 독왕의 독이라면 독왕의 해약이 아니라면 누구도 액운을 벗어날 수가 없는 것이다.

쏴아아…….

빗소리는 여전히 요란했다.

하지만 더 이상의 공격은 없었다.

두 노인은 서로를 마주 보았다.

그들은 서로의 눈에서 죽음을 읽을 수 있었다.

"아미타불…… 독왕까지 저들에 가세했다면……."

혜도 선사가 납덩이 같은 안색으로 장탄식을 흘려냈다.

"그럴 리는 없을 것이오. 그는 성격이 괴팍하여 누가 무슨 소리를 해도 묘강을 떠난 적이 없소. 어떤 일이 있어도 상대가 나를 건드리지 않으면 나도 상대를 건드리지 않는 사람인데 무엇 때문에……."

고령자가 부정을 했다.

그러나 그 음성에 힘이 없음은 누구라도 알 수 있을 터였다.

그들이 상대한 사람은 지금까지 그런 상상을 모두 초월해 버렸기에.

"고 시주라도 이 횡액을 벗어나 화산으로 돌아갔어야 할 텐데……."

고령자가 신음을 흘려냈다.

번쩍!

번갯불이 대전을 잠시 밝게 했다.

이어 고막을 찢을 듯 뇌성이 크게 울었다.

그런데 괴이하게도 적의 공격은 더 이상 없었다. 쏟아지는 빗소리만이 요란할 뿐이다.

"이자들이 무슨 의도를 가지고……."

가슴을 움켜쥔 채로 눈살을 찌푸린 고령자는 혜도 선사가 자신을 향해 손을 들어 보이자 입을 다물었다.

그는 굳은 얼굴로 바깥을 향해 귀를 기울이고 있었다.

바깥을 향해 귀를 기울여 본 고령자의 안색도 조금 달라졌다.

희미하게 밖에서 무슨 소리가 들려오고 있었다.

"도우, 이건……."

"누가 온 것 같소이다."

혜도 선사의 말에 고령자가 입을 열려는 순간, 갑자기 바깥에서 고함 소리와 격렬한 싸움 소리가 일었다. 그리고 꼬리를 무는 비명 소리. 뒤를 이어 굉량(宏量)한 부르짖음 소리가 들려왔다. 그 소리는 중기(中氣)가 충만하여 대웅전 전체가 들썩거릴 정도였다.

급한 움직임이 대전을 향해 달려오고 있었다.

막는 자들의 저항이 격렬한 듯했지만 나타난 사람의 능력이 뛰어난 듯 이내 한 사람이 대전 안으로 뛰쳐 들어왔다.

"게 서라!"

혜도 선사가 그 사람에게 선장을 휘두르며 소리쳤다.

"사숙! 대명입니다!"

뛰쳐든 사람은 어둠 속에서 선장의 바람 소리만 듣고도 이내 그 무공노수(武功路數)가 소림의 것임을 짐작하고는 크게 소리쳤다.

"대명이라고?"

혜도 선사가 황급히 공세를 철회했다.

순간.

"물러가!"

안으로 뛰쳐 들어온 사람은 돌연 고함을 치면서 신형을 반전(牛轉), 등 뒤를 향해서 선장을 휘둘렀다. 철환장(鐵環杖)이라 불리는 빈철(鑌鐵)로 만든 그 선장은 고막을 찢는 무서운 바람 소리와 함께 경풍을 휘몰았다.

쩡쩡!

금철이 부딪는 소리가 잇달아 터졌다.

단말마의 비명과 함께 그의 등 뒤로 달려들던 자들 서넛이 한꺼번에 튕겨져 폭우 속으로 나뒹구는 것이 보였다.

그들을 물리친 사람, 대명은 문에서 옆으로 두어 걸음 물러난 채로 몸을 돌렸다. 부리부리한 고리눈에서는 어둠을 뚫고서 신광이 쏟아져 주위를 둘러본다. 나이는 서른이나 되었을까? 얼굴을 온통 뒤덮은 수염으로 인해 산도적처럼 보이는 그야말로 지난날 한효월과 만난 적이 있었던 소림사의 기승(奇僧) 대명이었다.

"네가 어떻게 여기에?"

그의 돌연한 출현에 혜도 선사가 놀라 물었다.

"사숙께서 나한전의 고수들과 같이 가셨다길래 뒤를 따라…… 어떻게 된 일입니까? 다른 분들은?"

대명은 대전 안을 둘러보다가 안색이 변해 되물었다.

그의 말에 혜도 선사의 얼굴이 참혹하게 일그러졌다.

"아미타불, 나무아미타불…… 모두가 내 잘못…… 잘못……."

"설마? 구파의 정예가 모두 당했단 말입니까?"

대명은 믿기지 않는 듯 다시 물었다.

"그들은 중독되어 채 힘도 쓰지 못하고……."

괴로운 듯 머리를 내젓던 혜도 선사는 갑자기 생각이 미친 듯 다급히 소리쳤다.

"이러고 있을 때가 아니다. 너는 어서 이곳을 떠나거라."

"무슨 말씀을 하시는 겁니까? 사숙과 고령 사백을 두고 어떻게? 제가 두 분을 모시고 이곳을 떠나겠습니다."

"우, 우리는 이미 틀렸다……. 보고도 모르겠는가?"

고령자가 가슴을 움켜쥔 채로 헐떡였다.

그의 가슴에서 흘러내리는 핏줄기가 바닥에 닿을 때마다 푸르스름한 김이 바닥에서 칙칙, 피어 올랐다. 공포스럽기까지 한 광경이었다. 그것은 그가 당한 독이 얼마나 무서운 것인가를 웅변하는 것에 다름이 아니다. 그의 공력이 지순(至純)한 경지에 이르러 있지 않았더라면 이미 살아 있을 상태가 아니었다.

"시간이 없다. 어서 가거라!"

"사숙!"

혜도 선사의 재촉에 대명이 미간을 굳혔다.

"우리와 같이 갈 수는 없다. 어떻게 하든 너라도 가야만 한다. 가서 진 장문인에게 전하거라. 모든 게 틀렸다고! 그들은 통제(統制)에서 벗어났다고…… 그게 지금 네가 해야 할 일이다."

"그건 무슨……?"

그의 말이 무슨 의미인지 알지 못하는 대명의 얼굴에 의혹이 떠올랐다.

"그렇게 전하면 알 것이다. 가거라!"

"사숙!"

"우리가 너를 돕겠다. 비록 이 지경에 처해 있긴 하지만 우리가 진원지기(眞元之氣)를 끌어올린다면 너 하나는 탈출시킬 수 있다!"

혜도 선사가 눈을 부릅떴다.

마치 꺼져 가는 불씨와 같던 그의 눈에서 신광이 일기 시작했다.

"도대체 무슨 일이기에……."

"정히 궁금하거든 가서 진 장문인에게 물어보거라. 하지만 이 소식은 네가 생명을 걸고 반드시 전해야만 한다. 어떤 일이 있더라도 그들

을 막아야 한다고…… 가, 거, 라!'

혜도 선사가 선장을 짚고 몸을 일으켰다.

일단 몸을 일으키자 그리 크지 않은 그의 신형은 뜻밖에도 고대(高大)해 보였다. 사람을 압도하는 기세가 일어난다는 의미다. 선장을 짚고 선 그의 모습은 당당하여 금방이라도 숨을 거둘 듯하던 사람인 것 같지가 않았다. 그러나 그의 전신을 적신 핏물은 그의 상태가 간단치 않음을 말하고도 남음이 있었다.

그것을 보자 고령자가 쓴웃음을 지었다.

"도우가 그렇게 나온다면 나 또한 더 이상 죽은 척할 수는 없겠구료……."

말과 함께 그는 앞으로 손을 내밀었다.

그러자 좀 전에 흑의인을 불단에 못 박아 죽였던 그의 검이 마치 누가 잡아당긴 듯이 쭈욱 뽑혀 나오더니 그의 손으로 날아들었다. 그리고 그도 그 검에 의지하여 몸을 일으켰다.

"으음……."

그 모습에 대명은 신음을 흘렸다.

그들이 마지막 힘을 다 일으킨 것을 알았기 때문이다.

그 힘은 마지막 불꽃과 같아서 보통 때보다 더욱 밝을 것이다. 모닥불이 타다가 꺼질 때 한순간 더욱 밝아지는 것처럼. 그러한 현상을 회광반조(廻光反照)라고 부른다. 하지만 그뿐, 그 힘이 다하면 그들은 영원히 숨 쉴 수 없게 될 것이다.

"우리의 죽음을 헛되이 할 작정이냐? 네가 그 말을 전하지 않는다면 자칫 무림맹은 괴멸의 위기를 맞게 될런지도 모른다."

말과 함께 혜도 선사는 손을 쳐들었다.

순간, 대명의 눈에 기이한 빛이 스쳐 갔다.

혜도 선사가 순간적으로 그에게 은밀히 전음을 보내왔기 때문이다.

"……."

얼떨떨한 빛으로 혜도 선사를 바라보던 그는 혜도 선사의 재촉에 장탄식을 흘리면서 그들에게 합장을 해 보였다.

"그럼……."

마지막 인사를 하고 그가 막 몸을 돌리는 순간이었다.

쨍! 쨍그렁……

갑자기 바깥에서 격렬한 싸움 소리가 들려왔다.

이어 천둥 소리보다 더 우렁찬 광소(狂笑) 소리가 뒤를 이어 터져 나왔다. 난데없이 들려온 웃음소리는 큰 종을 울리는 것 같았다. 그 위세는 대단하여 바깥에서 쏟아지는 빗줄기가 그 웃음소리에 춤을 추며 출렁이는 것 같았다. 어둠 속에서 빗물이 출렁이는 것이 보일 지경이었다.

그 웃음소리의 뒤를 이어 싸움 소리가 더욱 격렬해졌다.

난데없이 들려온 싸움 소리에 대명을 비롯, 혜도와 고령자 또한 놀란 눈으로 바깥을 바라보았다.

싸움 소리는 점점 더 격렬해졌고, 나타난 쪽이 우세한 듯 점점 대웅전 쪽으로 가까워지고 있었다.

"누구와 같이 왔느냐?"

칠흑 같은 어둠에 싸인 바깥을 내다본 혜도 선사가 대명에게 물었다.

"아닙니다. 소식을 듣고 급해서 혼자 달려왔습니다."

굳이 답을 하지 않아도 그가 혼자 온 것은 자명했다.

전신이 빗물에 젖은 채 상기된 그의 얼굴은, 그가 격심한 싸움 끝에 저지를 뚫고서 단신으로 여기에 도달한 것임을 말하고도 남음이 있는 까닭이다.

'그렇다면 누구란 말인가?'

혜도 선사는 백미를 찡그리며 생각에 잠겼다.

그러나 아무리 생각하여도 이 자리에 나타날 사람은 있을 것 같지 않았다. 더더구나 저들의 그 무서운 포위망을 뚫고 올 사람이라면……

지난날 그의 사부였던 소림사의 방장 무상 선사(無常禪師)는 그를 보고 말했었다. 너는 너무 총명한 데다 호승심이 강하여 네 자신을 잘 다스리지 않는다면 자칫 그로 인해 낭패를 보게 될 것이다.

그렇게 해서 당시 소림사 적전제자(嫡傳弟子)들 중에서 으뜸가는 무공과 배움을 갖추었음에도 그는 장문 직을 이어받지 못했다. 그것이 그는 늘 불만이었었다. 게다가 사부의 뒤를 이어 소림사를 맡은 사형 혜우(慧愚)는 선종(禪宗)의 큰그릇임에는 분명했지만 천하제일이라는 소림을 키우는 것에는 등한하였다. 사문(沙門:중)은 사문으로 족하다는 것이 그 논지였다.

그는 그런 무사안일의 삶을 용납할 수 없었다.

그렇지 않았다면 위험을 무릅쓰고서 번천지계(翻天之計)를 계획하지는 않았을 터였다.

싸움 소리는 더욱 격렬해졌다.

그리고 그 소리가 갑자기 잦아들었다.

번쩍, 콰콰콰!

폭우 속에서 새파란 전광(電光)이 천지를 푸른빛으로 온통 밝게 휘감았다. 일순간, 대웅전 밖의 모든 것이 빛줄기에 발가벗겨졌다.

한 무리의 사람들이 늘어서 있음이 보였다.

아니, 대오를 이룬 채 대웅전을 향해 다가오고 있는 중이었다.

그 앞에 선 사람은 천장(天將)과도 같이 고대한 체구를 가지고 있는데 그는 그 순간에 대웅전으로 들어서고 있었다. 그리 빠른 걸음인 것 같지 않지만 성큼성큼 걷는 그 속도는 질풍과도 같았다.

대명 또한 제법 거구에 속했다.

그러나 나타난 사람은 정말 거인이었다.

그는 빗물을 뚝뚝 흘리면서 대웅전 안의 사람들을 둘러보았다.

대전 내부를 둘러보는 그의 태도는 당당하고 위맹했다.

마치 사자를 보는 것 같은 느낌.

팔 척 장신에다 비에 젖은 머리카락은 사자의 갈기처럼 사방으로 흘러내렸다. 한 가닥 영웅건(英雄巾)으로 질끈 동여맨 그 이마에는 한 마리 봉황의 모습이 정교히 새겨진 옥 장식이 붙었다.

50대 초반 정도로 보이는 나이에 얼굴은 주툿빛. 부리부리한 눈빛에 사자코, 메기입 등은 전형적인 장사의 모습이고 손에는 마치 손오공의 여의봉(如意棒)과 같은 생김의 철봉을 들었다. 길이가 1장은 족히 넘는 듯하여 보통 사람이라면 들기조차 힘들 터이다. 마치 무슨 기둥을 뽑아 들고 다니는 것 같아 그가 천생의 신력을 지닌 사람임을 한눈에 알아볼 수 있을 정도였다.

"누가 혜도 선사이시오?"

대웅전 안을 훑어본 그가 우렁우렁하는 음성으로 물었다.

그가 묻는 순간에 날렵한 검은 경장을 한 자들이 대웅전의 입구 좌우로 소리도 없이 늘어섰다. 싸움 소리는 거의 멎은 상태였다. 그들의 움직임으로 보아 상황은 그들이 이미 장악한 듯했다.

"아미타불, 시주는 뉘신지?"

나타난 사람이 적인지 우군인지 알 수 없는지라, 대명은 두 노인을 가로막듯 앞으로 나서면서 되물었다.

"본인은 수천개(帥天開)라고 하오. 음, 소림사에 사자승(獅子僧)이라고 불리는 걸출한 젊은 고수가 있다고 하더니 혹시 그 대명 대사가 아니시오?"

"과찬의 말씀을······."

대명이 말끝을 흐렸다.

의혹이 깃든 표정이었다. 상대는 자신을 단숨에 알아보는데 그는 상대를 전혀 알 수가 없었기 때문이다.

그때였다.

"아미타불······ 봉황문에 문무 양쪽으로 뛰어난 인재가 있다고 하던데, 혹 시주가 봉황문의 무상(武相)이시오?"

대명의 뒤쪽에서 혜도 선사의 음성이 들려왔다.

"과연······ 그렇소! 본인이 바로 봉황문의 무상이외다. 대사가 소림사의 혜도 장로이시오?"

"그렇소이다."

혜도 선사가 고개를 끄덕이자 그는 송충이처럼 굵은 눈썹을 찡그렸다.

"음, 부상이 심하신 모양이군. 다른 분들은?"

그가 사람을 찾듯 주위를 둘러보자 대명의 얼굴에 의혹이 떠올랐다. 그의 말속에서 그가 우연히 이곳으로 온 것이 아니라 혜도 선사 일행을 목적으로 하여 온 것을 분명히 했기 때문이다. 더구나 일행을 찾는 것은 그들의 인원 구성까지 안다는 의미이기도 하였다.

그것은 실로 괴이한 일이었다.

혜도 선사가 이곳으로 온 것은 매우 은밀하여 소림사 내에서도 아는 사람이 극히 적은 비밀이었다. 그런데 그가 어떻게 알고 여기까지 그들을 찾아왔단 말인가.

"본 문이 대사 일행을 찾아온 것은 한 분의 부탁을 받았기 때문이외다."

그러한 의혹을 읽었음인가.

수천개가 다시 우렁우렁한 음성으로 입을 열었다. 그의 목소리는 그야말로 큰 종을 울리는 듯하여 설사 속삭인다 할지라도 다른 사람이 고함치는 것 같았다.

대명 일행의 얼굴에 의혹의 빛이 떠올랐다.

하지만 그들 누구도 입을 열지 않았다. 이런 경우는 상대가 자연히 말을 하게 마련이다. 혜도 선사는 의혹이 깃든 눈빛이지만 입을 열지 않았다. 대명 또한 그것을 알지만 상황이 상황이니만큼 눈치 싸움만 할 수는 없다고 판단하여 입을 열고자 했다.

그런데 바로 그때, 바깥에서 은은한 외침 소리가 들려왔다.

"부인(夫人)께서 당도하셨습니다……."

그 소리를 듣자 수천개는 미미한 웃음을 지었다.

"마침 오셨군. 직접 만나보시면 되겠소이다."

대전의 바깥에서 빗소리를 뚫고 들려온 소리의 여운이 채 사라지기도 전에 바깥의 어둠과 폭우 속을 뚫고서 일단의 무리들이 나타났다.

한 채의 검은 가마[輪子]와 그 가마를 든 두 명의 흑의인. 그 가마를 호위하듯 좌우로 늘어선 십여 명 흑의인들의 기세는 삼엄하였고 대전을 향해 다가오는 속도는 질풍과 같았다. 삽시간에 그들은 시체가 널브러진 성한 뜨락을 가로질러 대전의 앞에 도달했다.

그들이 다가오자 앞에 있던 자들이 물러났고, 가마는 바로 대전의 앞에서 멈추었다.

수천개 또한 한 걸음 옆으로 물러나 자리를 양보하였다.

대전 층계 위에 도달한 가마의 문이 열리자 당혜(唐鞋)를 신은 여인의 발이 치마와 함께 나타났다. 이윽고 어둠 속에서 떠오르듯이 희디흰 손이 모습을 드러냈고, 그렇게 해서 가마에서 내린 여인은 얼굴에 검은 면사를 가리고 있어 누군지 얼굴을 알아보기 힘들었다.

하지만 호리호리한 교구(嬌軀)와 눈 아래를 가린 면사 위로 드러난 봉안(鳳眼)과 그 눈을 감싼 버들눈썹, 반듯한 이마 등으로도 그 여인의 아름다움은 충분히 짐작하고도 남음이 있었다.

"부인은……?"

그녀를 보자 혜도 선사의 눈에 놀람의 빛이 떠올랐다.

수천개의 옆을 지나 대전 안으로 들어선 흑의면사녀가 그를 향해 가벼이 머리를 숙여 보였다.

"오랜만에 뵙습니다, 대사."

"그, 그렇군요. 어떻게 여기에……?"

그녀가 인사를 하자 혜도 선사는 당황하여 그녀에게 마주 합장하면서 예를 표했다.

그런 그의 모습을 보자 여인은 눈살을 찌푸렸다.

"부상이 심하시군요?"

말과 함께 그녀는 혜도 선사에게로 다가갔다.

칠흑 같았던 대웅전 안은 이미 밝아진 상태였다.

흑의면사녀를 호위해 온 흑의인들이 대전 안으로 들어서면서 불을 밝힌 까닭이다. 그들은 흑의녀를 호위하여 좌우로 갈라섰고 신속한 행동으로 화섭자를 꺼내어 불을 밝혔다.

혜도 선사의 옆으로 다가선 그녀는 전신이 피로 물든 그를 보자 발을 구르며 탄식을 흘렸다. 안타까운 빛이 역력했다.

"어쩌면 이렇게…… 제가 소식을 조금 더 일찍 들었어야 했는데……."

그렇게 그녀가 말끝을 흐리며 가벼이 연족(蓮足)을 구르자 사향 내음이 은은히 혜도 선사에게 풍겨왔다. 눈앞에서 풍만한 중년 여인의 가슴이 출렁거림이 완연하다. 비록 호승심이 강하다고 하지만, 평생을 수도승으로 살아온 그였다. 그 모습에 당황하지 않을 수가 없었다. 게다가 그녀는…….

그는 당황함을 감추려는 듯이 고령자를 돌아보면서 말했다.

"모르시겠소? 독고 맹주의 부인이신 독고 부인이시오."

그의 말에 고령자의 얼굴에 놀람의 빛이 드러났다.

"독고 부…… 인이……?"

그녀가 여기에 어떻게 나타났느냐는 의미다.

그럴 수밖에 없었다. 그녀가 여기에 나타난 것은 너무도 뜻밖인지라 그 의문은 여기 있는 그들 모두의 의문이기도 하였다.

"오랜만에 뵙는군요, 선장(仙長)."

흑의녀가 얼굴을 가렸던 면사를 떼면서 고령자에게 가벼이 고개를 숙여 보였다. 나타난 얼굴은 과연 그들이 익히 아는 맹주부의 안주인인 봉설란이었다.

"대체 어쩌다가 이 지경까지…… 우연히 봉황문 내부에서 제천교의 움직임을 알아냈는데, 그들이 함정을 마련하고 여러분을 기다린다는 소식을 듣고 급히 달려왔는데 늦었군요."

그들의 몰골을 보고 봉설란은 다시 한 번 탄식을 하더니 손짓을 했다.

뒤에 있던 흑의인이 그녀에게 단목(檀木)으로 된 상자를 건넸다.

"혹시 몰라서 약을 준비해 왔습니다만……."

그녀가 약이 들은 듯 보이는 상자를 받으며 하는 말에 혜도 선사는 쓴웃음을 머금었다.

"아미타불…… 노납 등은 이미 중독되고 상세가 심하여, 고심(苦心) 하심은 익히 감사하지만 아마도 소용이 없을 듯하외다."

그 말이 맞다는 듯 고령자도 쓴웃음을 머금었다.

진원지기까지 불러일으킨 그들인데 대라신선인들 어떻게 그들을 구할 것인가.

"그렇지 않습니다. 이것은 약선(藥仙)의 장생단(長生丹)입니다."

"장생……."

그 말에 놀람의 빛이 대전을 압도했다.

약선의 장생단이라는 것은 죽은 사람의 뼈에다 살을 붙인다는 절세의 영약인 까닭이다. 그녀가 가져왔다는 것이 설마 그런 것일 줄은 상상도 하지 못했던 혜도 선사의 얼굴에도 경악의 빛이 가득하였다.

약선(藥仙) 백장주(白長州).

그는 따로이 염왕의 구적(仇敵)이라고 불린다. 염라대왕에게 잡혀갈 사람까지 살려내는 놀라운 의술로 인해서 염라대왕이 이를 가는 존재라는 것이다. 그만큼 그의 의도는 탁월하여 의도에 관한 한, 무림이나 일반을 막론하고 그가 가장 뛰어난 사람임을 인정하지 않는 사람은 없었다.

그런 그의 모습이 세상에서 사라진 것은 이미 30년이 넘는다.

당시에 이미 육순의 그였으니 살아 있다면 백 세를 바라보는 노인. 아마도 이미 죽었으리라 여겨지지만, 아직도 그의 이름이 세상을 유전함은 그의 의도가 워낙 발군인데다가 남겨둔 장생단 때문이다. 죽은 자의 백골에 살을 붙인다는 전설의 영약이니 누가 탐내지 않으랴. 그러나 약재를 구하기 어려워 그의 평생에 겨우 단로(丹爐) 하나를 만들어낸 장생단이니 구하기 쉬울 리가 없다. 더구나 그가 세상에서 모습을 감춘 다음에는 더 더욱……

그런데, 그런 장생단이 여기, 봉설란의 손에 들려 있는 것이다.

이미 포기했던 삶의 의욕이 혜도 선사의 심중에서 강하게 피어 올랐다.

더 오래 살고자 해서가 아니라, 하지 못한 일. 그가 마무리 짓지 못한 일을 이대로 두고서는 눈을 감을 수 없기에.

"어, 어떻게 이것을?"

혜도 선사가 주춤거리며 그녀를 보았다.

"쉽지는 않았지요. 비록 한 알뿐이지만 두 분의 능력이라면 반씩 나누어 드셔도 충분히 효과를 보실 수 있을 겁니다."

봉설란이 미소를 지은 채 그를 향해서 상자를 내밀었다.

길이가 한 자가량이나 되는 장방형의 단목 상자. 일개 단약 하나를 담기에는 터무니없이 크지만, 장생단의 가치를 생각해 본다면 그 정도로써도 부족할 터이다.

봉설란은 상자를 내밀면서 그 상자의 뚜껑을 열었다.

과연 붉은 주단이 깔린 바닥에 다시 이끼처럼 생긴 묘한 풀이 가득 담겨 있고 그 위에는 밀봉된 오리알만한 단환이 하나 놓여 있었다. 상자가 큰 것은 그 풀을 담기 위함이고, 그 풀이 있는 것은 약의 보전을 위한 특별한 것인 듯했다.

"어, 어떻게 노납이 부인께 이런 귀한 것을……."

받을 수 있겠느냐는 것이겠지만 봉설란은 한숨을 쉬면서 머리를 저었다.

"그분의 복수를 위해서라면 무엇인들 못하겠습니까? 선사의 능력은 제가 익히 알고 있습니다. 부디 법체를 보전하셔서 그들을 상대하셔야지요."

"아미타불, 과찬! 과찬의 말씀이오……."

혜도 선사는 장탄식을 하면서도 손을 내밀었다.

"그렇게까지 말씀하여 주시니 염치없지만 우선 신세를 지겠습니다."

그는 상자를 받으며 옆의 고령자를 돌아보았다.

"더 이상 사양함은 이렇듯 약을 구해 달려오신 부인께 결례가 될 듯하니 도우, 이리 오시오. 노납보다는 도우의 상세가 더 중하니 도우가 먼저 복용을 하시……!"

말을 하던 그가 갑자기 눈을 퉁망울처럼 부릅떴다.

"크으윽!"

상처 입은 맹수의 울부짖음과 같은 신음.

혜도 선사는 두 눈을 퉁망울처럼 부릅뜬 채로 튕겨나듯이 훌쩍 뒤로 물러났다.

와당탕!

장생단이 들어 있던 상자가 바닥으로 떨어져 요란한 소리를 내며 굴렀다.

"크으아아아······!"

혜도 선사가 아랫배를 움켜잡고서 미친 듯 전신을 떨었다.

그의 아랫배에는 음사(陰邪)한 검은빛이 번뜩이는 아주 작은 단검이 손잡이까지 깊숙이 꽂혀 있었다. 상자의 밑바닥에 감추어져 있던 단검이었다.

"크흐으으······ 이, 이게? 이게 무슨 짓이오? 대체 이게 무슨······."

혜도 선사가 학질에 걸린 듯 전신을 벌벌 떨면서 소리쳤다.

그의 앞에는 번개처럼 단검을 찌르고 한 걸음을 물러난 봉설란이 그를 보면서 웃고 있었다.

"저런, 많이 아픈가요?"

묻는 그녀의 모습은 여전히 상냥하고 부드러웠다.

"크윽, 으흐흐흑! 대체 이게 무엇이기에 이처럼······ 대체 당신은······ 누구요? 맹주 부인은 이런 사람이 아닌데······ 이, 이건······."

혜도 선사는 이를 갈면서 전신을 부들부들 떨었다.

누가 봐도 참기 힘든 격심한 고통에 시달리는 모습이었다. 그처럼 중한 상처를 입고 있었어도 태연하던 그였다. 그런데 연신 비명을 질러대는 그의 얼굴에서는 식은땀이 비 오듯 하고 눈에서는 핏발이 섰다. 대머리에는 굵은 핏줄이 툭툭 불거져 나왔고, 피부는 충혈이 지나쳐 삽시간에 자색으로 변했다.

"왜요? 내가 어때야 하는데요?"

그런 혜도 선사의 모습을 보면서 봄바람과 같이 웃고 있던 봉설란의 얼굴이 돌연 차갑게 변했다.

얼음이 얼다 못해서 쩡! 소리를 내면서 깨질 듯했다. 사람이 그렇게 변할 수가 있을까 싶을 정도로 그 모습은 전혀 달라 보였다. 일렁거리는 화섭자의 불빛에 비친 검은 옷을 입은 그녀의 얼굴은 소름이 끼칠 정도였다.

"저런, 저런! 수십 년을 산사에서 수도한 중이 그렇듯 엄살을 떨다니…… 그러고도 당신이 수도승이라고 할 자격이 있을까?"

봉설란이 격통에 시달리는 혜도 선사의 모습을 보면서 깔깔 웃었다. 고막을 찌르는 웃음소리였다.

"당장 멈추지 못할까! 이게 무슨 짓이오!"

너무도 뜻밖의 사태에 일순간 멍청했던 대명이 대갈일성하면서 선장을 휘둘러 봉설란을 공격해 갔다.

"으핫하…… 젊은 중은 본좌와 같이 놀아보세!"

이미 그의 진로를 예측하고 있던 거한, 무상 수천개가 껄껄 웃으면서 세상에서 삽천봉(挿天棒)이라 불리는 그의 거대한 철봉을 휘둘러 대명의 앞을 가로막았다.

"고얀! 맹주 부인이 적도(賊徒)와 한통속이 되었단 말인고?"

고령자가 대노하여 봉설란을 향해 검을 쳐냈다.

무당의 검은 예로부터 무림일절(武林一絶)이라 하였다.

그 무당파의 선대 장로인 고령자의 검이다. 비록 중한 상세를 입은 상태라 하나 검이 날자 빛무리와 같은 검기가 피어나 봉설란을 향해서 무찔러 왔다. 검이 채 이르기도 전에 차가운 검기가 서릿발처럼 쏟아졌다.

거리조차 가까웠으니 그 속도야 말할 나위가 없다.

창! 차창!!

무찔러 가는 그의 검 앞에서 고막을 찢는 굉음이 터져 나왔다. 검과 검이 마주치면서 새파란 불똥이 미친 듯이 튕겨 나왔다. 마치 번갯불이 무찔러 가듯이 검기를 번쩍이면서 고령자의 검이 연달아 앞을 쳐갔다. 이미 진원지기를 불러일으킨 그였다. 그것은 타버린 장작에다 불을 지핀 것과 같았다. 한순간 불꽃이 찬란하기는 할망정, 오래갈 수는 없다.

당사자인 고령자는 누구보다 그것을 더 잘 알고 있었다.

그렇기에 그는 전력을 다하고 있는 것이다.

봉설란의 호위 무사들은 기다렸다는 듯이 일사불란하게 움직여 그의 검을 막았다. 그들 개개인이라면 고령자의 사력을 다한 검을 막아낼 수 없었을 터였다. 하지만 그들의 손에 들린 장도는 마치 수레바퀴와 같이 돌면서 교묘하게 고령자의 검세를 막아내고 있었다.

대명의 철환장 또한 폭풍이 일듯 소림사의 복마장(伏魔杖)을 시전해 내고 있지만 일시지간에 수천개의 삽천봉을 돌파해 내지는 못했다.

한눈에 상황을 짐작해 낸 봉설란은 싸늘히 웃으며 고통에 겨워하고 있는 혜도 선사를 돌아보았다.

"어때요? 견딜 만한가요?"

얼음처럼 차갑던 그녀의 얼굴은 다시금 봄바람처럼 부드러웠다.

"크으윽! 대체 왜 이런 짓을…… 저, 정말 당신이 맹주 부인인가? 정말 당신이?"

혜도 선사는 배를 움켜쥔 채로 신음을 내뱉었다. 핏줄기가 그의 입에서 흘러내리고 아랫배 단검이 박힌 곳에서도 흘렀다. 검은 핏줄기는 바닥에 닿으면서 칙칙 소리와 함께 흰 연기를 피워 올렸다.

"내가 아니라면 또 누가 봉설란이란 거죠?"

그 모습을 보면서 봉설란은 하얗게 웃었다.

얼핏 보면 한없이 부드러운 모습이고 웃음이었다.

그러나 그렇게 웃는 그녀의 눈은 독사의 그것처럼 차갑게 가라앉아 보는 사람의 가슴을 섬뜩하게 만들고도 남음이 있었다.

"크으으으윽! 왜 이런…… 왜……?"

혜도 선사는 전신을 부들부들 떨면서 이를 갈았다.

상상하기도 힘든 고통이 아랫배로부터 전신을 휘감고 있었다. 단순히 흉기에 찔려서가 아니었다. 그런 정도라면 그의 수양으로 얼굴빛도 변치 않고 참을 수가 있었을 터였다.

하지만 이것은 달랐다.

뼛속으로 사무치다 못해서 온몸의 피부 한 조각조각이 다 일어서는 듯한 가공할 고통. 어떻게 형용조차 할 수 없는 가공할 고통이 그의 전신을 온통 씹어대고 있었다.

고통에 겨워 신음하는 혜도 선사를 보면서 봉설란은 차갑게 웃었다.

"고통스러우신가? 하긴…… 당연히 그렇겠지! 그 주한검(鑄恨劍)은 바로 그것을 위해서 36종의 독액에 49일 간 담구어 만들어낸 독검이니까. 스치기만 해도 독기가 즉시 전신으로 퍼져서 7주야 간 죽고 싶어도 죽을 수 없는 참혹한 고통에 시달리면서 죽어가야 한다고 하더군."

"왜, 왜 이런…… 크으으…… 노납과 무슨 원한이 있길래 이런……?"

"무슨 원한?"

봉설란이 차갑게 웃었다.

"궁금한가? 내가 왜 이런 일을 하는지?"

그녀는 설레설레 고개를 저었다.

"가증한 도적놈! 네 스스로 한 짓을 알면서도 내가 왜 이러는지 정녕 모르겠단 말이냐? 이 천하의 악종(惡種). 겉으로 출가인의 탈을 쓰고 온갖 인면수심의 천인공노할 만행을 저질러 놓고서도 무슨 원한이냐고?"

그녀의 날카로운 꾸짖음에 고통으로 일그러진 혜도 선사의 얼굴이 조금 달라졌다.

"크으…… 그게 무슨 소리요……? 노납은…… 크윽!"

그는 채 말을 끝내지 못하고 봉설란이 휘두르는 소맷자락에 얼굴을 맞고 바닥에 나뒹굴었다. 한갓 여인의 소맷자락이었지만 거기에는 내가공력이 깃들어 있어서 그녀가 마음만 먹는다면 바위도 부숴 버릴 수 있었다. 그랬다면 그의 머리는 집어 던진 수박처럼 부서졌을 터이다.

하지만 그 정도로도 그의 얼굴은 이미 엉망이 되어 피가 쏟아졌다.

무상 수천개와 싸우던 대명이 그 광경을 보고 대노해 소리쳤다.

"감히…… 그분이 뉘신데 그런 짓을 한단 말이냐! 어찌 수도승을 그처럼 욕을 보일 수 있더란 말인가!"

그는 고함치면서 수중의 철환장을 무섭게 휘둘렀다.

"으하하하…… 수도승? 저 천하의 잡놈이 말이냐?"

수천개가 천둥처럼 웃어대면서 대명의 앞을 가로막았다.

그의 삽천봉은 결코 만만하지 않았다.

두 사람의 대결은 완전히 힘과 힘의 대결이었다. 철환장과 삽천봉이 부딪칠 때마다 가공할 폭음이 터져 나왔고, 그렇게 터져 나온 경기(勁氣)와 그들이 휘두르는 병기에서 일어난 경풍은 폭풍처럼 무섭게 사방을 휘몰았다. 그나마 절제를 하지 않았다면 그 싸움으로 인해 대웅전

자체가 무너지고 말았을 것이 분명했다.

"잡놈이라니, 네 이놈! 어디서 감히!"

대명이 대노하여 철환장을 휘둘렀지만 일시지간에 수천개의 저지를 뚫고 혜도 선사에게 도달할 가능성은 별로 보이지 않았다.

고령자 또한 마찬가지였다.

그처럼 무섭게 피어나던 검기는 몇 초 지나지 않아 눈에 띄게 흐려졌고 이미 그 위력을 잃어가고 있었다. 아무리 꺼지는 불길을 불러일으켰다고는 하지만 그 힘의 쇠퇴는 너무 급격했다.

고령자의 얼굴이 굳어졌다.

진기의 움직임이 뭔가 이상함을 느꼈기 때문이다.

"대체 무슨 짓을 한 것인고?"

돌연 튕기듯이 뒤로 물러선 그는 한차례 비틀하곤 검으로 바닥을 짚으며 침통히 소리쳤다. 과도한 출혈에다 심한 내상으로 그의 얼굴은 원래 창백했다. 하지만 지금은 그 창백함에다 납덩이 같은 무거움이 더한 상태였다.

일장 싸움의 소용돌이.

쏟아지는 경기에 봉황문 무사들이 들고 있는 화섭자의 불길이 일렁이고 그 불빛을 받으며 우뚝 선 봉설란의 얼굴은 요괴(妖怪)롭기까지 했다.

"무슨 짓을 했느냐고?"

봉설란이 차가운 눈을 들어 그를 건너보았다.

"뭐가 궁금한 것이지? 아, 갑자기 기력이 떨어지는 모양이군? 하간…… 당연하겠지. 저들이 들고 있는 화섭자에는 무색무취의 미혼향(迷魂香)이 타고 있으니 정신이 아득해지지 않는다면 그게 오히려 이상한 일이 아닐까?"

그녀의 말에 고령자가 전신을 부르르 떨었다.

"그런…… 비열한 짓을……."

그의 말을 듣자 갑자기 봉설란은 미친 듯이 깔깔 웃었다.

"이 간악한 도적놈! 네놈들이 감히 나에게 비열하다고? 겉으로는 수도자인 척하면서 암중으로 음모를 꾸미면서 그분을 암해(暗害)한 것을 내가 영원히 모를 줄 알았더냐?"

그녀의 말에 고령자의 안색이 돌변했다.

"그게 무슨 소리요?"

"무슨 소리냐고? 번천지계(翻天之計)까지 모른다고 하고 싶은가?"

그녀의 말에 고령자의 안색이 창백해졌다. 그는 심한 충격을 받은 듯이 전신을 부르르 떨었다. 하마터면 손에 들고 있던 검을 떨어뜨릴 뻔했다.

"그, 그……."

"천하를 위한다는 미명 하에, 번천지계를 꾸미며 구대문파의 사리사욕을 위하여 제천교를 조장(助長)하고, 그도 모자라 그들로 하여금 무림 맹주인 건곤무적 독고해를 암해(暗害)하도록 획책한 원흉이 바로 너희들이라는 것을 나는 이미 다 알아냈다! 아니라고 부인하겠느냐?"

봉설란이 피를 토하듯 날카롭게 소리쳤다.

번쩍!

쾅! 꽈르르르…….

천지를 찢어발기는 번갯불, 그리고 대웅전을 뒤흔들 천둥 소리가 이내 그들의 귀를 때렸다. 바로 옆에 강한 번개가 친 듯했다.

하지만 지축이 뒤흔들릴 그 엄청난 번갯불과 천둥조차도 방금 그녀가 한 말보다 더 크고 충격적일 수는 없었다.

듣고도 듣기 힘든 믿기지 않는 소리.

"무, 무슨 소리요? 그게?"

퉁기듯 뒤로 물러난 대명이 떨리는 음성으로 소리쳐 물었다.

평소 털털하여 늘상 태평하던 그의 얼굴은 백지장처럼 창백했다.

쏴아아……

바깥에서 쏟아지는 빗줄기는 여전히 그치지 않았다.

그러나 방금까지 대웅전에서 벌어지던 일장박투는 이미 가라앉았다.

대명이 물러나자, 그와 싸우던 수천개 또한 물러나 그의 진로만을 가로막은 채 그를 쫓지 않았기 때문이다.

"무슨 소리냐고?"

대명의 소리침에 대답을 한 것은 무상 수천개였다.

그는 부리부리한 눈을 부라리면서 냉소했다.

"소림사의 일대 기재라는 사자승 대명이 설마 번천지계를 모른다는 말인가? 그게 말이나 되나?"

그의 말에는 비웃는 빛이 역력했다.

"……"

대명은 납덩이 같은 얼굴로 바닥에 쓰러진 채로 신음하고 있는 혜도 선사를 바라보았다. 그리고 휘청거리고 있는 고령자를 번갈아 보았다.

그의 눈길을 맞은 고령자는 눈을 감았다.

그의 눈꼬리가 어둠 속에서 경련을 일으켰다.

바로 그 순간, 혜도 선사가 일성 고함을 지르면서 벌떡 일어났다.

동시에 그는 오른손을 쳐들어 봉설란을 쳐갔다.

바람 소리도 일지 않았다.

그렇다고 무서운 기세가 이는 것도 아니었다.

하지만 그것을 본 무상 수천개가 대경실색하여 소리쳤다.

"반야장이다! 부인을 보호하라!"

말과 함께 그도 그곳을 향해 날았다.

봉설란이 반사적으로 뒤로 물러나는 순간, 그녀의 좌우에 있던 흑의인 둘이 장검을 휘둘러 그녀의 앞을 막아섰다.

찰나.

"흐윽!"

답답한 신음과 금철이 부러지는 쇳소리가 울렸다.

봉설란의 앞으로 가로막으며 검을 휘두른 흑의인 둘의 검이 가공할 힘을 이기지 못하고 순간적으로 무섭게 휘었다. 이어 그들이 마치 연체동물처럼 그 자리에 주저앉았다.

칠공으로 피를 흘리며 쓰러지는 그 모습은 이미 절명을 의미했다.

공포스러운 위력이었다.

하지만 그뿐, 그것으로 위력이 다한 듯 혜도 선사는 더 앞으로 나가지 못했다. 앞으로 쳐내던 손이 더 이상 뻗어나지 않았다.

그는 무너지듯 바닥에 무릎을 꿇으며 다급히 소리쳤다.

"가거라! 명아! 너만이라도 이 자리를 벗어나야 한다!"

"사숙!"

"자세한 것은 내가 말해 준 것을……!"

대명이 앞으로 달려나오려 할 때, 봉설란이 앞으로 날아 나오면서 혜도 선사에게 일장을 가했다. 그것은 그녀의 앞을 가로막던 흑의인들이 쓰러지는 것과 거의 동시라 할 정도로 신속무비했다.

펑!

폭음과 함께 봉설란의 일장에 혜도 선사는 외마디 신음과 함께 튕겨져 나갔다. 그 궤적을 따라 피분수가 허공으로 흩어졌다.

"사숙!"

그것을 보고 대명이 소리쳤다.

"간악한 도적, 아직도 힘이 남아 있었다는 건가?"

혜도 선사를 날려 보낸 봉설란이 차갑게 코웃음 쳤다. 동시에 그녀가 손가락을 활짝 펴자 그녀의 은어와 같은 흰 손가락에서 지풍이 부챗살처럼 일면서 혜도 선사의 전신을 쳤다.

"흥! 그냥 죽도록 버려둘 것 같으냐?"

그녀가 냉소를 터뜨리자 그녀의 좌우에서 흑의인 둘이 바람처럼 달려나가 혜도 선사의 뺨을 올려붙이면서 그에게 뭔가를 먹였다.

"대체 무슨 짓을 하는 게냐?"

대명이 노해 눈을 부릅뜨면서 선장을 휘둘러 앞으로 진격해 왔다.

하지만 수천개가 그냥 있을 리 없다.

쾅!

철환장과 삽천봉이 맞부딪치자 굉음이 터져 나왔다.

힘과 힘의 대결.

지금까지 그 대결에서 밀린 적이 없었던 대명이었다. 그러나 지금은 달랐다. 그 격돌을 이기지 못하고 비틀, 뒤로 밀려난 것이다.

"와하하하…… 왜 그런가? 힘이 딸리나?"

수천개가 껄껄 웃으면서 앞으로 덮쳐 갔다.

"어서 가거라! 우린 이미 중독되었다. 모르겠는가!"

그 광경을 보고 고령자가 소리쳤다.

하지만 그도 채 말을 맺지 못하고 덮쳐 온 흑의인에게 제압당해서 널브러지고 말았다. 이름 높은 도인인 그가 나동그라지자 흑의인은 그를 개처럼 질질 끌어다 혜도 선사의 위에다 포개 버렸다.

그 광경에 대명의 눈에서 불꽃이 일었다.

"네 이놈들!"

그는 천둥처럼 고함치면서 다시금 수천개를 덮쳐 갔다.

웡웡—

수중의 철환장에서 고막을 울리는 굉음이 일었다. 경기가 태산처럼 일어나면서 경기가 꼬리를 물고 이어졌다.

그 광경을 본 수천개의 안색이 돌변했다.

"복마장(伏魔杖)의 정화인 강세복마(降世伏魔)로군!"

하지만 그는 전혀 물러나지 않고 수중의 삽천봉을 불쑥 앞으로 찔러 냈다. 다시금 정면으로 부딪치려는 것이다. 어차피 상대는 중독된 상태. 힘으로 맞선다면 오래 버틸 수 없는 것은 자신이 아니라 상대였다.

그러나 전혀 뜻밖의 일은 그 다음.

삽천봉과 부딪친 철환장에서 폭음이 터지는 것이 아니라, 펑! 하는 소리와 함께 그 탄력으로 대명의 신형이 무섭게 대웅전의 문을 향해 튕겨져 나간 것이다.

"이런!"

잔뜩 힘을 써 삽천봉을 쳐냈다가 헛손질을 한 꼴이 된 수천개가 일순 당황해 혀를 찼다.

그러나 대명의 이러한 행동은 이미 예상된 일이었다. 혜도 선사나 고령자가 그렇게 도망가라고 종용을 했는데, 봉황문의 고수들이 바보가 아니라면 대비하지 않았을 리가 없는 것이다.

대명이 날아간 쪽에 있던 흑의인들은 대명이 그쪽으로 날아옴을 보자 일제히 기합과 함께 들고 있던 장도를 쳐들어 그를 막아섰다. 그들의 임무는 대명을 잠시 저지함으로써 족했다. 어차피 수천개가 바로 대명을 쫓아올 것이고, 그는 지척에 있었다.

두 명의 흑의인이 그를 막음과 동시에 좌우에서 검이 날아들었다.

칼날이 경풍을 동반한 음향이 귀를 찌른다.

이미 검을 경지에까지 수련한 검수(劍手)가 아니라면 이런 위력을 보일 수가 없을 터이다. 대명이 앞을 막아선 도수(刀手) 둘과 부딪치는 순간에 그들의 검은 이미 대명의 좌우를 파고들어 그를 쪼갤 것이 분명했다.

스스로를 돌보지 않을 수 없는 일이었다.

하지만 사람들을 놀라게 하는 일은 바로 그 다음에 일어났다.

"물럿거라!"

일성 사자후.

쨍그렁, 쩡!

고막을 두드리는 금철의 격돌, 그리고 뒤를 잇는 비명.

한 가닥 피보라가 이는 가운데 대명의 앞을 가로막던 흑의인 하나가 바닥에 쓰러졌다. 다른 한 사람은 충격을 받고 비틀거리는 가운데 대명의 좌우를 공격했던 흑의인 둘은 일순 멍청한 빛으로 서 있었다.

그 자리에 대명의 모습은 이미 보이지 않았다.

"밥통 같은 놈들! 그것 하나를 막지 못해!"

수천개가 노호를 터뜨리면서 그들을 스쳐 지나 밖으로 뛰쳐나갔다.

밖에서 격렬한 싸움 소리가 들려오고 있었다.

'과연 소림의 기재라는 말이 부끄럽지 않군……'

봉설란이 놀란 눈빛으로 바깥을 바라보았다.

대명은 좌우에서 공격해 오는 검수들의 공격을 도외시하고 과감하게 앞을 막던 도수 두 사람을 돌파한 것이다. 검수들의 검격(劍擊)을 피하지 않았으니 상처를 입었을 터이지만, 어차피 그런 정도의 상처를 돌볼 상황이 아니었다. 말은 쉽지만 누구나 그 순간에 그런 판단을 이런 상황에서 과감히 실천하기는 어려운 법이다.

봉설란은 쓰러진 혜도 선사 등을 일별하고는 대웅전을 나섰다.

쏴아아―

빗줄기는 여전히 앞을 보기 힘들게 쏟아지고 있었다.

대웅전을 나선 그녀의 아미가 찡그려졌다.

그녀의 생각대로라면 대명은 지금 밖에서 기다리고 있던 그녀의 수하들과 싸우고 있어야 했다. 그런데…….

"어떻게 된 거지? 그는 어디로 갔느냐?"

봉설란은 그녀에게 급히 달려온 흑의인에게 물었다.

흑의인은 사십 대 후반의 날카로운 인상을 가진 자였는데, 그는 미간을 굳힌 채로 급히 답했다.

"포위망을 돌파했습니다. 그의 능력은 생각보다 뛰어나서…… 지금 무상께서 그자의 뒤를 쫓고 있습니다."

그의 보고에 봉설란의 얼굴에 놀란 빛이 다시 떠올랐다.

"봉황검대를 돌파했단 말이오?"

"그렇습니다. 그의 능력은 세상에 알려진 것보다 더 놀랍습니다."

"으음…… 그렇다면 더욱 그를 놓치면 안 되겠군. 혹시라도 그를 놓치지 않도록 순풍이를 발동하여 이 일대를 모두 수색하시오."

"이미 수색을 시작했습니다."

혹의인이 머리를 숙였다.

쏴아아…….

빗줄기는 여전하다.

마치 시야에 물막을 쳐둔 것처럼 빗줄기는 퍼붓고 있었다. 천둥 소리는 간헐적으로 천지를 진동하며 그 빗줄기를 떨어 울린다.

'어차피 번천지계를 알지 못하던 자. 그가 있든 없든…… 그 위선자들의 가면을 만천하에 공개하고 패망(敗亡)시키는 것에는 아무런 문제가 없다!'

봉설란은 차가운 얼굴로 그 쏟아지는 빗줄기를 바라보았다.

『대풍운연의』 제6권으로…

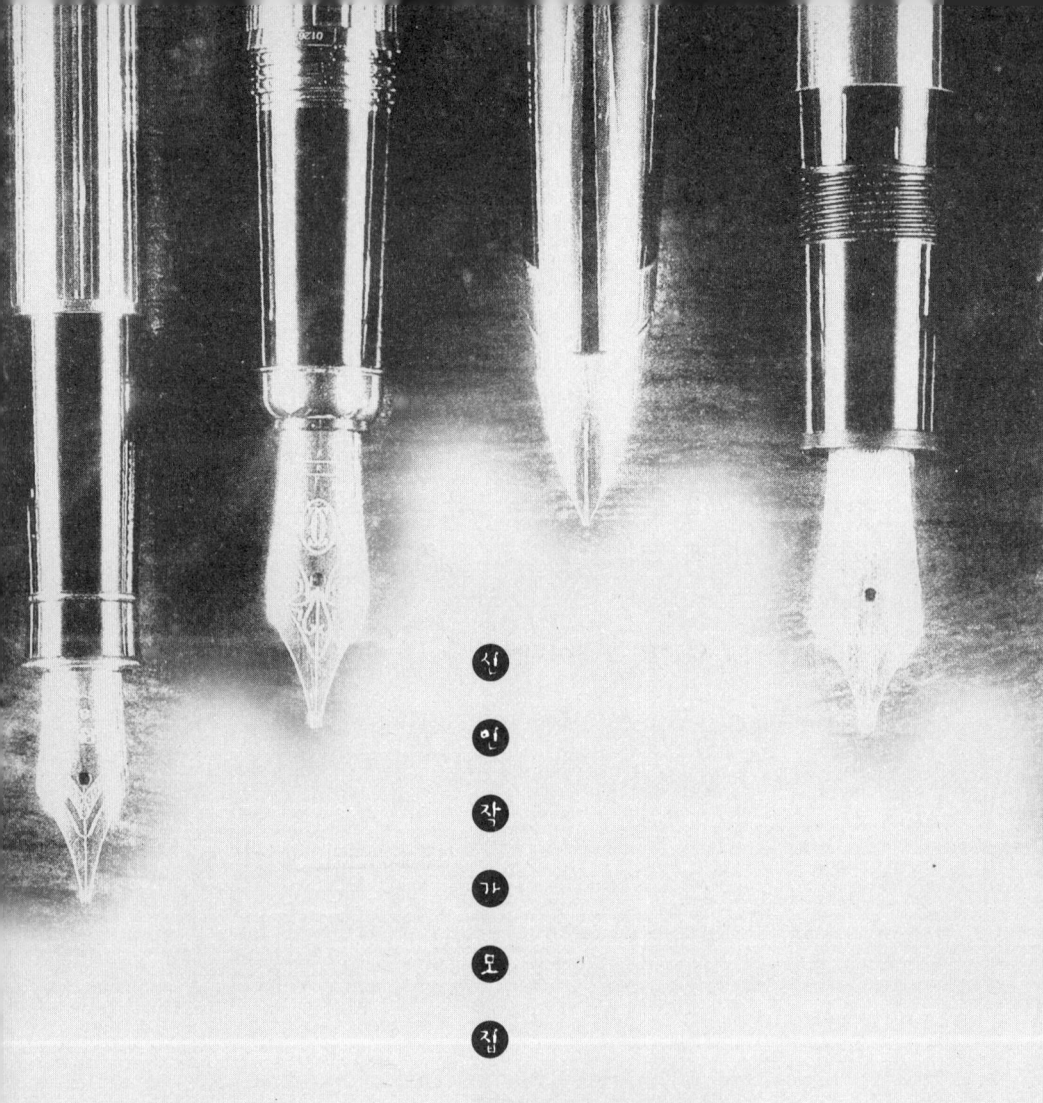

신

인

작

가

모

집

시작이 반이라고 했습니다.
작가의 길에 대한 보이지 않는 벽을 과감히 깨뜨리십시오!
청어람은 작가 지망생 여러분들의
멋진 방향타가 되어드리겠습니다.

저희 도서출판 청어람에서는
소설 신인 작가분들을 모집합니다.
판타지와 무협을 사랑하시는 분들의 많은 참여를 바랍니다.
소정의 원고(A4용지 150매)를 메일이나 우편으로 보내주시면
검토 후 출판 여부를 알려드리겠습니다.

주소:경기도 부천시 원미구 심곡1동 350-1 남성B/D 3F 우편번호420-011
TEL:032-656-4452 · **FAX**:032-656-4453
http://www.chungeoram.com
e-mail:chungeoram@chungeoram.com